名 / 家 / 经 / 典 / 小 / 说 / 选

荒唐人的梦

[俄罗斯] 陀思妥耶夫斯基等 著
陈龙等 译

江苏凤凰文艺出版社
JIANGSU PHOENIX LITERATURE AND ART PUBLISHING, LTD

图书在版编目（CIP）

荒唐人的梦 /（俄罗斯）陀思妥耶夫斯基等著；陈龙等译 .-- 南京：江苏凤凰文艺出版社，2018.8（2024.2重印）

（名家经典小说选）

ISBN 978-7-5594-2317-7

Ⅰ.①荒… Ⅱ.①陀… ②陈… Ⅲ.①短篇小说—小说集—世界 Ⅳ.① I14

中国版本图书馆 CIP 数据核字 (2018) 第 129305 号

书　　名	荒唐人的梦
著　　者	（俄罗斯）陀思妥耶夫斯基等
译　　者	陈龙等
责任编辑	王　青
出版发行	江苏凤凰文艺出版社
出版社地址	南京市中央路 165 号，邮编：210009
出版社网址	http://www.jswenyi.com
印　　刷	三河市同力彩印有限公司
开　　本	650 × 960 毫米　1/16
印　　张	18.5
字　　数	159 千字
版　　次	2018 年 8 月第 1 版　2024 年 2 月第 4 次印刷
标准书号	ISBN 978-7-5594-2317-7
定　　价	69.80 元

目　录 | *Contents*

美之艺术家

[美] 霍桑

陈　龙 译

美丽的女儿挽着老人的手沿街而行。黄昏时分，他们走出阴沉的暮色，踏进一片光芒之中。这光芒是从一家小店的橱窗射出来，照在人行道上的。那是个向外凸出的窗户；窗内悬挂着各式各样的表，金铜色的，银色的，还有一两个金质的，全把脸背着街道，好像极不情愿告诉过路行人现在是几点了。店内斜对着窗户，坐着一个年轻人，他苍白的脸全神贯注地注视着某个精密机械装置，一盏暗淡的带罩台灯把光束打在上面。

“欧文·沃尔兰德在干什么呢?”老皮特·霍凡登咕哝道。他是一个退了休的钟表匠，也是这同一位年轻人以前的主人，现在他对小伙子的活计非常好奇。“这小子到底要干什么呢? 过去的六个月里，我没有一次从他店铺走过不看到他像现在这样纹丝不动地在工作。这比起他平日里一心想要探索永动机的蠢劲儿，倒是一大飞跃；但是我对我的老行当了如指掌，不难确定，他现在正忙活的不是钟表机械零件的事儿。”

“爸爸，”安妮说，显得对那个问题没有什么兴趣，“也许欧文正在发明一种新的钟表。我肯定他有丰富的创造力。”

“呸，孩子！就他那点儿创造力，绝对发明不出比一只荷兰玩具更好的东西了。”她的父亲回答说。这老人以前已经被欧文·沃尔兰德不羁的天才闹得够烦了，“简直就是瘟疫的创造力！据我所知，这创造力的全部效果就是破坏我店里一些最好的钟表的精确度。就像我以前说过的，如果他的创造力能造出任何比小孩儿玩具更好的东西，他会把太阳都给弄出轨，把整个时间进程也都搞乱的。”

“嘘，爸爸！他会听见你的！”安妮低声说，按紧父亲的手臂，“他的耳朵跟他的情感一样灵敏；而且你知道那些情感有多么容易受干扰。我们还是走吧。”

于是皮特·霍凡登和他的女儿安妮徐缓漫步，不再谈话，直到走进城中的一条小巷，他们正经过一家敞开着大门的铁匠铺。只见里面有一座熔炉，现在正红光闪耀，随着风箱的巨大皮囊一呼一吸地交错运动，时而照亮积满灰尘的高屋顶，时而只照亮前面一小块煤渣狼藉的地面。火光明亮时，很容易看清店铺远处角落里的物品，以及挂在墙上的马蹄铁；火光暗淡时，火似乎只在一片敞开的空间中发出朦胧的微光。在这片红光和幽暗的交替中，来回走动着铁匠的身影，明灭闪烁，如此生动的光影图景实在是难得一见。耀眼的光辉与深沉的黑夜搏斗不休，好像双方都想从对方那里夺取铁匠身上那优美动人的力量。没过一会儿，铁匠从炉火中夹起一根白热的铁条，放到铁砧上，举起强壮的胳膊，很快就被包围在一片密密麻麻的火星儿之中。这些火星儿随着他铁锤的一记记猛敲狠打，散落在周围的幽暗之中。

“看呐，那是多么令人愉快的景象，”老钟表匠说，“我知道加工金子是怎么一回事；可说实话，还不如给我个铁匠。他把力气花在现实上面。你说呢，安妮?”

“求你别说这么大声，爸爸，”安妮悄声说，“罗伯特·丹福斯会听见的。”

“他听见了又能怎么样呢?”皮特·霍凡登说，“我再说一遍，靠自己的力气和踏踏实实的工作，是一件美好而神圣的事情，一个铁匠赤手空拳依靠自己肌肉结实的胳膊赚钱糊口就是这样。而钟表匠呢，让他的脑子在大大小小的齿轮里绕来绕去，绕得晕头转向，不是损坏了健康，就是搞毁了视力，像我一样，刚到中年，或者中年一过，就难以在这一行继续干下去，对别的行当又一窍不通，却仍然穷得可怜，不可能过上悠闲的生活。所以我再说一遍，给我力气，别给我钱。而有的人，简直是荒唐透顶啊!你可曾听说过像那边的欧文·沃尔兰德那样愚蠢的铁匠吗?”

“说得好，霍凡登大叔!”罗伯特·丹福斯从熔炉那边喊道，声音饱满、深厚，无比快活，房顶都给他震得直响，“那么安妮小姐对这番道理又怎么看呢?我想，她一定认为修理女士钟表，比锻造马蹄铁或制作烤架更是一项文雅的活计吧。”

安妮不等她父亲回答，就拽着他往前走。

可我们得返回到欧文·沃尔兰德的店里去，好好研究一番他的背景和性格。尽管皮特·霍凡登，或者还有他的女儿安妮，或者欧文的老同学罗伯特·丹福斯等人，都认为没必要计较这个。从欧文的小指头能抓住一把铅笔刀开始，他已经具有了非凡的精微创造力。有时候他用木头雕出一些奇妙的小玩意，大部分则是花朵和小鸟，有时候仿佛要一门心思地弄清机械装置的奥秘。但总是出于优雅的考虑，从不做那些有用的东西。他不像学校的那群优秀的孩子，总是在谷仓的一角建造一些小风车，或者在附近的小溪造一些水磨。有些大人倒发现了这个男孩与众不同，觉得值得花一段时间去仔细观察他，有时候有理由猜想他正试图模仿大自然优美的运动，例如鸟儿的飞行啊，小动物的活动啊之类的。事实上，这似乎是一种爱美之心的新发展，这新发展或许能让他成为一个诗人，一个画家，或雕塑家。如同任何优雅的艺术一样，它高尚雅致，没有功利主义的粗俗。他对普通机器僵硬而有规律的运动过程异常厌恶。有一次，大人带他去参观一台蒸汽机，以为可以满足他对机械原理的直观理解力，孰料他竟吓得脸色苍白，大病一场，就好像看到了什么妖魔鬼怪似的。造成这种恐惧心理的原因，是这个铁家伙庞大的体型和惊人的力量。欧文的精神特点是精微雅致的，自然地倾向于精细的东西，这与他那矮小的体型和不可思议的纤巧、精致的手指是一致的。但他对美的感觉并未因此就蜕变为一种可爱的感觉。美的观念与尺寸大小没有关系，或许可以在一个除了微观调查以外对任何事物都过于细微的空间里得到完美的发展，就像在以彩虹的弧度测量的宽敞边缘里。但是无论如何，比起可能存在的另外的对欧文才华的欣赏，他的对象和造诣的这种个性化的微妙使得世界更加无能为力。这男孩的亲戚们看到再无妙计可施——可能确实如此，便把他交给一个钟表匠做学徒，希望他那奇怪的创造力或许因此得到规范，运用于实利的目的。

皮特·霍凡登对他这个学徒的意见已经说过了。他对这个少年满不在乎。真的，欧文对专业神秘的理解不可思议地敏捷；但他却完全忘掉或轻视钟表匠生意的大物件儿，对时间度量毫不关心，除非它已经融入永恒。然而，长久以来，他都受制于老师父的关照，严厉的禁止和苛刻的监督，把他创造性的怪癖抑制在一定的范围内，欧文身体的羸弱无疑助长了这一点；但当他的学徒期服满之后，他迫使皮特·霍凡登放弃这家他疏于照管的小店，然后人们才能认识到欧文·沃尔兰德这样一个不合时宜的人是怎么在他的日常生活中指引衰朽盲目的时间老人的。他最合理的计划之一，便是在他的钟表机械装置上安上一个音乐器，由此生活中所有那些刺耳的不协调都会变得悦耳，每一个高速飞转的时刻都在和谐的金色点滴里掉入过去的深渊。如果一个家庭时钟交给他修理——那种高高的、古老的、通过测量出许多代生命时间几乎已经把我们人类的本性联合起来的落地钟——他会自作主张在钟表庄严的表面上安排一场舞蹈或一队葬礼人物的行列，以表现十二个愉快或悲伤的小时。诸如此类的怪事的确损害了这个年轻钟表匠的信誉，稳重和实事求是阶层的人会认为，时间是凛然不可侵犯的，无论是为这个时代的进步与繁荣考虑，还是为下一个时代做准备。他的习惯很快减退了——然而，欧文正变得越来越专注于一个秘密的职业，他把所有的知识和手工的灵巧都用在上面，人们猜想这个引起他那些更严重事故的不幸，同样也全副应用在他的天才的特有趋势上。

老钟表匠和他的女儿站在朦胧的大街上凝视了他一会儿之后，欧文·沃尔兰德忽然一阵神经颤抖，让他的手猛烈地哆嗦着，以至于无法继续做他正从事的这项精密的工作。

“都怪安妮!”他嗫嚅道，“这阵心脏的怦怦作响，还没听到她父亲的声音之前，我就知道是这样。啊，跳得更厉害了！今晚我恐怕难以再加工这件精密的机械了。安妮！最心爱的安妮！你将赋予我的心和手以坚定，不要这样摇撼它们；我之所以劳心费力把全副美的精神都放在形式上，并让它运动，这全都是为了你啊。哦，跳动的心脏，安静下来！如果我的工作就这样挫败，模糊和不满的梦就会随之而来，留给我一个无精打采的明天。”

当他正努力再次把心定在工作上的时候，店门打开了，走进来的不是别人，正是皮特·霍凡登没来得及足够崇敬的那个强壮大汉，就像在铁匠铺的光影闪烁之中见到的那样。罗伯特·丹福斯带来了他自己制作的一小块铁砧，是应年轻艺术家新近的预约特地锻造的。欧文检察了这件物品，宣布锻造得正合他意。

“还用说，当然啦，”罗伯特·丹福斯说，他雄壮的声音回荡在屋子里，就像一把低音六弦琴，“我自认为我自己做生意的方式当得起任何事物；尽管我本应该成为一个穷光蛋，有一只像你这样的拳头，”他补充着，大笑起来，一边把他粗大的手放在欧文精巧的手边，“可那又怎样？我花更多的力气去敲我的大铁锤，比你当学徒以来花的所有力气还多。你说是不是？”

“很有可能，”欧文低沉而微弱的声音说，“力量是一个尘世的怪兽。我从不以它为荣。我的力量，无论它可能是什么样的，完全是心灵的。”

“哦，可是，欧文，你在干什么？”他的老同学问，仍然声如洪钟，让艺术家畏缩不已，尤其当问题涉及到他的心灵世界里最迷人最圣洁的梦的时候，“人们都说你妄图发明永动机。”

“永动机？胡说！”欧文·沃尔兰德回答，做了个厌恶的姿势；他可是很少发怒的，“那是不可发明的。那是个白日梦，只会欺骗那些脑子被物质迷惑的人，却骗不了我。还有，就算这个发明是可能的，也不值得我花一点时间在这种只会用于如此目的的事情上，比如现在已经投入应用的蒸汽和水力。我对享受一种新的棉花机器的肤浅荣誉没有野心。”

“那真是可笑之极！”铁匠大喊道，爆发出一阵大笑的骚动，使得欧文和他工作台上的钟形玻璃罩都嗡嗡抖响，“不，不，欧文！你没有一个孩子会拥有钢铁的关节和精力。好吧，我不再打扰你了。晚安，欧文，并祝你成功，如果你需要任何帮助，只要使劲在铁砧上敲一锤子就行了，我给你打下手。”

这个力大无穷的汉子再次大笑起来，离开了店铺。

“真是莫名其妙啊，”欧文·沃尔兰德自言自语道，把脑袋抵在手上，“我所有的沉思冥想，我的目标，我对美的激情，我创造它的力量意识——一种更美好，更轻盈，尘世的巨人毫无概念的力量——所有，所有的，看起来都是那么虚空和懒散，无论什么时候我的道路都被罗伯特·丹福斯所阻挡。要是我经常见到他的话，他会让我发疯的。他那严厉、残忍的力量涂黑和搅乱我内心的精神因素；但是我也要强自振作。我不会向他屈服的。”

他从玻璃下面取出一片微小的机械，放到聚焦的灯光里，通过放大镜专心地看着，继续用一个精致的钢铁仪器操作。然而，他立刻便倒在椅子里，紧扣着双手，脸上恐怖的表情让那些细微的特征像一个巨人那样令人印象深刻。

“上帝！我做了什么？”他惊呼道，“蒸汽，残忍力量的影响——它已经迷惑了我，遮蔽了我的观念。我已经敲下了关键的一击——致命的一击——我从一开始就担心的。全完了——几个月的辛劳，我生命的目标。我完蛋了！”

他坐在那儿，绝望透顶，直到灯座上的灯闪烁了几下，把美之艺术家留在黑暗里。

像这样的一些想法，在想象世界里长大，显得如此可爱，成为一种超越常人所谓的那种价值的价值，如今暴露出来，并在与实际的联系中被粉碎和歼灭。艺术家必须拥有一种个性力量的观念看起来是难以与它的精妙共存的；当这个怀疑的世界以它彻底的质疑攻击他的时候，他必须坚持他的信念；他必须起而抗击全人类，并成为自己唯一的门徒，既出于对自己天才的尊重，又是对那指导的事物的尊敬。

在一段时间里，欧文·沃尔兰德被这种严峻却不可避免的考验所压倒。他度过了几周颓废的时光，整日把头埋在手里，镇上的人们难得有机会见他一面。终于有一天，它再次上升到光天化日之下，一个冰冷、呆滞、难以名状的变化被他察觉到了。然而，以皮特·霍凡登看来，以那些认为生活应该像铅制发条装置一样规范、一板一眼的哲人们看来，这种改变反倒是好事一桩。欧文现在以顽固的勤勉一心扑在生意上。看到他用迟钝的重力检查一个巨大旧银表的齿轮，以此取悦客户，实在是不可思议，客户的那条表链已经磨损，直到他将其视为他生命的一部分，并因此对修理的过程耿耿于怀。由于获得了这些正面报道的缘故，欧文·沃尔兰德被有关当局邀请调整教堂尖顶的塔钟。他圆满地完成了这件吸引着公众兴趣的事，以至于那些粗暴的商人们都承认他已经改变了的优点；护士在病房喂他服药的时候轻声地赞扬他；爱人在约会的时候祝福他；一般的人都感谢欧文帮助他们确定了晚餐的时间。总而言之，他精神上的沉重负担保证了一切都井井有条，不仅他的私人领域里，而且在教堂塔钟洪亮的声音所及之处无不如此。这是一种氛围，尽管极其细微，然而他目前状态的特征，当受雇去把名字或词首大写字母铭刻在银匙上面的时候，他现在尽可能用最平庸的风格去写那些必需的信件，省略了大量想象的夸饰，直到今天仍然能够区分出他的这种作品。

在他这种快乐转变时期的一天，老皮特·霍凡登登门拜访他以前的学徒。

“很不错，欧文，”他说，“我很高兴从各方面听到你这么出色的账目，尤其从远处镇上的钟表那里，那儿每个小时都在对你赞不绝口。只有完全摆脱了你那关于美的荒谬的垃圾，那个我不懂别人也不懂，连你也不甚了了的东西——只有把你从那个东西解放出来，你在生活中的成功才是毫无疑问的。何以这么说呢，如果你继续按着现在的路走下去，我甚至敢让你修理我这只珍贵的旧表。尽管除了我的女儿安妮外，我在这世上再也没有这么宝贵的东西了。”

“我哪儿敢碰你的宝贝，先生。”欧文声音沮丧地回答说，因为他已经被他老师父的出现压制住了。

“抓住机会，”老师父说，“抓住机会，你能胜任的。”

老钟表匠以前任权力随之而来的自由继续检查欧文现在手头正在做的工作，以及其他一些先进的玩意儿。同时，艺术家却连头也不抬一下。再也没有什么东西像这个老头冷酷、呆板的睿智那样与他的天性针锋相对，除了高度物质化的物理世界以外，任何与这种精明触碰到的东西都会化为一场空梦。欧文内心里抱怨不停，强烈地祈祷从他那里释放出来。

“可这是什么？”皮特·霍凡登突然大喊道，揭起一个钟形玻璃罩，下面出现了一件机械制品，精致和纤微得如同一只蝴蝶的解剖，“我们这儿有什么？欧文！欧文！这些链子、齿轮和明轮翼里有巫术。看！只用食指和拇指这么轻轻一捏，我就要让你从所有这些未来的危险中脱离出来。”

“看在上帝的份上，”欧文·沃尔兰德呼喊道，力道敏捷地弹跳起来，“要是你不想让我发疯，就不要碰它！你手指最轻微的一按都会永远毁了我。”

“啊哈，年轻人！果真如此吗？”老钟表匠说，他以敏锐的洞察力看着他，折磨着欧文那颗忍受着世俗批评之苦楚的灵魂，“好吧，任你一意孤行吧；但我要再次警告你，在这件小小的机械里，居藏着你邪恶的精灵。我不该把他驱除掉吗？”

“你才是我邪恶的精灵，”欧文回答说，甚至更加兴奋了，“你和那个严酷、粗俗的世界！你强加给我的那些沉重的思想和消沉的意志才是我的障碍，否则我早就完成了我孜孜以求的工作。”

皮特·霍凡登摇摇头，人类自认为他们有权利为所有的傻子感到轻蔑和愤怒，因为他们寻求别的奖励而不循规蹈矩寻求凡尘事物，某种程度上他就是全人类的代表。然后他离开了，举着一根手指，脸上带着冷笑，在后来的许许多多个深夜里攫住艺术家的梦境。在他的老师父前来拜访的时候，欧文几乎差点儿就要捡起那项已经放弃的工作；但是，经过这次凶险的事件，他再次被抛回那种他由此渐渐形成的状态里。

但是他灵魂的固有趋势只能在明显的惰性中积累成为新鲜的活力。随着夏季的深入，他几乎完全放弃了他的生意，并允许“时间老人”在人的生命中任意流浪，在时刻蒙昧的列车里制造无穷的混乱，只要那位老绅士还代表他控制之下的钟和表。正如人们所说，他挥霍时光，穿越树林和田野、沿着溪岸恣意游荡。在那儿，他像个孩子一样发现了追捕蝴蝶或者观察水中昆虫运动的欢愉。当他带着沉思专注于那些活生生的在微风中飞行的玩物，或者检查一只被他关押的威严昆虫时，真的有一种神秘的东西。捕捉蝴蝶是对一种理想的恰当象征，在对这种理想的追寻中他荒废了如此多的黄金时光；但这个美丽的理想可曾屈服于他的手掌，就像那只蝴蝶所象征的那样？这些日子是甜美的，坚信不疑的，契合于艺术家的灵魂。它们充满着明亮的观念，在他的理性世界里闪烁微光，正如蝴蝶穿过外在的空气闪光，并对他显得那么真实，很快，试着让它们变得直观可见，没有辛劳、困惑和许多的失望。唉，这可怜的艺术家，无论是在诗中，还是任何其他的材质中，可能都不会满足他内心里美的乐趣，但必须超越他那飘渺领域的边缘去追逐翩飞的神秘，并打碎它那脆弱的存在，用一种物质的抓取获得它。欧文·沃尔兰德感受到了给予内心观念以外在现实的冲动，就像任何诗人或画家那样无法抵抗，他们在一个愈加黯淡和微弱的美之中安排世界，从他们视觉的丰富中不完美地复制美。

夜晚现在是他自己的时间，一个重塑那个唯一理想的缓慢过程，他所有的智力活动都指向这个理想自身。总是在薄暮时分，他偷偷溜进镇子里，把自己关进店铺，花上许多时间耐心地精锻细造。有时他被巡夜人的敲更声惊吓到，当全世界都酣沉入眠的时候，巡夜人已经透过欧文·沃尔兰德的遮板察觉到了灯盏的微光。凭着他精神的病态敏感，白光似乎对他的探寻有一种侵扰性。因此，在阴云笼罩和狂风暴雨的日子里，他便坐在那里，双手拄着脑袋，悄无声息，好像他那敏捷的脑袋正陷入一片飘渺沉思的迷雾之中，因为要从那种尖锐的差异中逃离出来实在是一件痛苦的事，正是靠着这种差异使他在夜夜的艰辛中被迫塑造出他的思想。

从一阵麻木的痉挛中——他经常这样，他被走进来的安妮·霍凡登唤醒，她以一个顾客的自由走进店里，当然也带有童年伙伴的某种默契。她的银顶针上破了个洞，想让欧文补一下。

“但是我不知道你是否愿意屈尊做这样一件小活儿，”她说笑着，“现在你可是一门心思钻在机械上，忙得不可分身啊。”

“你这是从哪儿听来的话，安妮?”欧文惊异地说。

“哦，我自己想的，”安妮回答，“还有很久以前我听你说过什么，当时我们都还只是青梅竹马的小孩儿。那就来吧，你会修理我这只破顶针吗?”

“愿为你的任何事效劳，安妮，”欧文·沃尔兰德说，“任何事，甚至让我到罗伯特·丹福斯的火炉旁干活儿也成。”

“那可真是个东洋景儿啦!”安妮顶嘴说，并以一种不易察觉的微妙目光瞥着艺术家那矮小而苗条的身材，“好吧，顶针给你。”

“可你那真是奇怪的想法，”欧文说，“关于物质的精神化。”

然后一个想法溜进他的脑子里，这个年轻的女孩具备一种比世界上其他所有人都能更好地理解他的天赋。要是他能够得到这个他所深爱的唯一的人儿的同情，那对他寂寞的辛劳将是多么大的助益和力量啊!

对于那些将他们的追求与生活的凡俗事务隔离开来的人——要么超前于人类，要么与人类隔绝——而言，总是会产生一种道德的冷漠感，让心灵为之震颤，就好像心灵已经到达了极点周围凝固的隐居之所。先知，诗人，改革者，罪人，或者任何其他有着人类向往的人所能感受到的，可怜的欧文都感受到了，尽管注定要被一种奇特的命运脱离于大多数。

“安妮，”他大叫一声，脸色变得像思想那样死灰苍白，“我是多么高兴地想要告诉你我追求的秘密啊！你，在我看来，能正确地估价它。你，我知道，会带着崇敬听见它，一种我永远别指望从那个粗俗的物质世界得到的崇敬。”

“还用说吗？我一定行的！”安妮·霍凡登回答，带着轻微的笑容，“来吧，快点说给我听，这个小陀螺是干嘛用的，它锻造得多么精致啊，简直可以作麦布女王[①]的玩具了。看！我能让它转动起来。”

“住手！”欧文呼喊道，“住手！”

安妮仅仅只是极其轻微地用针尖触了一下那个不止一次被提到的同样轻微的复杂机械的一角，艺术家便用力抓住了她的手腕，使她大叫一声。她被翻滚在艺术家脸上的那种狂怒和痛苦的痉挛惊吓住了。瞬间，他把头埋在两手之间。

“走吧，安妮，”他嗫嚅道，“我欺骗了自己，注定要为此而遭罪。我渴望同情，并念想、幻想、梦想着你能给我；但你缺少能够允许你进入我的秘密的法宝，安妮。刚才那一碰消除了我几个月的辛劳和一生的思想！这不是你的错，安妮；但是你毁了我。”

可怜的欧文·沃尔兰德！他确实已经走上了歧途，然而尚可原谅；因为假如任何一个人的心灵能够充分崇敬那些在他眼中如此可怕的过程，那一定是一个女人的心。甚至安妮·霍凡登，可能也不会让他失望，她已经被那爱的深深的智能所启发了。

---

① 麦布女王，英国民间传说中司掌人类做梦的仙女；雪莱长诗中也有仙后麦布。

接下来的一个冬天，艺术家以一种让所有人都满意的方式生活着，这些人至今都还对他保持着一个充满希望的看法，认为事实上他确实注定要被这个世界视为无用之人，并过着一种悲惨的命运。亲戚的离世让他继承了一小笔遗产。他因此从必要的辛劳中解脱出来，并失去了一个伟大目标的影响——伟大的，至少对他而言——他放任自己的一些嗜好，以为借助于这些嗜好可以维护自己脆弱的体质。但是当一个天才那轻盈的部分被尘世的部分遮蔽的时候，假设一种影响愈加难以控制，因为他的性格现在被上帝精心调整的平衡所抛弃，在众多粗俗的本性以外某种方法被调整。欧文·沃尔兰德证明了在放纵之中所有可能见到的极乐之福。他透过金黄介质的葡萄酒观看这个世界，注视着酒杯边缘快乐地往上冒泡的景象，以及沉醉在滥饮狂欢的空气中的人们，这些人很快就变得恐惧而绝望。甚至当这个沉闷和必然的变化已经发生的时候，这位年轻人可能仍然在痛饮迷醉之杯，尽管烟雾笼罩着阴暗的生活，阴暗中充斥着嘲笑他的幽灵。有某种精神的厌恶，确实存在，还有艺术家现在意识到的那种深不可测的感觉，比起任何因为狂饮烂醉引起的稀奇古怪的灾难和恐怖还要难以忍受。在后者的情境中，他还记得，哪怕从麻烦中脱离了，所有留下的依旧只是错觉；而在前者里，沉重的痛苦却是他的实际生活。

一个偶然的事件把他从这种危险的状态中救赎出来，不止一个人目击了此事，但即使他们中最精明的那一个也无法解释或揣测欧文·沃尔兰德精神的运作。事情很简单。在春天的一个温暖的下午，艺术家置身于他那群狂饮烂醉的狐朋狗友之中，面前杯盘狼藉，一只华丽的蝴蝶飞入打开的窗户中，并翩然飞过他的脑袋。

“啊，”欧文大叫道，他正在酒酣之际，“在阴郁冬天的小睡之后，你又活过来了吗，太阳的孩子和夏日微风的玩伴？那么该是我工作的时候了。”

立刻，他丢下桌子上余酒尚留的杯子，独自离去，再不抿一滴酒。

现在，他重新开始他在丛林和田野间的游荡。可以想象，那只艳丽的蝴蝶精灵一般地飞入欧文正与狂欢的酒徒同乐时的窗户，正是带着把他重新唤入纯净、理想生活的使命，这种生活让他超脱于众人之上。可以想象，他继续在那些明媚的栖息地寻找这种精神；因为当夏季的时光逝去的时候，无论在任何地方有只蝴蝶飞落下来，仍然可以看到他偷眼凝望，沉醉在对它的冥思之中。当它牵引着他的目光振翅翩飞时，就好像那条空中的轨道会指给他通往天国的道路一样。但辛劳重新开始了，就像巡夜人透过欧文·沃尔兰德的遮板看到灯光的光线时所知道的那样，这不合时宜的辛劳又是何苦呢？镇上的人们对所有这些疑点有一个共识性的解释：欧文·沃尔兰德已经疯了！多么普遍有效——也多么令那些心胸狭窄和黯淡无光的受伤的敏感心灵满意和欣慰，这个简单的解释方法简直是无往而不胜！从圣保罗[①]时代直到我们

---

① 圣保罗（Saint Paul，公元前4？—公元64?），又名扫罗，耶稣门徒之一，广传基督教于当时诸国，被害于罗马。他是发展新生的基督教教徒的最重要的先驱。在所有的基督教作家和思想家中，他对基督教神学的影响可谓举足轻重，彪炳千古。《圣经·新约》中之书信大多出于其手。

这位可怜的美之艺术家，同样的法宝已经被运用于说明某些人的言语和行为中的一切秘密，这些人的言行过于睿智和优异。在欧文·沃尔兰德的例子里，镇上居民的判断可能是正确的。或许他真的疯了。没人同情他——他与邻居们之间有道鸿沟相隔，誓不以人为师——仅此一点，已经足够让他发疯了。或者，在尘俗的意义上，可能他已经通过寻常日光的混合物捕捉到了那种特地前来迷惑他的天上的光辉。

一天晚上，艺术家从一次惯例的漫步中返回，把灯盏的光芒聚焦在那片经常被打断的精致物件上，但依旧再次投入，好像他的命运都体现在这个机械上了，他仍然被老皮特·霍凡登的进入惊住了。欧文从没遇到过这样一个厚颜无耻的人。他是这个世界上最可怕的人，因为他有着犀利的理解力，对确实可见的东西坚信不疑，而对虚无缥缈的事物则坚决怀疑。当此情境时，这位老钟表匠仅仅奉上一两句雅致的话。

“欧文，我的小伙子，”他说，“明天晚上我必须在我家看到你。”

艺术家开始咕哝某个借口。

“哦，一定得这样，”皮特·霍凡登说，“看在你曾经还是这个大家庭一员的那些日子的份儿上。什么，我的孩子！你还不知道我的女儿安妮已经同罗伯特·丹福斯订婚？我们要狂欢一场，以我们谦卑的方式，庆祝这个盛事。”

那个小小的单音节词就是他所表达的；音调对于皮特·霍凡登这样的一只耳朵似乎显得冰冷和漠然；然而仍有一些进入了可怜的艺术家的堵塞的心中哭喊，他压制住这股悲痛，就像一个人按捺住一只邪恶的精灵。一阵轻微的爆发，然而，老钟表匠难以察觉的是，他已经放过了他自己。举起他正要用来开始他的工作的仪器，让他落在那件微小的机械系统上，它又花费了他数月的思考时间和辛劳。一击碎毙！

如果在所有其他妨碍的影响里，爱情还没有从他手中参与偷取狡诈，欧文·沃尔兰德的故事或许不算是那些生活困顿、努力地创造美的人可忍受的代表。表面上，他已不是一个热情和有事业心的爱人；他激情的事业已经把骚动和变迁完全限制在艺术家的想象之中，安妮本人则很难说能以一个女人的直觉感受获取这种想象；但在欧文的观点里，它则涵盖了他生命的全部领域。时光难追，当她显示出自己对于任何高深的回应无能为力时，他却坚持把他所有艺术成就的梦与安妮的形象联系起来；她是可见的形象，其中有他所爱慕的精神力量，并且在它的祭坛上，他希望放置一个至高无上的祭品，她成了他的清单。当然他欺骗过他自己：在安妮·霍凡登身上，没有那种他的想象力所赠与她的属性。在她的穿戴留给他的内在印象里，她像那件神秘的机械玩意儿一样是他的一件造物，迟早会被识破。他通过成功爱情的媒介确信了他的错误——他将安妮赢入自己的胸怀，并且看着她从一个天使蜕化为一个普通的女人——这失望或许用尽全力把他带回到了他孤守的事物上。另一方面，他在安妮身上发现了他所幻想的东西，他的命运或许会无比华美，以至于排除了它仅有的冗余，他便会把美锻造成为许多比他曾经为之辛劳的那些更有价值的类型；但是他的悲痛的伪装袭来了，他有一种感觉，生活的天使被抢走并交给一个由尘土与铁构成的粗鲁之人，此人既不需要也不会欣赏她的贤惠——这就是命运乖戾邪恶之处，它让人类的存在显得荒谬可笑和自相矛盾，以至于你可以不必再抱别的什么希望，也不必再有什么失落的恐惧。欧文·沃尔兰德已经一无所有了，只能像一个昏迷的人一样坐在那里。

他大病了一场。病愈之后，他弱小而苗条的身子开始长出一圈肥嘟嘟的肉，这是以前从未有过的事情。他瘦弱的脸颊开始变得圆润；他精巧的小手那原本精神化的形状足以完成仙女的包工，现在也变得比健康婴儿的手还要圆胖。他的外貌有一种童稚的特征，以至于会诱使一个陌生人在他的头上拍一拍，却又突然停住，心里纳闷这是个什么乖孩子。就好像，精神已经脱离了他，听凭肉体植物般地生长。并不是说欧文·沃尔兰德成白痴了。他能讲话，但却逻辑混乱。一些胡言乱语，的确，人们开始这样想他；因为他词锋敏捷地谈论那些从书里看来的乏味却奇长无比的机械奇迹，但却学着将它们看得绝对荒诞。在这些内容中，他列举了黄铜人，由阿尔伯特斯·马格努斯制造，以及修道士培根①制造的铜头；还有，降及后世，小四轮马车和马匹的自动装置，它假装是为法国皇太子制造的；连同一个像活苍蝇一样在耳边发出嗡嗡声的昆虫，然而却是一个微型弹簧的发明物。还有一个鸭子的故事，它步伐蹒跚，嘎嘎叫，爱吃；尽管如此，要是有任何质朴的市民要买它做晚餐的话，他会发现自己被骗了，那不过是一只鸭子的机械幽灵。

“但所有这些，”欧文·沃尔兰德说，“我现在满意的仅仅是

---

① 罗杰·培根（约1214—1293年），英国具有唯物主义倾向的哲学家和自然科学家，著名的唯物论者，实验科学的前驱，知识渊博，素有“奇异的博士”之称。关于他的传说有很多。据传培根造了一只铜头，只要他能听到铜头说话，他的种种计划便可大功告成。反之，则会失败。培根入睡，仆人麦尔斯奉命看守铜头。铜头连续三次报告，仆人惊慌失措，未报告主人，培根遂功败垂成。

欺骗。”

然后他承认他曾经以一种神秘的方式异想天开。在悠闲和如梦的日子里，他认为那是可能的，在一种确定的意义上，将机械精神化，将生命的新种类与运动结合起来，以此生产出美，或许能达到一种观念，大自然在她所有的造物中向她求婚，但却从来没有尽心竭力去实现它。然而，对达成这个目标或这个设计本身，他似乎并没有足够的洞察力。

“我现在已经不管那些了，”他会说，“那是个梦，年轻人们总是用它来迷惑自己。现在我已经学到了一些常识，使我能笑着想起它。”

可怜，可怜和堕落的欧文·沃尔兰德！这些正是他不再成为一个更好星球的居民的征兆，这个星球在我们周围无法看见的地方。他已经失去了对不可见事物的信念，就像这类不幸总会发生的那样，现在洋洋自得于自己的聪明，甚至连那些眼睛可见之物也要拒斥再三，并且除了手能触摸到的东西之外什么都不能安然信任。这是一种人的灾难，这些人身上精神性的部分已经死去了，留下更迟钝的理解力，越来越多地认同那些单调僵化的东西。但在欧文·沃尔兰德身上，精神没死，也没流逝；它只是沉睡着。

它是如何苏醒的则没有记录。或许那麻木的酣眠被一阵惊厥的疼痛打破了。或许，正如在前面的例子中，蝴蝶飞来，在头顶徘徊，重新激发了他——这个太阳的造物的确总是带着对艺术家的神秘使命——激发出过去他生命的目标。无论是痛苦还是欢乐在他的血脉里颤动，他的第一个冲动便是去感谢上帝，他促使他重新成为思想、想象和最敏锐的感受力的生命，这些他已经弃绝很久的东西。

“现在为了我的工作，”他说，“我从未像现在这样为它感受到如此的力量。”

然而，他自我感受到的强壮，激励他更勤勉地艰苦劳作，带着一种唯恐死亡会在他劳作的时候惊吓他的焦虑。或许，这焦虑对所有心高气傲的人都是普遍的，在他们自己看来，生命变得重要只是以它的成就为条件。只要我们为了生活本身而爱它，我们就很少害怕失去它。当我们妄图使生命达成一个目标，我们就会认识到它结构的弱点。但是，伴随着这种不安全感，在我们死亡之轴的刀枪不入里，有一个致命的信念，当我们忙于任何看起来由上帝分配的正当任务的时候，世界会为那些我们本应该将之保持未完成状态的事而哀悼。一个伟大的、有着改革人类理想的灵感的哲学家，会相信他正在凝神屏息以道出光明的语言？他应该这样腐朽吗？这令人厌倦的时代可能会逝去——世界的生命沙子或许会散落，一团一团——在另一个智力准备好去发展这个可能已经被说出的真理之前。但是历史提供了大量的例子，在任何特殊的时代都在人类形态中证明过了，大多数宝贵的精神已经过早地夭折，只要道德判断能够识别，便不给他留下空间去完成他在尘世的使命。先知已死，心灵迟钝和脑子僵化的人活了下来。在天界的唱诗班里，诗人让他的歌只唱一半，或者在超越道德听力的范围完成它。画家——像奥尔斯顿[①]那样——在画布上只留下

① 查尔斯·奥尔斯顿·柯林斯（1828—1873 年），英国画家、作家，他和同一时代的前拉斐尔派画家交往密切，代表作品有《伯伦加莉亚的担忧》和《修女的沉思》等，其作品多用宗教象征，注重细节描绘，色彩强烈。

他观念的一半，让我们伤感于残缺的美，并继续画出全部，如果这样说不算不敬的话，用天国的色彩。但毋宁说这条生命的残缺设计在任何地方都不会补全。人类最心爱的计划如此频繁地流产，必然被用作证据说明除了精神的运动和显现之外，尘世的行为是毫无价值的，无论怎样以虔敬和天才来使之轻灵化。如果在天国里，所有普通的思想都比弥尔顿[①]的颂歌要高尚和悦耳。那么，他会对他遗留在此未能完成的诗篇再增添一段吗？

还是回过头来说说欧文·沃尔兰德吧。达成生命的目标就是他的命，不管是好是坏。让我们越过紧张思考的长廊，渴望努力、微小的辛劳，和徒劳的焦虑吧，以瞬间的孤独胜利而告终：让所有这些都留在我们的想象之中；然后在一个冬天的晚上，看艺术家寻求参加罗伯特·丹福斯的炉边餐会。在那儿他发现了身材魁梧的铁匠，他的身体被家庭幸福的火焰烘烤着，其乐融融。安妮也在那儿，现在已经转变为一个主妇，濡染了她丈夫朴素而强健的本性，但正如欧文·沃尔兰德始终坚信的，也渗透着一种更美好的优雅，这或许让她能够成为居于力与美之间的解释者。同样地，恰好老皮特·霍凡登也是今晚她女儿炉边餐会的一名客人，正是他那令人印象深刻的敏锐表情、冷酷的苛责一下子就遭遇了艺术家的眼神。

“欧文我的老朋友!”罗伯特·丹福斯大叫道，开始发话，并用习惯铰铁条的那只手紧紧捏住艺术家精巧的手指，“我们终于

---

① 约翰·弥尔顿（1608—1674 年），英国诗人、政论家，民主斗士，是清教徒文学的代表。其代表作《失乐园》和《荷马史诗》、《神曲》并称为西方三大诗歌。

亲善而友好地聚在了一起。我还担心你的永动机已经把你迷惑在旧时代的记忆里了。”

“见到你我们很高兴，”安妮说，庄重的脸上立刻绯红一片。“跟我们生分这么久很不像个朋友。”

“那么，欧文，”老钟表匠询问道，作为初次致礼，“美进行得怎么样了？你最后把它造出来了？”

艺术家没有立即回答，而是被一个力量幼童的幽灵给吓住了，这幽灵跌倒在地毯上——一个小人物，行踪神秘，身上却带着一种坚定和真实的成分，他似乎是由尘世所提供的某种浓密的物质铸造而成的。这个满怀希望的婴儿朝新来者匍匐爬去，并像罗伯特·丹福斯表达的姿势那样让自己站了起来，用一种异常睿智的洞察盯着欧文，以至于母亲不得不与丈夫交换了一个自豪的眼神。但艺术家被那孩子的眼神扰乱了，仿佛在他与皮特·霍凡登习惯性的表情之间联想到了一种相似之处。他几乎能幻想到，老钟表匠被捏成这个婴孩的样子，从这双婴儿眼睛朝外看，就像他现在做的这样，然后重复那恶毒的问题：“美，欧文！美怎么样了？你成功地创造出了美吗？”

“我成功了，”艺术家回答说，眼中出现了一丝短暂的胜利光辉，脸上闪过一丝阳光般的笑容，却仍然沉浸在一种几乎是悲哀的思想深渊中，“是的，我的朋友们，是真的。我已经成功了。”

“真的！”安妮高呼，脸上再次露出少女的欢乐表情，“现在询问那秘密是什么就是合法的了？”

“当然，我来这儿就是为了公开它，”欧文·沃尔兰德回答，“你应该知道，并且看到，摸到，甚至占有那个秘密！因为，安妮——如果以我仍然能向天真年代的朋友致辞的名义——安妮，我是为了你的新娘礼物才锻造这个精神化的机械的，这运动的和谐，这美的神秘。它来得太晚了，确实；但它是在我们向前生活的时候，当事物开始失去它们色彩的鲜艳以及我们灵魂开始失去感知的精妙时，美的精神是最需要的。如果——原谅我，安妮——如果你知道怎样——去珍惜这件礼物，它来得永远都不晚。”

正如他说的，他制造出了一个像是珠宝箱的东西。他亲手在乌檀木外边雕刻了华美的图案，用奇幻的珍珠花饰窗格镶嵌，表现一个男孩追捕着一只蝴蝶，这在任何别的地方已经成为一种带翼的精神，并朝天国飞去；然而那男孩，或少年，已经发现他在他强烈的欲望里有着如此的效力，从尘世攀升到云端，从云端到天国的空气，最终赢得美。艺术家打开这个乌檀盒子，让安妮把手指放在它的边缘。她这样做了，她几乎尖叫出来，一只蝴蝶翩然飞出，降落在她的指尖上，站在那里扇动着它那带着紫色和金色斑点的翅膀上的华美富丽，就像是一阵飞舞的前奏。不可能用语言表达出这种融入了这件事物之美的光荣，壮丽和精妙的华美。大自然观念的化身，蝴蝶在这里显现了它所有的完美；不是以如此晦暗的昆虫模样掠过尘世的花朵，而是以那些盘旋过天堂草地的精灵的样子，与那些天使和死去的婴儿相伴欢娱。双翼上丰富的绒毛熠熠生辉；眼睛的光泽似乎带着精神的本能。火光在这个奇迹周围闪烁着——烛光在上面闪烁；但是那闪光显然是它自己发出的，照亮了手指，突出了那只手，上面栖息着一道宝石般的白光。在它完善的美中，体型的考虑被完全排除在外。要是它的双翼飞越苍天，这颗心将再充实和满足不过了。

“太美了！太美了！”安妮惊叫道，“它还活着吗？它还活着吗？”

“活着？当然是的，”她的丈夫回答说，“你能设想任何凡人有足够的技能制造一只蝴蝶，或者会自愿摊上这种麻烦吗？当任何孩子在一个夏天的下午捉到二十个蝴蝶的时候？活着？当然！但这个漂亮的盒子毫无疑问出自我的朋友欧文之手，这真的符合他的名声。”

这时，那只蝴蝶再次摇着翅膀，绝对逼真地运动着，安妮被惊住了，甚至对它肃然起敬；因为，不管她丈夫的看法如何，她无法相信那到底是一只活的生物还是一件奇妙的机械。

“它是活的吗？”她重复道，比之前更加认真了。

“你自己判断。”欧文·沃尔兰德说，他站在那里，集中注意力凝视着她的脸。

那只蝴蝶振翅飞到空中，绕着安妮的头盘旋，然后骤然飞升到客厅的一个遥远的所在，仍然发出它那可感知的光，翅膀的运动笼罩在那闪耀的光辉中。地上的婴儿睁着聪慧的小眼睛跟随着这条轨迹。在绕房间飞舞一周之后，它转身画了一个螺旋的曲线，重新落到安妮的手指上。

“可它是活的吗？”她再次喊道，那华丽的精灵降落，手指有些震颤，蝴蝶被迫扇动翅膀以保持平衡，“告诉我它是活的，还是你创造的？”

“为什么问谁创造了它，它如此美丽？”欧文·沃尔兰德回答，“活着？是的，安妮；说好的要拥有生命，因为它吸收了我的生命；在那只蝴蝶的秘密里，在它的美里——这美不仅仅是外在的，而且深入到它的整个身体——它代表了智力，想象，情感，美之艺术家的灵魂！是的；我创造了它。但是，”——说到这儿，他的面容有些变化——“这只蝴蝶现在已经不是在我少年时代遥远的白日梦里见到的那样。”

“该是怎样就怎样，它是个漂亮的玩具，”铁匠说，露出孩子般快乐的笑容，“我想知道它是否愿意屈尊降落到我这样一只粗笨的大手指上？带它到这边来，安妮。”

在艺术家的指引下，安妮让她的指尖触着她丈夫的指尖；在一阵短暂的耽搁之后，蝴蝶从一只手指飞到另一只。它类似地做了一秒钟的飞行前奏，然而却不同样精确，像初次试验那样扇动着翅膀；然后，从铁匠健壮的手指上飞起，渐渐飞成一个扩大的弧线，直到天花板，围着屋子恣意飞翔，然后回身做了一个波浪状的运动，回到它起飞的点上。

“很好，那的确打败了大自然！”罗伯特·丹福斯大叫道，搜寻着表情致以热诚的赞誉；他在这儿停顿住，确实，一个更善言辞和更聪明的人不能轻易地多说。“那超过了我，我承认。但又怎么样？在我铁锤的一记直率的猛击之中，有着比我的朋友欧文更真实的用处，他辛辛苦苦花费整整五年时间，全浪费在这只蝴蝶上面了。”

这时，那孩子拍着他的手，发出一串含糊不清的语音，显然是要求把那只蝴蝶交给他做玩具。

同时，欧文·沃尔兰德斜瞥着安妮，想发现她是否认同她丈夫对美与实用的相对价值所做的这番评价。在她对他的善意中，在所有她思考这件奇迹作品——出自他之手并凝结着他的理想——的惊奇和崇敬之中，有一个秘密的角落——或许，对她自己的感觉太过隐秘，只有以像艺术家那样直觉的洞察力方可察觉。但是欧文，在他工作的后期，已经上升到了这样一个发现可能是折磨的境界。他知道这个世界，安妮作为这个世界的代表，无论什么样的赞誉都可以授予她，她既不能说出适当的言语，也无法感觉到合适的情绪，来作为对一个艺术家的完美报酬，他象征着一种世俗事物中崇高的道德——将尘俗的转化为精神的黄金——已经成功地把美转化成了他的手工艺术品。并非在这最后的时刻他才认识到，所有高超表演的奖品一定存在于它自身之中，否则就存在于徒然之中。然而，安妮和她的丈夫有一种物质的观点，甚至皮特·霍凡登，可能也完全理解，那让他们感到满足的就是，多年的辛劳在这儿得到了正当的奖励。欧文·沃尔兰德可能已经告诉他们，这只蝴蝶，这只玩具，这只由穷钟表匠送给铁匠之妻的新婚礼物，真的是一件艺术珍宝，甚至一个君王购买它也要带着尊崇和大量财富，并将它珍藏在王国的众多珠宝之间，作为它们中唯一和无与伦比的。但是艺术家笑着，独自保藏了这个秘密。

“爸爸，”安妮说，觉得出自老钟表匠之口的一句赞扬或许能让他以前的学徒高兴，“过来，瞻仰一下这只美丽的蝴蝶。”

“让我们看看，”皮特·霍凡登说，从椅子里站起来，脸上带着一股冷笑，总让人们怀疑，他自己也会这样怀疑，他只不过是一个物质的存在，“这是我的手指，让它降落。我应该更了解它，我曾经碰过它。”

但是，让安妮无比吃惊的是，当他父亲的手指抵着她丈夫的手指的时候，蝴蝶还在后者上面休息，那只昆虫垂下它的双翼，眼看着要朝地板上的一点落下去。除非她的眼睛欺骗了她，甚至它双翼上金色的光点都变得模糊，那鲜艳的紫色带上了晦暗的色彩，在铁匠手指周围闪烁的光彩也黯淡下去，直至消失。

“它要死了！它要死了！”安妮哭着，呼叫道。

“它是精密锻造的，”艺术家平静地说，“就像我告诉你的，它已经吸收了精神的本质——且称之为磁性，或者随便你怎么称呼。在一个怀疑和嘲笑的氛围里，它精细的敏感性经受了折磨，就像它把自己的生命徐徐灌入灵魂里。它已经失去了自己的美；再过几分钟，它的机械会不可挽回地受伤。”

“拿开你的手，爸爸!”安妮乞求道，脸色苍白，“我的孩子在这儿；让它待在他纯洁的手上。来这儿，或许它的生命会复苏，它的颜色也会变得比以前更明亮。”

她的父亲绽出一个辛辣的笑，收回他的手指。然后那只蝴蝶似乎要从自发的运动力量中恢复过来，它的色彩呈现出许多原有的光泽，像星光般闪烁，那是它最圣洁的品质，又在周围形成一圈光环。一开始，当从罗伯特·丹福斯的手上转移到孩子的小手指上的时候，它的光辉是那么明亮，以至于明晰地把小家伙的影子照在了后面的墙上。同时，他学着爸爸妈妈的样子伸开圆胖的小手，天真烂漫地看着昆虫翅膀的挥舞。然而，有某种睿智的古怪表情让欧文·沃尔兰德感到，好像那是老皮特·霍凡登，一点一点地，把他从坚定的怀疑中救入孩子般的信仰里。

“这小猴子看起来多聪明啊!”罗伯特·丹福斯低声对他的妻子说。

“我从来没有在孩子的脸上看到过这样的表情，”安妮回答道，崇拜着她自己的孩子，并且合情合理，远甚于崇拜那只艺术家的蝴蝶，“这小鬼比我们更懂得这神秘之物。”

仿佛那蝴蝶像艺术家一样意识到什么孩子的本性里不完全一致的东西，交替闪耀，变得灰暗。终于，它从孩子的那只小手上飞起，做着空中运动，似乎要努力地向上飞升，似乎它主人的精神赋予它的那些天上的本能，推动着这个美丽的景象自由自在地飞向更高的领域。如果没有障碍的话，它可能会一直飞入苍穹，进入永恒。但是它的光彩在天花板那里变得黯淡；双翼的精致结构磨滑着尘世的介质；闪了一两下光，像星尘一样，往下散落，晦暗无光地躺在地毯上。然后，那只蝴蝶又震颤起翅膀，并不回到婴儿那里，而是明显地飞向艺术家的手中。

“不要这样！不要这样！”欧文·沃尔兰德嘟囔道，好像他的手工艺术品理解他似的，“你已经飞出了你主人的心灵。你不能回头。”

做着波浪运动，发出一阵颤抖的光泽，那蝴蝶挣扎着，然后它朝着婴儿飞去，正要落在他的手指上；但它仍然徘徊在空中，小孩使出力量，脸上带着他外祖父那种尖锐和机灵的表情，抢过那只神奇的昆虫，并攥在手里。安妮尖叫一声。老皮特·霍凡登爆发出一声冷酷和轻蔑的笑声。铁匠竭尽全力掰开孩子的手，发现手掌里只剩下一小堆发光的碎片，美的神秘已经永远从那儿逃走了。至于欧文·沃尔兰德，他看起来很平静地望着他毕生的心血似乎被毁掉，似乎又没被毁掉。他捕捉到了另一只更远的蝴蝶。当艺术家上升得足够高，去成就美的时候，那种他用来让道德感可见的象征，在他眼中就变得毫无价值，但他的精神却在现实的欢乐中占有了它自己。

脑袋与肩膀

[美] 菲茨杰拉德

陈　龙 译

I

1915年，贺拉斯·塔博斯只有十三岁。那年他参加了普林斯顿大学的入学考试，在恺撒、西塞罗、维吉尔、色诺芬、荷马、代数学、平面几何、立体几何和化学的几门考试中均获得了A等的成绩——卓尔不群！

两年以后，乔治·M·科汉正在创作《在那边》，贺拉斯在一定程度上已经是大学二年级的尖子生了，正着手准备以《三段论作为过时的学术形式》为题的论文。在蒂耶里堡战争[①]期间，他坐在桌子前考虑要不要等到十七岁生日再开始写题为《新现实

① 蒂耶里堡战争，1918年5月协约国军队同德军在法国蒂耶里堡进行的攻防战，属于马恩河会战的一部分，以德军的溃败告终。

主义者对实用主义的偏好》的系列论文。

没过多久，一个报贩子告诉他战争结束了，他很高兴，因为这意味着彼得兄弟出版公司将推出新版的斯宾诺莎[1]《论理解力的提高》。战争自有其美善之处，它让年轻人学会自力更生，或者别的优点，但贺拉斯觉得他将永远无法原谅校长的是，在签订虚假停战协议的那天晚上，他竟然准许一支军乐队在他窗下大肆演奏，导致他在写《论德国的唯心主义》这篇论文的时候忽略了三个极为重要的句子。

第二年他赴耶鲁深造，攻读艺术硕士学位。

那时他年仅十七，高大细长的个子，近视的灰色眼睛，从他那惜字如金的话语里透露出一副超然物外的口气。

“我从来没觉得我是在跟他谈话，”迪林格教授对一个要好的同事如是说，“他让我觉得好像我是在跟他派来的代表谈话一样。我总是在期待着他上一句：‘很好，我考虑一下，看看怎么回事。’”

就这样，他对任何事都漠不关心，好像贺拉斯·塔博斯已经成为了屠夫“彼福先生”或者男服经销商“海特先生”[2]，生活阔步前进，抓住了他，操纵他，折磨他，把他像周末下午的廉货柜台上的一片蕾丝边一样摊开展示。

---

① 巴鲁赫·斯宾诺莎（1632—1677 年），西方近代哲学史重要的理性主义者，与笛卡尔和莱布尼茨齐名。代表作有《伦理学》等。

② 屠夫“彼福先生”或者男服经销商“海特先生”，“彼福”是 Beef 的音译，意思是牛肉；“海特”是 Hat 的音译，意思是帽子。这里运用了物化的人名比喻，意在暗示贺拉斯·塔博斯超然物外、专注内心的精神特征。

为了紧跟文学时尚的步伐，我应该说这全都是因为早在殖民时代，吃苦耐劳的先驱们就已经来到了康乃迪克州[①]这个不毛之地，并互相问询："你说，我们该在这儿建些什么？"他们中最努力的一位曾回答道："让我们建一座城镇吧，剧院经理可以在这儿演出音乐喜剧！"后来不知过了多久，他们在这儿创建了耶鲁大学，继续在那里演出音乐喜剧，这是人尽皆知的事情了。总之在一个十二月，喜剧《霍姆·詹姆斯》要在舒伯特剧场开演，所有学生高喊着要求玛西娅·梅朵加唱，她唱了这部戏剧的第一幕中一首关于一个大笨瓜的歌曲，最后还跳起歇斯底里、令人欢欣鼓舞的庆祝舞蹈。

玛西娅十九岁。她没戴翅膀，但观众普遍认为她根本就不需要戴。她是个天生的金发碧眼女郎，正当午走在大街上她也不用化妆。除此之外，她和别的女人几乎毫无两样，并不多优秀。

查理·蒙答应，如果她钓到贺拉斯·塔博斯这个特异非凡的奇才，他就给她五千支培美牌香烟。查理是谢菲尔德大学的一名毕业班学生，他和贺拉斯是表兄弟。他们彼此欣赏，惺惺相惜。

贺拉斯那天晚上忙得七窍生烟。法国人劳里埃难以理解新现实主义重要意义，这个想法萦绕在他的脑际。事实上，对于书房门口那一记低缓、清晰的敲门声，他唯一的反应就是想到，要是没有一只耳朵在那儿听着，是否还真正存在任何敲门声。他觉得自己越来越接近实用主义了。但就在那时，尽管他毫无所知，他正以令人惊异的速度奔向某种与实用主义背道而驰的命运。

---

① 康乃迪克州，美国东北部新英格兰地区 6 个州之一，也是新英格兰区域中最偏南的一州，首府哈特福德。

敲门声响了——三秒钟过去——敲门声又响了。

“请进。”贺拉斯机械地喃喃自语道。

他听见门开了又关上，但他只是坐在炉火前的扶手椅里俯身读书，连头也不抬一下。

“把它放在隔壁房间的床上。”他心不在焉地说。

“把什么放在隔壁房间的床上?”

玛西娅·梅朵的歌声很美，但是她说起话来就像是叽里呱啦的竖琴一般。

“洗好的衣服呀。”

“不行。”

贺拉斯坐在椅子里不耐烦地动了一下。

“为什么不行?”

“为什么，因为我没有衣服。”

“哼!”他恼怒地回答道，“那你就该回去拿。”

贺拉斯前面隔着炉火，放着另一把安乐椅。他已经习惯于晚上换到那把椅子上，作为锻炼和休息的一种方式。他将房间里的一把椅子称作伯克利[①]，另一把称作休谟[②]。他突然听到一种窸窸窣窣的声音，一个影子仿佛沙沙地沉进了休谟里面。他抬头看

---

① 乔治·伯克利（1685—1753年），英国哲学家，爱尔兰克罗尼地区的主教，主要哲学思想是唯心主义和经验主义。他与约翰·洛克和大卫·休谟被认为是英国近代经验主义哲学家的三位代表人物。

② 大卫·休谟（1711—1776年），苏格兰哲学家、经济学家和历史学家，他被视为是苏格兰启蒙运动以及西方哲学历史中最重要的人物之一。他对传统哲学中的因果、归纳问题提出怀疑，还有实践理性和人性论思想。

了一眼。

“好吧，”玛西娅带着她在《哦，公爵喜欢看我跳舞！》第二幕中的甜美微笑说，“好吧，奥玛尔·开阳[1]，我就在你身边，在旷野中唱歌。”

贺拉斯神情恍惚地盯着她。一刹那间他心生疑惑，怀疑她的存在只是他想象出来的一个幽灵。女人从不随便走进男人的屋子，随便坐进男人的休谟里。女人只会为男人带来洗过的衣服，只会在电车里抢坐你让给她的位子，最后当你老得知道何谓枷锁时，跟你结婚。

这个坐在休谟里边的女人分明是个真实的存在。她那薄如蝉翼的棕色裙子俨然是休谟皮质扶手散发出的艺术泡沫！如果他再看得久一些，就能看见休谟正穿过她的身体，他就会在屋子里继续孤独下去。他用手揉了揉眼睛。他真的有必要重新开始练习他的秋千技艺了。

“看在老天的份上，不要用这么刻薄的眼神看着我！”泡沫愉快地抗议道，“我感觉你好像很希望我赶紧离开你这个巢穴。那样除了我的影子之外，我就再也没有什么东西留在你的眼里了。”

贺拉斯咳嗽了一声。咳嗽是他的两种习惯动作之一。只要他一谈起话来，你简直会忘了他还有一个身体。听他说话就像听着一个已经死去很久的歌手的唱片一样。

“你想要什么？”他问。

“我想要那些信，”玛西娅用夸张的嘎嘎声说，“你在1881年

① 奥玛尔·开阳，波斯诗人及天文学家。

从我祖父手上买走的那些信，那是我的。”

贺拉斯若有所思。

“我没有你的信，”他平静地说，“我只有十七岁。我的父亲是1879年三月三日才出生的。你肯定是认错人了。”

“只有十七岁?”玛西娅怀疑地问。

“我认识一个女孩，”玛西娅怀旧似地说，“她十六岁的时候就参加了喜剧表演。她非常自恋，没有一次在说到自己‘十六岁’的时候前面不带一个‘只有’。我们就叫她‘只有杰西。’她一直都是这个样子——如果不说是变得更糟的话。‘只有’是个很糟的习惯用语，奥玛尔——它听起来就像是一句辩解。”

“我的名字不是奥玛尔。”

“我知道，”玛西娅点头表示赞同，“你叫贺拉斯。我叫你奥玛尔，是因为你让我想起了香烟屁股。”

“那我也没有你的信。我怀疑我是否见过你的祖父。事实上，我认为你自己能活在1881年也是绝对不可能的。”

玛西娅惊讶地盯着他。

“我——1881?还用说！当弗洛若多拉六人组合还在修道院的时候，我就已经是个二线演员了。我是索尔·史密斯夫人演朱丽叶的那个戏里保姆的第一任扮演者。怎么，奥玛尔，你不信，1812年战争期间我可是个餐厅歌手。”

贺拉斯突然灵机一动，咧嘴笑了。

“是查理·蒙让你上这儿来的吗?”

玛西娅不可思议地看着他。

“查理·蒙是谁呀?”

“小个子、大鼻孔、大耳朵的一个家伙。”

她耸了耸肩，打了个喷嚏。

“我可没有注意朋友鼻孔的习惯。”

“那么说就是查理啰?”

玛西娅咬了咬嘴唇，然后打了个呵欠。“哦，我们还是换个话题吧，奥玛尔。再这样下去，我就要在这把椅子里打呼噜了。”

“是的，”贺拉斯一本正经地回答道，“休谟总是让人昏昏欲睡……”

“你朋友是谁？他要死了么？[①]”

突然之间，贺拉斯·塔博斯立起细长的身材，开始在屋子里来回踱步，双手插在衣兜里。这是他的另一个习惯动作。

“我不在乎这个，”他就像是在自言自语似的，“一点也不。我也不在乎你待在这里——我不在乎。你的确是个漂亮的小尤物，可我不喜欢查理·蒙把你派来。我难道是一个门房或者是一个药剂师实验室里的标本吗？我发达的智力看起来很可笑吗？难道我看起来像漫画杂志里的波士顿小子吗？难道那个乳臭未干、总是跟人唠叨他在巴黎待过一个礼拜的故事的蠢驴，蒙，有任何权利……”

“没有，”玛西娅截然打断他，“你是个顶可爱的小子。到这儿来，吻我。”

贺拉斯立刻在她面前停下了脚步。

“你为什么想让我吻你?”他一本正经地问道，“你难道到处

---

① Soporific，催眠剂、催眠的、令人瞌睡的，还有安眠药的意思。玛西娅在这里从字面上误解贺拉斯的意思，很可能是故意捣乱，或刻意岔开话题，设法与贺拉斯周旋。

去和别人接吻吗?”

“那又怎样，是的,”玛西娅从容不迫地承认,“这就是生活。到处去和别人接吻。”

“既然这样,”贺拉斯决然回答道,“我必须说你的这个想法非常荒唐！首先，生活并不仅仅意味着去和人接吻；其次，我也不会吻你。因为那样可能会养成一个习惯，而我一旦养成一个习惯就很难摆脱。今年我就养成了一个直到七点半还赖在床上的习惯……”

玛西娅若有所悟地点点头。

“你有任何的乐子吗?”她问。

“你说乐子是什么意思?”

“你瞧,”玛西娅坚决地说,“我喜欢你，奥玛尔，但我希望你说话的时候多动动脑子。你的话听起来就像是从嘴里咕噜出来的一长串口水，每一次流出来的时候都只会使你一败涂地。我是问你是否有过什么乐子。”

贺拉斯摇了摇头。

“也许以后会有的,”他回答道,“你瞧，我是个让别人拿来算计、拿来做实验的对象。我承认我也会感到厌倦——有时候我也会。但是——哦，我也说不清！可是你和查理·蒙称之为乐子的东西对我来说并不是乐子。”

“怎么说?”

贺拉斯盯着她，正要张口讲，然后又改变了主意，重新踱起步子。他本想打定主意不去看她，但最终失败了。

“怎么说?”

贺拉斯朝她转过身来。

“如果我说了，你能不能答应我，对查理·蒙就说我不在家?”

“嗯嗯。”

“这样就好了。我给你讲讲我的故事：我是个喜欢问‘为什么’的孩子。我想弄清轮子为什么转动。我的父亲是普林斯顿的一名年轻的经济学教授。他按照一种教育方式把我带大，那就是尽其智商之所能回答任何我提出的问题。我对这些问题的敏捷反应让他产生了做一个早熟试验的想法。然而事与愿违，我耳朵出了问题——在九岁到十二岁之间总共动了七次手术。这自然让我和其他的男孩区别开来，迫使我及早成熟。不管怎样，当我的同龄人还在大费脑筋读《雷穆斯大叔》[①]时，我已经能够阅读原文的卡图卢斯，并乐在其中了。

“我十三岁的时候就通过了大学入学考试，那简直不费吹灰之力。我整天打交道的都是些大学教授，知道自己具有高超的智力我不禁踌躇满志。尽管我天资聪颖，我在其他方面却没有什么不正常的。到了十六岁的时候，我开始讨厌成为一个别人眼中的怪物；我认定我现在这个样子是因为有人犯了一个严重错误所造成的。可我已经走了那么远，毫无退路，最后我决定以获得艺术硕士学位作为此事的终结。我生活的主要兴趣就是研究现代哲

---

① 《雷穆斯大叔》，乔治亚州出生的小说家乔维尔·C·哈里斯（1848—1908）的作品。是以年老、可爱的黑人雷穆斯大叔述说黑人传奇与动物故事之形式撰成的。据说，其方言颇能正确地显示出南方黑人的语言。自1880年发表第一篇故事后，已有好几种雷穆斯大叔之类的作品出现。

学。我是个安东·劳里埃学派的现实主义者——还带着点柏格森[①]主义的色彩——还有就是，再过两个月我就十八岁了。就是这些。”

“喔唷！”玛西娅惊叫道，“这些已经够了！你用灵嘴巧舌完成了一次优雅的演讲。”

“满意了？”

“不，你还没吻我。”

“那不在我的程序之内，”贺拉斯抗辩道，“要明白，我并不妄称自己超越于物理世界之上。它们有它们的地位，但……”

“好啦，别再表演你那套该死的理性！”

“我情不自禁。”

“我讨厌那种吃角子的老虎机人[②]。”

“我向你保证我……”贺拉斯又开始了。

“哦，闭嘴！”

“我自己的理性……”

“我没有说到任何关于你国籍的问题[③]。你是美国人，不是吗？”

“是的。”

---

① 亨利·柏格森（1859—1941年），法国哲学家，曾获诺贝尔文学奖，代表作有《创造进化论》等。他的直觉主义生命哲学观对20世纪精神学科影响很大。

② 吃角子的老虎机，一种不用服务员的赌博游戏所用的机器，也称角子机或老虎机，可以连续不断地吞吐游戏筹码。

③ 国籍的问题，“理性（rationality）”一词与“国籍（nationality）”一词在英文中是形近字，发音也相似。

“那好，对我来说那很好。我有个主意，我想看看你做一件并不在你自炫博学程序之内的事情。我想看看你这个，你是怎么说来着，带点巴西配料[①]的人——你自己说你是——到底能不能变得有人情味儿一点儿。”

贺拉斯再次摇了摇头。

“我不会吻你的。”

“我的生命已经枯萎了，”玛西娅用悲剧的腔调嘟囔道，“我是一个失败的女人。我这辈子甚至连获得一个巴西配料的人一吻的机会都没有。”她叹息一声，“不管怎样，奥玛尔，你能过来看我的演出吗？”

“什么演出？”

“我在《霍姆·詹姆斯》里演一个恶劣的角色。”

“是轻歌剧？”

“是的——在某种程度上。其中一个角色是个巴西水稻种植园主。也许你会对他感兴趣。”

“我看过一次《波西米亚少女》，”贺拉斯大声地回答，“在一定程度上……我倒蛮欣赏那出戏的……”

“那么你会来啰？”

“呃，我……我……”

“噢，我明白了——你要去巴西度周末。”

“瞎说什么啊。我很高兴去……”

玛西娅鼓起手掌。

---

① 巴西配料的人，玛西娅在此处将上文的哲学家“柏格森色彩”（Bergsonian trimmings）听成了“巴西配料”（Brazilian trimmings）。

“你真是个大好人！我会寄给你一张票——星期四晚上，怎么样？”

“呃，我……”

“好了！就星期四晚上。”

她站起来，走近他，伸出双手放在他肩上。

“我喜欢你，奥玛尔。很抱歉我原本想戏弄你一下。我以为你是那种冷酷无情的人，但你是个好男孩。”

他讥讽地朝她看了看。

“我的年龄可比你大了几千岁啊。”

“你可要好自为之。”

他们郑重地握了握手。

“我的名字叫玛西娅·梅朵，”她强调道，“记住了——玛西娅·梅朵。我不会告诉查理·蒙你在家的。”

过了一会儿，当她三级一跳地下到最后一级楼梯时，听到一个声音从上面的扶栏上传来：“喂，我说——”

她停住脚抬头往上看——看见一个伏在栏杆上的模糊身影。

“喂，听我说！”天才再次喊道，“你能听到我说话吗？”

“我听着呢，奥玛尔。”

“我希望我没有给你留下一种把接吻看成本质上非理性的印象。”

“印象？哦，你根本就没有吻我嘛！别自寻烦恼了——再见。”

听到有女人的声音，旁边的两扇门好奇地打开了。一声暗示性的咳嗽从上面传来。玛西娅提起裙子，狂野地冲下最后的台阶，旋即隐没在康乃迪克州室外的夜色里。

楼上，贺拉斯又在书房里来回踱步了。他时不时朝暗红色的伯克利瞟上一眼，它温柔高贵地等候在那里，垫子上一本打开的书在诱惑着他。然后他发现他在地板上逡巡的路线一次一次把他带得离休谟更近。此刻的休谟有一种说不清道不明的奇异感觉。那个别致的身影似乎仍然坐在上面，如果贺拉斯在那儿坐下，他就会感觉到仿佛是坐在一位女士的怀里。尽管贺拉斯说不清楚到底奇异在哪里，可那种感觉就是难以驱散——对于喜欢沉思的头脑来说，它是那么难以捉摸，但它又是真实存在的。休谟在那里放射着某种东西，在他对人类两百多年的影响史里，那是从未有过的。

休谟正散发着玫瑰精油的芳香。

II

星期四晚上，贺拉斯·塔博斯坐在第五排一个靠过道的位子上，欣赏着《霍姆·詹姆斯》。很是奇怪，他发现自己竟然被这出戏迷住了。由于他对有着悠久传统的哈默斯坦剧院[①]式插科打诨大笑着表现出极大的兴趣，坐在附近的几个愤世嫉俗的学生们便有些愤愤不平。但贺拉斯还是焦急地等待着玛西娅·梅朵出来唱她那首《一个喜欢爵士乐的大笨瓜之歌》。当她终于戴着一顶鲜花修饰的帽子容光焕发地出场时，一阵暴雨般的掌声淹没了他，直到歌声结束时，他也没有加入那暴风雨般的掌声中。他感

① 哈默斯坦剧院，美国纽约曼哈顿中心的一个历史悠久的剧院。

到有些麻木。

第二幕之后的幕间休息时，一个引座员突然出现在他面前，问他是不是塔博斯先生，然后交给他一张字迹饱满而稚气未脱的纸条。贺拉斯有点困惑地读了起来，而那个引座员则怀着无聊的耐心在过道里消磨着。

> “亲爱的奥玛尔：演出结束后我总是饿得要命。如果你愿意在塔夫脱烧烤店犒劳我一顿的话，直接告诉那个给你纸条的大块头就行了，不胜感激。
>
> 你的朋友，
>
> 玛西娅·梅朵。”

“告诉她，”他咳嗽了一下，“告诉她就按她说的办。我会在剧院门口等她。”

那个大块头引座员傲慢地笑了起来。

“我想她的意思是让你到后台附近等。”

“哪儿？后台在哪儿？”

“在外面。出门往左拐。走进那条小巷。”（他的发音含混不清。）

“什么？”

“外面。出门往左拐！走进小巷！”

这个傲慢的家伙撤了。坐在贺拉斯后面的一个大一学生偷偷笑着。

半小时后，在塔夫脱烧烤店里，天才坐在那位金发女孩的对面，讲了一件离奇的事情。

“你就一定要跳最后一幕里的那段舞吗?”他诚挚地问，“我是说，如果你拒绝跳那段舞他们难道会解雇你不成?”

玛西娅露齿而笑。

“那舞很有意思的。我喜欢那段舞。”

贺拉斯脱口说出了一句FAUXPAS。（法语，失礼、失言的话。）

“我原以为你会厌恶它，”他言简意赅地说道，“坐在我后面的人都在议论你的乳房。”

玛西娅的脸火烧似的红起来。

“我情不自禁，”她迅速地说，“那段舞蹈对我只是一种杂耍表演。天呐，那舞已经够难的了！我每天晚上要在肩膀上擦半个小时的止痛剂。”

“这样做有乐趣吗——当你在舞台上的时候?”

“嗯——噢——当然了！我已经习惯了万众瞩目的感觉，奥玛尔，我喜欢那种感觉。”

“哼!”贺拉斯脸色阴沉，陷入沉思之中。

“巴西配料怎么啦?”

“哼!”贺拉斯回应道，又过了一会儿，问道，“这场戏接下来要到什么地方演出?”

“纽约。”

“多长时间?”

“要看情况了。一个冬天——大概。”

“噢!”

“上那儿去看我吧，奥玛尔，难道你没有兴趣吗?这儿让你不太舒服，是吧，上你家去怎么样?我多希望我们现在在你房间里啊。”

“在这儿我感觉自己像个白痴。”贺拉斯承认道，一边紧张地环顾四周。

“糟透了！但我们本来相处很愉快的。”

听她这么一说，他一下子变得忧伤起来。她就改变语调，欠身拍拍他的手。

“以前有带过一个女演员出去吃夜宵吗？”

“没有，”贺拉斯悲哀地说，“今后也不会有了。我不知道我今晚为什么要来这儿。在这儿，在这些灯光照耀之下，所有的人都谈笑风生，我却感觉被排除在整个球体之外。我不知道该跟你聊些什么。”

“我们可以聊我。上次我们聊的都是你。”

“好极了。”

“那好，我的姓真的叫梅朵，但我的名字不是玛西娅——而是维罗妮卡。我十九岁。提问——这个女孩是如何跃上舞台脚灯的？回答——她出生在新泽西州的帕塞伊克[①]，直到一年前，她才获得独立生存的权利，靠在特伦顿[②]的马塞尔茶室推销纳比斯科饼干维生。她开始跟一个叫罗宾斯的家伙交往，他是特伦特音乐餐厅里的一名歌手。一天晚上，他让她试唱了一首歌，并跟他一起跳了一支舞。一个月之内，我们的表演让餐厅里每晚都人群爆满。后来我们带着厚厚一沓像餐巾纸似的朋友介绍信，去了

---

① 帕塞伊克，纽约市的近郊住宅城市和工业城市，位于美国新泽西州东北部，临帕塞伊克河，距纽约市曼哈顿区 16 公里。

② 特伦顿，新泽西州首府。

纽约。

“两天后我们在迪维娜瑞尔餐厅找到了一份工作，我还跟一个皇宫酒店的小子学会了希米舞[①]。我们一直在迪维娜瑞尔待了六个月，直到有天晚上一个专栏作家彼得·博伊斯·文德尔到我们那儿吃牛奶吐司。第二天早晨，一首关于神奇玛西娅的赞美诗出现在他的报纸上，两天之内，我就收到了三份歌舞剧团的邀请书，还得到了一个在‘午夜狂欢’里表演的机会。我给文德尔写了封感谢信，他把这封信也登在了他的专栏里——据说这封信的风格很像卡莱尔[②]，更奇特的说法是，我应该放弃跳舞，改行搞北美文学。这让我收到了更多的歌舞剧邀请书，其中一个是在正规舞蹈剧里扮演一个天真少女的邀请。我接受了——所以我就在这儿了，奥玛尔。”

她说完后，他们默默地坐了一会儿，她放下餐叉上的最后一块威尔士干酪，等着他开口讲话。

“我们离开这儿吧。”他突然说。

玛西娅的眼神一下子变得严峻起来。

“这是什么意思？我就那么让你讨厌么？”

“没有，可我不喜欢这儿。我不喜欢跟你坐在这儿。”

玛西娅二话没说，向服务员打了个手势。

---

① 希米舞，一种一扭一摆、抖动肩膀和臀部的舞蹈。

② 托马斯·卡莱尔（1795—1881年），苏格兰散文家和历史学家，英国19世纪著名史学家、文坛怪杰。曾任教于爱丁堡大学，指导过辜鸿铭的硕士学位论文。主要作品有《法国革命》、《论英雄、英雄崇拜和历史上的英雄业绩》、《过去与现在》等。

“多少钱?”她简洁地问，“我这份儿——干酪和姜汁汽水。”

贺拉斯望着服务员算账，面无表情。

“你看,”他开口了,“我打算连你那份儿一起付。是我请客啊。”

玛西娅轻轻叹了一口气从座位上站起来，走出了餐厅。贺拉斯困惑地僵着脸色，丢下一张票子跟着她出去了，上楼进入大厅。他在电梯口赶上她，他们就面对面站着。

“你看,”他重复道,“是我请客啊。我说什么得罪你的话了吗?”

一阵短暂的惊愕之后，玛西娅的眼神温柔下来。

“你是个粗鲁的家伙!”她缓缓地说,“你不知道自己很粗鲁吗?”

“我情不自禁,”贺拉斯说，她发现这种率直特能让人消气。“你知道我喜欢你。”

“你刚才说过你不喜欢和我待在一起。”

“我是不喜欢。”

“为什么?”

从他眼睛上的灰色睫毛森林里，突然发射出耀眼的光芒。

“就因为我不喜欢。我已经养成喜欢你的习惯了。我已经整整两天不能思考任何别的东西了。”

“哦，要是你——”

“等会儿,”他打断她,“我还有话要说。就是：再过六个礼拜我就满十八岁了。等我一满十八岁，我就去纽约看你。在纽约有我们可以去的地方吗，人少一点的地方?”

“当然!”玛西娅微笑道，“你可以来我的公寓。你可以睡在长沙发上，如果你愿意的话。”

“我不能在长沙发上睡，”他唐突地说，“但是我想和你谈话。”

“没问题，当然可以，”玛西娅重复道，“在我的公寓里嘛。”

贺拉斯兴奋莫名地把双手插在兜里。

“好极了——只要我们能单独见面就好。我想跟你谈话，就像上次你在我的房间里高谈阔论那样。”

“可爱的小子，”玛西娅惊叫着笑出来，“你是不是想吻我呢?”

“是的，”贺拉斯几乎是大喊了出来，“只要你想，我就会吻你。”

电梯侍者带着责备的神色看着他们。玛西娅缓缓朝栅栏门那边挪了挪。

“我会给你寄一张明信片。”她说。

贺拉斯的目光异常狂野。

“一定要寄给我哦！元旦之后我随时都会来。那时我就十八岁了。”

当她走进电梯时，他神秘兮兮地咳嗽了几下，就像是隐隐约约带着对铃声的挑战，随即迅速走开去了。

III

他又在那儿了。当她向焦躁不安的曼哈顿观众瞥去时，她一眼就看见了他——坐在下面第一排，头稍微向前倾，灰色的眼睛紧紧盯着她。她知道，对他来说这里只有他们两个，尽管眼前有一排浓妆艳抹的芭蕾舞女郎，耳际回响着小提琴密集的哀鸣，可它们都像是维纳斯的大理石雕像上的粉尘一样难以察觉。一股本能的怒火在她内心燃起。

“傻小子!”她匆匆对自己说道，没有理会观众要她再唱一次的呼喊。

“一个礼拜才一百块，他们还奢求什么——一台永动机?”她在舞台侧翼自说自话地嘟囔道。

“你怎么了，玛西娅?”

“有个我不喜欢的家伙坐在前排。”

最后一幕，当她等待着出场表演自己的拿手好戏时，奇异的怯场之心却突然袭上她的心头。她并没有给贺拉斯寄去许诺过的明信片。昨天晚上，她假装没看见他——一跳完舞蹈就匆匆离开了剧院，回到公寓后一夜无眠，思念——就像她最近一个月里经常地那样——思念着他苍白的、异常神经质的面庞，他的修长、孩子气的前额，以及那让她无法自已的无情而又天真的任性。

现在，他真的来了，她感到一丝模糊的歉疚——仿佛有一份非己所愿的责任压迫着她。

“天才神童!”她高声喊道。

“什么?”站在旁边的黑人喜剧演员询问。

“没什么——我在自言自语。”

站在舞台上她感觉好些了。这是她的舞蹈——她总是觉得，她这么跳并不比任何一个漂亮女孩对男人更有吸引力。她把它做成了一个绝技。

“郊区，市区，调羹上的果冻，

落日之后，在月光下瑟瑟颤动。”

他现在不看着她了。她看得清清楚楚。他正全神贯注地看着舞台背景上的一个城堡，脸上带着在塔夫脱烧烤店里的那种表情。一道愤怒之光向她扫来——他在埋怨她呀。

“心脏的颤动令我惊慌，
爱情充溢着我的内心，多么好笑，
郊区，市区……”

难以抑制的厌恶攫住了她。她突然可怕地意识到她的观众，这是自她登台演出以来从未发生过的事情。前排那苍白的脸是在向她暗送秋波吗，一个小姑娘撅着嘴是表示厌恶她吗？她的肩膀——摇晃着的肩膀——是她的吗？这肩膀是真实的吗？肩膀当然不是拿来干这个的。

“那么——你一眼就能看出
我需要一些人在葬礼上跳圣维达斯舞
世界末日来临，我要……”

一只巴松管和两把大提琴器叫着进入最后的乐章。她停下来，踮起脚尖儿，几乎每根神经都绷紧了，就这样立了一会儿。她年轻的面孔没精打采地望着台下的观众，听见后排的一个少女叫道“你看她的表情，多么困惑，多么奇怪啊”，接着，她不向观众鞠躬就迅速冲下台去。在化妆室，她飞速踢出裙子，套上另一件，跑到外面上了一辆出租车。

她的公寓非常温暖——尽管有些狭小，墙上却挂着一排演出剧照，还有她以前从一个蓝眼睛的书商那里买来的吉卜林[①]和欧·亨利的文集，她偶尔读一读这两套书。房间里有几把应景的椅子，但没有一把坐上去是舒适的，一盏描着画眉图案的粉红色灯罩的台灯，无处不在的粉红色让人有些窒息。房间里自有一些奇妙的东西——可这些奇妙的东西都无情地相互敌视着，无时无刻不在那里散发出一种随意、焦躁的味道。最糟糕的代表就是一幅画在橡树皮框里的大型风景画，画的是从伊利铁路[②]上看到的帕塞伊克——完全是以一种狂乱、过度放纵、异常吝啬的意图，想要在屋子里营造出一种欢乐的气氛。玛西娅知道那是一件十足失败的作品。

天才走进屋子，笨拙地拉起她的双手。

“这回我跟踪到了你。”他说。

“噢!”

“我想让你嫁给我。”他说。

她张开双臂投向他的怀抱。她热烈地、不顾一切地吻起他的嘴唇来。

“好啊!”

---

① 吉卜林（1865—1936年），英国小说家、诗人，主要作品有诗集《营房谣》、《七海》，小说集《生命的阻力》和动物故事《丛林之书》、《老虎！老虎!》等。1907年获诺贝尔文学奖 。

② 伊利铁路，19世纪美国中西部与纽约之间陆路运输的主要铁路之一，另外两条为纽约中央铁路和宾夕法尼亚铁路。

“我爱你。”他说。

她再次吻他，然后发出一声轻微的叹息，猛地跌进一把椅子里，半躺在那里，荒唐地大笑着，身子直颤。

“真有你的啊，你这个天才的神童!”她大喊道。

“好极了，要是你喜欢的话就这么叫吧。我可告诉过你我比你大一万岁——千真万确。”

她又大笑起来。

“我可不喜欢跟你作对。”

“从今以后再也没有人会跟你作对了。”

“奥玛尔，”她问，“你为什么想让我跟你结婚?”

天才站起来，把双手插在衣兜里。

“因为我爱你，玛西娅·梅朵。”

一听这话，她再也不叫他奥玛尔了。

“亲爱的小子，”她说，“我知道我也有点爱你。你身上有一些东西——是什么东西我也说不清——每次跟你在一起的时候都让我心潮起伏。但是小宝贝儿……”她打住了。

“但是什么?”

“但是还有很多事情。但是你只有十八岁，而我已经将近二十岁了。”

“胡说八道!”他打断她，“应该这样看——我正进入十九岁，而你恰好十九岁。那样就会让我们亲密无间——更何况我不是说了吗，我还比你大一万岁呢。”

玛西娅大笑起来。

“但是还有更多的‘但是’。你的家人……”

“我的家人!”天才激动地大叫道，“我的家人一心想把我培养成一个怪物。”他的脸涨得通红，仿佛对他要说的东西深恶痛绝。“我的家人可以滚回老家去坐着了！”

“我的上帝！”玛西娅惊惶地喊叫道，“他们都是那样一副德行？我想，你是想用钉子把他们统统都钉起来吧。”

“钉子——是的，”他疯狂地赞同道，“随便用什么都行。只要我一想到他们是怎么一步步把我变成一具干瘪的小木乃伊……”

“是什么让你觉得自己是那个样子的？”玛西娅平静地问，“是我？”

“是的。自从我遇见你之后，在大街上遇到的每一个人都让我嫉妒不已，因为他们比我先懂得了爱情的意义。我过去常常把它称为‘性冲动’。上帝！”

“还有更多的‘但是’。”玛西娅说。

“它们是什么？”

“我们怎么生活？”

“我会去谋生。”

“你还在上大学啊。”

“你以为我在乎那个狗臭屁的艺术硕士学位？”

“这么说，你想成为我的硕士？”

“是的！什么？我是说，不是！”

玛西娅大笑，敏捷地把身体移过去，坐在他大腿上。他伸出双臂粗野地搂着她，在她的脖颈那里留下了一个吻痕。

“你身上有一股白璧无瑕的味道，”玛西娅沉思地说，“但这听起来不符合逻辑。”

“哦，该死的，别这么理性！”

“我情不自禁。”玛西娅说。

“我讨厌那些吃角子的老虎机人。”

“但是我们……”

“噢，闭嘴!”

玛西娅总不能用耳朵讲话吧，于是她只好乖乖闭嘴。

IV

贺拉斯和玛西娅二月初结婚了。这个消息在耶鲁和普林斯顿两所大学的学术圈引起了巨大的轰动。贺拉斯·塔博斯，这个十四岁时就因为在《星期天》杂志的都市报刊发表文章而声名大噪的天才，已经彻底放弃了他的事业，放弃了成为全球知名的美国哲学专家的机会，和一位合唱队的女孩结了婚——他们管玛西娅叫“合唱队里的女孩”。但是就像所有的现代神话一样，这个奇闻也只维持了四天半的热度。

他们在哈林区[①]租了间平房。在两个星期的寻求中，他那具有非凡学术价值的头脑被无情地摧毁了，最终，贺拉斯在一家南美出口公司谋得了一个办事员的职位——有人告诉过他出口是个未来新兴产业。玛西娅继续在她的演艺剧院里维持了几个月——无论如何要等到他经济独立才放弃嘛。一开始他只有一百二十五元的月薪，当然了，人家会告诉他，获得双倍的工资只是个时间

① 哈林区，美国纽约市曼哈顿北部的一个社区，原名来自一个荷兰的村庄。20世纪曾长期是美国黑人文化与商业中心，也是黑人聚居区和犯罪、贫困的主要中心。

问题，可是玛西娅甚至拒不考虑放弃她当时所挣的一周一百五十元的薪资。

“我们将自己称为‘脑袋与肩膀’吧，亲爱的，”她温柔地说，“那个肩膀不得不继续摇晃上一阵子，直到那个老脑袋开始真正发挥作用。”

“我讨厌现在这样。”他沮丧地反对道。

“好吧，”她决然回答道，“你的薪水还不够付房租。别以为我喜欢去抛头露面——我才不喜欢。我想只属于你一个人。但是如果我现在就坐在房间里，数着墙纸上的向日葵等着你回来，那我就是个傻子了。等你一个月挣到三百的时候我就立马辞职。”

尽管这话严重伤害了他的自尊心，但贺拉斯也不得不承认她的道理更胜一筹。

三月柔和地逝去，四月来临了。五月在曼哈顿的公园和河流上欣赏了一场绚丽而疯狂的表演，他们的日子过得很快乐。贺拉斯，性情简朴，无甚嗜好——他也没有任何时间去培养什么爱好——事实却证明，他是个最适合为人夫的人，再者，玛西娅对他感兴趣的那些问题往往没什么主意，他们之间因此几乎从来没有什么不快和摩擦。他们的头脑运行在两个截然不同的世界里。玛西娅实际上是一个实用的管家，而贺拉斯不是生活在他那惯有的抽象理念世界里，就是生活在一种踌躇满志的尘世崇拜和对妻子的爱恋里。她可以持续不断地给他带来惊奇——在她的思维敏捷的巨大能量和经久不衰的幽默感上，都表现出鲜活精神和独创性。

无论在哪儿施展才华，玛西亚九点档的演出同事们，都会对她为丈夫高超的智力感到自豪这一点印象深刻。他们对贺拉斯的了解仅限于他是一个身材细长，沉默寡言，看上去还不太成熟的年轻人，还有就是他每天晚上都会在剧院门口等着接她回家。

“贺拉斯，”一天晚上，当她像往常那样在十一点与他相见时，玛西娅说，“你立在街灯下看上去就像一个鬼影。你在减肥吗?”

他含糊地摇摇头。

“我不知道。今天他们把我的薪水加到了一百三十五块，而且……”

“我不在乎，”玛西娅严肃地说，“你夜间还要工作，这简直是在自杀。你读那些关于经济的大部头书籍……”

“是经济学。”贺拉斯纠正道。

“好吧，每天晚上我睡着之后你还要读到很晚。你变得弯腰驼背，比我们结婚之前还要严重。”

“但是，玛西娅，我不得不……”

“不，你没必要，亲爱的。我想现在该由我来做主，我不会让我的小伙子毁掉他的健康和眼睛。你要做一些体育运动了。”

“我做。每天早晨我……”

“哦，我知道！但是你做的那几个哑铃所消耗的热量连两度都不到。我说的是真正的运动。你应该去健身房。记得你曾经告诉过我你是一个技巧高超的体操运动员，他们想把你弄进大学体操队，是因为你和赫伯·斯宾塞[①]有着长期的约定才没去成的。”

---

① 赫伯·斯宾塞（1820—1903），英国社会学家，以“社会达尔文主义之父”著称于世，他的学说把适者生存的进化理论应用在了社会学，尤其是教育及阶级斗争上面。

“我以前很喜欢运动，”贺拉斯沉思地说，“但现在那太花时间了。”

“好吧好吧，”玛西娅说，“我来跟你做一笔交易。你去健身房做运动，我从那一排棕色的书里挑一本出来读。”

“《佩皮斯日记》[①]？哦，那应该是个享受的过程。那书读起来很轻松的。”

“对我来说不是——它并不轻松。我读起来就像是咀嚼镀银玻璃。但是你一直告诉我这本书能开阔我的眼界。好了，你每周花三个晚上去健身房运动，我就会服一大剂量塞米[②]。”

贺拉斯犹豫不决。

“呃……”

“就这么说定了！你为我做几个体操大空翻，我会为你补充知识素养。”

最终，贺拉斯还是答应了。就这样，在整个酷热的夏天里，他每周花三个晚上、有时四个晚上去船长健身房练习吊环。到了八月的时候，他向玛西娅坦白，体操锻炼让他白天的脑力工作更

---

① 《佩皮斯日记》，塞缪尔·佩皮斯（Samuel Pepys，1633—1703年），17世纪英国作家和政治家，海军大臣。以散文和流传后世的日记而闻名。《佩皮斯日记》是他于1659至1669近十年间以日记的形式完整记录了自己生活和工作中的见闻琐事，大到1665年的大瘟疫和1666年伦敦大火灾，小至家里的浴室和制作小蛋糕的精确配方都有详细记载，被誉为“前无古人，后无来者”的天才之作。此书手稿埋没百年无人问津，直至1818年为人发掘。

② 塞米（Sammy）是一种口服药品，玛西亚在这里把它与佩皮斯的名字（Samuel）混淆，是说读这本日记就像喝药一样难受。

有成效了。

“MENS SANA IN CORPORE SANO.”[①]他说。

“别信那个，”玛西娅回答说，“我以前尝试过一种专利药品，全是骗人的玩意儿。你还是要坚持去健身房锻炼。[②]”

九月初的一个晚上，当他在一个几乎已经空无一人的房子里抓着吊环做屈体运动时，一个若有所思的肥仔把目光锁定了他，他知道那个胖子已经注意他几个晚上了。

“我说，少年，再做一次你昨天晚上做过的那种绝活。”

贺拉斯从空中对他莞尔一笑。

“我发明的，”他说，“我从欧几里德[③]第四定律里得到了灵感。”

“他是哪个马戏团的？”

“他早死了。”

“噢，他一定是在做那个绝活的时候摔断了自己的脖子。昨晚我就坐在这儿，我以为你一定会摔断脖子的。”

“像这样！”贺拉斯一边说着，一边荡起吊环开始施展他的那个绝活。

“那样不会闪到你的脖子和肩膀肌肉吗？”

“一开始确实会，但只过了一周，我就给它盖上了‘QUOD

① 拉丁语，意思是“有健全的身体才有健全的精神”。

② 西方的药品许多仍有拉丁文名字；显然，玛西亚将那句拉丁语格言当成了一种药品名字。

③ 欧几里德（约公元前330—前275年），古希腊数学家，欧氏几何学的开创者，被誉为“几何学之父”。

ERAT DEMONSTRANDUM '[①]的图章。"

"噢!"

贺拉斯在吊环上灵巧地荡来荡去。

"就没想过把它做成一门职业?"胖男子问。

"没想过。"

"如果你愿意靠这个绝活谋生，而且能保证不出岔子，哗哗的票子就会滚滚而来。"

"我还有另外一个动作。"贺拉斯急切地尖叫道，那胖男子看得目瞪口呆，仿佛他正望着这个穿粉红色紧身运动衫的普罗米修斯[②]再次挑衅诸神和艾萨克·牛顿[③]。

这次邂逅的第二天晚上，贺拉斯下班回家，看见玛西娅伸展在沙发上等着他，脸色苍白如纸。

"今天我昏倒了两次。"她开门见山地说。

"什么?"

"是的。再过四个月你就能看见小宝宝了。医生说两周前我就该停止跳舞了。"

---

① 'QUOD ERAT DEMONSTRANDUM '，拉丁语，意思是"证明完毕"或"这就是所要证明的"，一般缩写为 Q. E. D.。这是自希腊语"□περ □δει δε □ξαι"翻译而来，很多早期数学家用过，包括欧几里得和阿基米德。"Q. E. D."可以在证明的尾段写出，以显示证明所需的结论已经完整了。

② 普罗米修斯，在希腊神话中，是泰坦神族的神明之一，为了拯救人类，他违抗宙斯之命从奥林匹斯山上盗取火种。

③ 艾萨克·牛顿（1643—1727），英格兰人，发现了万有引力定律和三大运动定律，被视为人类历史上出现过的最伟大、最有影响的科学家之一，同时也是物理学家、数学家和哲学家。

贺拉斯坐下来，思虑重重。

“当然，我很高兴，”他闷闷不乐地说，“我说高兴是因为我们就要有孩子了。但这意味着巨大的花销。”

“我已经在银行里存了两百五十美元，”玛西娅充满信心地说，“还要发两个星期的工资。”

贺拉斯迅速计算着。

“算上我的薪水，未来六个月我们有将近一千四百美元的收入。”

玛西娅愁眉苦脸。

“就这些了？当然了，这个月我还可以到哪儿去找一个唱歌的工作。而且，三月的时候我就又能去工作了。”

“休要胡来!”贺拉斯粗暴地说，“你给我好好待在家里。现在让我们合计合计——需要支付医生和一名护士的费用，还要一个护理工：我们必须要有更多的钱才行。”

“好啦，”玛西娅疲倦地说，“我不知道该去哪儿弄钱。现在就靠那个老脑袋来想办法了。我这个肩膀已经失业了。”

贺拉斯站起来，穿上他的大衣。

“你要上哪儿去?”

“我有一个主意，”他回答道，“我很快就回来。”

十分钟之后，他顺着街道往船长健身房走去，对于将要做的事情，他不禁感到一种平静的惊奇，只是这份惊奇里丝毫不带幽默的成分。要是一年以前他这么做的话，他自己也会惊得目瞪口呆的！大家都会目瞪口呆的！但是，一旦你听见了命运之神的敲门声，你打开那扇门，放进来的很多东西就由不得你做主了。

健身房里灯火通明，等他的眼睛适应了屋里耀眼的光时，他发现了那个若有所思的胖男子正坐在一堆帆布垫子上抽一支大雪茄。

“我说，”贺拉斯单刀直入地开腔，“昨天晚上你说我可以靠吊环绝活赚钱，你是认真的吗？”

“还能有假，当然是真的。”胖男子惊愕地说。

“好，我考虑再三，我很乐意尝试一下。每天晚上和星期六下午我都可以表演——而且，要是报酬够高的话我愿意定期服务。”

胖子看了看手表。

“好的，”他说，“你得去见查理·保尔森。一旦他看中了你的表演，四天之内他就会和你签约的。他现在不在，但是明天晚上我可以叫他过来。”

胖子很守信用。第二天晚上，查理·保尔森果真来了，他花了整整一个小时的时间观赏天才在空中上下翻飞，划出一条条令人叹为观止的抛物线，看得津津有味。次日晚上，他带来两个上了年纪的人来看他的表演，他们看起来天生就是那种抽着黑雪茄、用低沉而激昂的嗓音跟人讨价还价的主儿。接下来的那个星期六，贺拉斯·塔博斯坦胸赤膊在科尔曼街花园的体育馆做了首次专业体操表演。尽管观众人数接近五千，贺拉斯毫不怯场。从童年时代起，他就经常在大庭广众之下朗读自己的论文——他很早就学会了把自己和观众间离开来的诀窍。

“玛西娅，”表演结束后的那天晚上回家他兴高采烈地说，“我想我们已经摆脱困境了。保尔森说他能让我进入竞技场剧院登台表演，那就意味着整个冬季的合约。竞技场剧院你知道，可是个大……”

“是的，我想我听说过，”玛西娅打断他，“但是我想知道你表演的是什么绝活。不是什么耸动视听的自杀表演吧，是吗?”

“没那回事，”贺拉斯平静地说，“但是，假如你还能想出一个比为了你而冒险更好的自杀方法，为什么我要以这种方式去死呢。”

玛西娅欠起身子，双臂紧紧搂着他的脖子。

“吻我，”她呢喃道，“叫我‘心肝儿’。我爱听你叫我‘心肝儿’。明天再给我带一本书读。不要再看塞缪尔·佩皮斯，要那种情节紧张和琐屑唠叨的。整天待在家里我都快要疯了。我想写信，但是我没有任何人要写信。”

“给我写，”贺拉斯说，“我会读的。”

“要是我能写就好了，”玛西娅叹了口气，“如果我懂得足够多的词语，我就会给你写一封世界上最长的情书——永不疲倦。”

但是两个多月之后，玛西娅真的疲倦透了，一连几个晚上，她的眼前都会浮现出一个绕场飞行在竞技场观众前面的异常疲惫、满面愁容的年轻运动员形象。接下来的两天，他的位置被一个身穿淡蓝色而非白色运动服的年轻人所取代了，只是他得到的掌声稀少得可怜。因此过了两天，贺拉斯重新出场了，那些靠近舞台的观众津津有味地评论着年轻的运动员脸上洋溢着的天使般的幸福表情，甚至当他气喘吁吁地在半空中翻腾着，表演出他那堪称独门绝技的旋转肩膀动作时也是这样。那天表演结束后，他在电梯里对操作服务员大笑，并且一步五级地猛冲上楼梯——然后蹑手蹑脚地走进安静的房间。

“玛西娅。”他轻声喊道。

“哈罗!”她虚弱地冲他微微一笑，“贺拉斯，我想让你做一件事。看看我办公桌最上面的抽屉，里面有一大摞纸。那是一本书——算是吧——贺拉斯。那是我最近三个月躺卧床上无聊时写下的。我想让你把它拿给彼得·博伊斯·文德尔看看，他曾在他的报纸上发表过我的信。他能告诉你那是不是一本好书。我以我平时说话的方式写下了它，就是我给他写信的那种方式。那只是一篇发生在我身上的很多事情的小故事。你会带给他吗，贺拉斯?”

“会的，亲爱的。”

他俯下身去，直到他的头贴着枕头上她的头，然后开始来回抚摩她的金发。

“最亲爱的玛西娅。”他温柔地说。

“别，”她喁喁细语，“按我告诉你的那样叫我。”

“心肝儿，”他热烈地耳语道，“我最宝贵的心肝儿。”

“我们该给她起个什么名字?”

他们快乐地沉默了片刻，带着昏昏欲睡的满足，贺拉斯陷入了沉思。

“我们就叫她玛西娅·休谟·塔博斯。”他最后说道。

“为什么叫休谟?”

“因为他是第一次介绍我们认识的家伙呀。”

“是吗?”她喃喃自语道，带着困倦的惊奇，“我以为他的名字是蒙呢。”

她的眼睛模糊了，过了一会儿，盖在她胸前的被子开始缓缓起伏，显示她已经睡着了。

贺拉斯蹑手蹑脚地走进办公室，拉开五斗橱最上面的那只抽屉，看见了一大堆字迹潦草，密密麻麻，污迹斑斑的纸张。他看着第一张纸页：

桑德拉·佩皮斯，缩写本

玛西娅·塔博斯著

他笑了起来。看来塞缪尔·佩皮斯到底还是给她留下了印象。

他翻过这一页，开始阅读起来。他的微笑更深了——他继续读了下去。半小时就这么过去了，他意识到玛西娅醒了，正从床上望着他。

“亲爱的。”一个轻柔的声音传来。

“怎么了，玛西娅？”

“你喜欢它吗？”

贺拉斯咳嗽着。

“我不知不觉读了下去，几乎难以释卷了。写得很明快。”

“把它带给彼得·博伊斯·文德尔。告诉他你曾经在普林斯顿拿到过最高分，所以你知道一本书的质量好坏。告诉他这本书是举世无双的。”

“好的，玛西娅。”贺拉斯温柔地说。

她的眼睛再次合上了，贺拉斯走过去俯身吻她的前额——用一种温柔怜悯的神情又在那里站了一会儿。然后他离开了房间。

整个晚上，那狗爬叉式的字体，比比皆是的拼写和语法错误，怪异的标点符号在他眼前舞蹈。夜里他醒来了很多次，每次都对玛西娅想要通过文字来表达自己的欲望充满了隐隐约约的同情。对他而言，它有一些无限悲哀的意味，数个月以来，他第一次开始在脑子里翻检他几乎已经完全忘却的梦想。

他曾经想写一系列书籍，普及新现实主义，就像叔本华[①]推广了悲观主义，威廉·詹姆斯[②]推广了实用主义。

但是命运并未照着那个路子来。命运捉弄了他，强迫他抓上吊环做表演。想到那记敲门声他不禁笑起来，还有那坐在休谟里雅致的身影，以及玛西娅威胁性的吻。

“我始终是那个我，”他躺在黑暗中，睁大眼睛，惊奇地高喊道，“我还是那个坐在伯克利里轻率地思索，要是我的耳朵没有在那儿听着，敲门声是否还真正存在的人。我依然是那个人。我真该为他所犯下的罪行受电刑而死。

“可怜的薄纱似的灵魂努力要将自己表现为某种有形的事物。玛西娅用她写成的书；我用那些我未写的书。每个人都想努力通过某种手段去获得他想得到的东西——那样他才能幸福地生活。”

---

① 亚瑟·叔本华（1788—1860 年），德国著名哲学家，意志主义的创始人和主要代表之一。在人生观上，持悲观主义的观点，主张禁欲忘我，对近代人文精神领域影响巨大。代表作有《作为意志和表象的世界》等。

② 威廉·詹姆斯（1842—1910 年），美国本土第一位哲学家和心理学家，实用主义的倡导者。他于 1875 年建立美国第一个心理学实验室，是美国机能主义心理学派创始人之一，也是美国最早的实验心理学家之一。

V

《桑德拉·佩皮斯，缩写本》，由专栏作家彼得·博伊斯·文德尔作序，开始在乔丹先生的杂志上连载，并于三月出版了单行本。自第一版发行之后，这本书便引发了广泛的反响。一个陈腐老套的主题——一个女孩从新泽西州小镇到了纽约并登上舞台——简单的文字处理，遣词造句里有一种奇特的栩栩如生，在措辞严重匮乏的行文中低徊萦绕着一种淡淡的悲伤，这些都让这本书产生了不可抗拒的魅力。

彼得·博伊斯·文德尔，他那时正好在大力提倡通过直接采用富有表现力的日常口语来丰富美国语言文字，他以这本书的推荐人身份对那些传统保守、轻描淡写、陈词滥调的评论展开了猛烈的攻击。

玛西娅从系列连载刊物中获得每期三百美元的酬金，这钱来得正是时候，因为尽管贺拉斯在竞技场剧院的月薪比玛西娅以往任何时候赚的薪水都多，可小玛西娅经常会突然发出尖利的啼哭，似乎强烈要求要去呼吸一下乡村的新鲜空气。因此，四月初，他们便住进了位于维斯彻斯特县的一幢小平房，带有一大块草坪，一个车库，应有尽有，其中包括一间隔音效果极佳的书房，玛西娅信誓旦旦向乔丹先生许诺，只要她的女儿将来对母亲的依赖日渐解除，她就会把自己关在屋子里，一心创作她那文盲式的不朽文学作品。

"情况看起来还不坏。"一天晚上走在从车站回家的途中时，贺拉斯想道。他正考虑扩展事业的几个前景，一个为期四个月、酬金高达五位数字的特技演出合约，一个有望返回普林斯顿执掌体操队的机会。多么奇怪啊！他曾经是打算回到那里执掌哲学研究工作的，可现在，就连他的老偶像安东·劳里埃抵达纽约的消息，也没有引起他的丝毫激动。

砾石在他的鞋跟底下发出粗粝的嘎吱嘎吱声。他看到客厅的灯光隐约闪烁，并注意到一辆气派的大轿车停在车道上。大概又是乔丹先生，来劝说玛西娅安心致力于文学创作事业。

她听到了他回来的声音，出来接他，她的身影背对着门洞的灯光，显出身体的轮廓。“来了一个法国人，”她紧张地对他低语，“我发不准他的名字，但听起来他来头不小，讲话很深奥。你得跟他大嚼一番舌头了。”

“什么法国人？”

“你不能根据我的描述来判断。他一个小时前就和乔丹先生开车来了，说他想见桑德拉·佩皮斯先生，大概就是这么个意思。”

他们一进屋，两位先生就从椅子上站起来。

“你好，塔博斯，”乔丹说，“我将向你引荐两位名流。这次我把劳里埃先生带来了。劳里埃先生，让我为你介绍塔博斯先生，塔博斯夫人的丈夫。”

“不会是安东·劳里埃吧！”贺拉斯惊叫起来。

“怎么，是我啊。我一定要来。我不能不来。我已经拜读了夫人的书，我被深深迷住了，”他把手伸进口袋里摸索着，“呃，我也读到过你。在今天的报纸上读到的，有你的名字。”

最后他掏出了一份剪报。

“读读看！”他热切地说，“还有关于你的内容。”

贺拉斯的目光飞速地在报纸上扫过。

“对美国方言文学的一个杰出贡献，”报道说，“没有在文学语调上的矫饰；该书却从真实生活中汲取了一种非凡的品质，就像《哈克·贝利芬》[①]那样。”

贺拉斯的眼睛捕捉到了下边的一篇文章；他立即倒吸了一口冷气——匆忙往下读：

“玛西娅·塔博斯与舞台的联系不仅仅在于她是一名观众，还在于她是一个表演者的妻子。去年她与贺拉斯·塔博斯结为伉俪，贺拉斯先生每天晚上都在竞技场剧院工作，以其惊人的空中飞人表演赢得了孩子们的振奋欢呼。据说这对年轻的夫妇为自己授予‘脑袋与肩膀’的称号，这无疑是暗示这样一个事实，即塔博斯夫人是文学和精神的头脑，而她的丈夫则用他那灵活机敏的肩膀担负起了家庭的重担。”

“诚然，塔博斯夫人对那个称号当之无愧——一个用滥了的头衔——‘天才’。仅仅二十……”

贺拉斯停止阅读，眼睛里含着一种非常怪异的表情，狠狠盯着安东·劳里埃。

“我想我必须给你一个忠告……”他嗓音嘶哑地说。

“什么?”

“如果你听见敲门声，千万别去理会它！由它去好了——门上最好安装隔音软垫。”

---

① 《哈克·贝利芬历险记》，美国小说家马克·吐温的代表作，讲述了白人孩子哈克和黑奴吉姆如何结下深厚友谊的故事，对美国文学影响深远。

饥饿艺术家

［奥地利］卡夫卡

陈　龙 译

近几十年以来，人们对饥饿表演的兴趣已经大为减退。过去有人自主举办如此大型的表演可是能大赚一笔的，但今天这已是毫无可能的了。现在，我们生活的时代不同了。那时，饥饿艺术家倾动全城；饥饿表演一天接着一天，人们的激情持续高涨，每个人每天至少都想观赏他一次。有人在表演接近尾声的几天里买了长期票，从早到晚坐在他的铁栅小笼子前；甚至在夜间也安排了观赏时间，火光照耀下，别有情趣。天气晴好的时候，就把笼子放到露天场地，让饥饿艺术家展览表演，那是特地为好奇的孩子们准备的；对于成年人来说，他不过是一个笑料，他们调笑取乐只是为了赶时髦，但是孩子们惊讶地站在那里，目瞪口呆，为了安全相互抓着手，艺术家甚至连椅子也不屑一坐，只是坐在散乱的稻草上，他穿着黑色紧身衣，面色苍白，瘦骨嶙峋，肋骨条条可见，有时恭敬地向观众点头致意，带着勉强的微笑回答问题，甚至把手臂伸出笼子给人摸摸，让人们感受一下他是多么消瘦，但随后便完全沉默，不再理睬任何事，甚至对关系重大的时钟报时也毫无反应，那是笼子里唯一的装置，而只是半眯着眼睛盯着前面某个虚空处，偶尔从一小杯水里嘬一小口，润润嘴唇。

观众熙来攘往，川流不息，除此之外，还有公众选出的固定看守人员轮班值守。奇怪的是，他们通常都是些屠夫。他们三人一组，任务就是日夜盯着饥饿艺术家，以防他从任何地方得到食物。不过这只是例行公事罢了，以此打消大众的疑虑，业内人士都知道，在饥饿表演期间，艺术家绝不可能吞食哪怕一丁点儿食物，甚至在被强迫的情况下都不会。职业的荣誉禁止他这么做。观众自然无法懂得这一点。常常有一些夜间看守在执行他们的职责时懒散松弛，故意挤在一个幽闭的角落里全神贯注地打牌，显然是想给饥饿艺术家一丝进食的机会，他们猜想他可能会从某个秘密的地方变出点食物来。再没有比这样的看守更让艺术家头疼的了。他们让他痛苦不堪，让他的饥饿表演变得异常艰难。有时在他们看守期间，他强打起虚弱的精神，尽可能长时间地唱歌，以表示他们对他的怀疑是多么地不公正。但这无济于事。他们反而惊叹他的伎俩高超，竟然在唱歌的同时也能往嘴里塞食物。更合他口味的是那些围笼而坐的看守们，他们不满于大厅里昏暗的灯光，用经理给的手电筒打出强光直射着他。刺眼的光对他毫无影响，在任何情况下他都不会安稳地睡去，他总是打个小盹，甚至当大厅里充满熙攘喧嚣的人群时也如此。跟这样的看守们度过一个不眠之夜让他很快乐。他情愿跟他们插科打诨，向他们讲述他的流浪生涯，再轮流听听他们的故事，讲什么都行，只要能让他们始终醒着，以便再次证明他在笼子里没有食物可吃，并且他的饥饿表演是无与伦比的。但最快乐的时刻还是在早晨来临时，由他掏腰包给他们买来丰盛的早餐，看着这些健壮的人们在熬了一个通宵之后，狼吞虎咽地满足着强烈的食欲。当然，也有人因此把这些早餐视为一种贿赂看守的不正当手段，这就扯得太远了。当他们被问及是否愿意在没有早餐的情况下、仅仅为了任务本身而守夜时，他们便给自己找出各种借口。尽管如此，他们仍然坚持自己的怀疑。

不管怎样，一般说来，这些怀疑对于饥饿表演都是在所难免的。因为事实上，没有一个人能日夜不间断地看着饥饿艺术家，因此，仅根据个人观察的结果，谁也不能证明饥饿表演真的严格如一，滴水不漏。只有艺术家本人深谙这一点，他是唯一一个对自己的饥饿表演完全满意的观众。然而由于其他一些原因，他从来没有感到满意过。或许并不是因为饥饿表演，而是由于对自己的不满才把他搞成了瘦骨嶙峋的样子，以致许多人心怀歉疚而远离他的表演，因为他们实在不忍心看到他那副尊容。除了他自己，甚至那些新入行的人都不知道，饥饿表演是多么容易的一件事，简直是世界上最容易的事。他对此毫不讳言，但是人们不相信他。人们至多把他当作一个谦逊的人。可是，大多数人认为他是一个广告枪手或者纯粹是个江湖骗子，在所有事情中，禁食对他而言显然轻而易举，因为他有一套使禁食变得容易的诀窍，因此便厚颜无耻地宣称这是一个事实。对于这些非议和猜忌，他都不得不忍受。经年累月之后，他也变得习惯了。但他内心的不满总让他痛苦不已。有一点我们必须信任他，那就是在任何一次饥饿表演之后，他都不是出于自由意愿而离开笼子的。经理将最长的饥饿期限定为四十天，超过这个期限便不允许，甚至在一些国际性大都市也不行，并且这还有个很好的理由。经验证明，保持在四十天左右，公众的兴趣会在持续高涨的广告的作用下得到激发，但超过这个期限，城市居民便开始丧失兴趣，公众支持率出现大幅度的下滑。当然，在这方面，不同的城市与国家之间也会有细微的差异，但四十天的最高期限的确是不容置疑的规律。所以，到第四十天的时候，鲜花装饰的笼子被打开，狂热的观众挤满圆形露天剧场，军乐队奏响，两名医生进入笼子，为艺术家检查饥饿表演的健康状况，并通过扩音器向观众宣布结果，最后，两位因当选的荣誉而感到激动幸福的年轻女郎走来，帮助饥饿艺术家走出笼子，下几步台阶，前面放着一个小桌子，摆着精心挑选的营养饭食。在这个时刻，艺术家总是百般推辞。当两位女郎弯腰向他伸出援助之手时，他虽也自愿地把皮包骨头的手臂放在上面，但他却不想站起来。为什么刚过去四十天就要停止表演？他能够坚持更长的时间，甚至无限长久地坚持下去。当他正处在表演的最佳状态，更准确地说，甚至还没有达到最佳状态的时候，为什么现在要停止饥饿？为什么人们要剥夺他更上层楼的权利，他本可以借此荣誉成为有史以来最伟大的饥饿艺术家（事实上，他可能已经做到这一点了），不仅如此，他还要打破自己的纪录，超越人类的想象极限，因为他感到他的饥饿能力是无限的。为什么这群人假装对他崇拜有加，却对他如此缺乏耐心？如果他能继续坚持和表演下去，为什么他们却不能忍耐着继续看下去？另外，他感到累了，欲哭无泪地坐在稻草上。现在，他应该挺起笔直高大的身躯走过去吃饭，那是些只要一想到就会让他几欲作呕的东西。仅仅为了两位高贵漂亮的女郎，他才抑制住这种恶心，并不表露出来。他抬头凝视两位女郎的眼睛，她们看起来如此友好，实质上却那么残忍，然后便摇了摇因为太沉而压在软弱无力的脖子上的头。随后的事都按部就班。经理走上前来，乐队的噪音让他难以开讲，他扬起手臂，伸到饥饿艺术家头上，好像在邀请上帝下来观看他这个躺在稻草中的造物，这个饱受苦难的殉道者——他是个真正的殉道者，尽管完全是另外一种意义上的。经理箍住饥饿艺术家细瘦的腰，动作轻微，显得过度小心，以使人们相信他抱住的是一件极其脆弱的东西，他暗中摇了摇饥饿艺术家，以致艺术家的双腿和上半身不由自主地来回摇晃，然后把他移交给两位女郎，她们已经吓得脸色苍白，如同死人一般。这时，饥饿艺术家只能忍气吞声。他的头耷拉在胸前，好像它莫名其妙地滚动，然后停在这里。他的身体似乎已经掏空，双腿出于自卫发出一阵抽搐，膝盖紧紧压在一起，脚趾刨划着地面，好像它们并非真的着地，而是在寻找真实的土地。他体重轻巧，紧紧依偎在其中一个女郎身上，这位女郎惊慌失措、娇喘微微地四顾求援，她没想到受命得到的荣耀竟是这个样子，便尽可能地往外伸长着脖子，以避免她的脸蛋跟艺术家有丝毫的接触，随即发现这不可能，她那位更幸运的伙伴也不来帮她，只是颤颤巍巍地牵着饥饿艺术家的一只手，那不过是一小束指骨节罢了，她不禁哇地一声哭出声来，观众爆出一阵大笑，她不得不被站在身边等候多时的一位侍者替换下来。然后开始进餐。经理往饥饿艺术家嘴里灌一些流汁，他正闭着眼睛，像是昏厥过去了，同时说一些开心的闲话，这样安排，是为了把观众的注意力从艺术家虚弱的身体状况上分散开去。可能是饥饿艺术家对经理耳语了几句，经理就提议为观众干杯，乐队大吹号角助兴，然后人们各自散去。没有人对这件事感到不满，没有一个人，除了饥饿艺术家——总是他一个人感到不满。

许多年他都这样生活下去，定期地休息一下，表面上光环照耀，万众瞩目，但实际上，他的情绪总是很低迷，而且这种沮丧日益加深，因为没有一个人真正把他当回事儿。那他怎么找到慰藉？又有什么可以指望呢？假如有一个和善的绅士对他的遭遇感到遗憾，并试图向他解释他的忧伤很可能是饥饿表演所致，那他一定会勃然大怒，像一只猛兽一样猛烈地摇晃着笼子，惊吓到每一个人，尤其是在表演进行到后期的时候。但经理自有一套惩治这种行为的方法，他很乐意使用。他会为饥饿艺术家反常行为向观众致歉，让步说，艺术家的暴躁易怒是由饥饿引起的，常人是难以理解的，但他的行为可以原谅。然后他会进一步替饥饿艺术家做出几乎难以理解的声明，说他能做出比现在的时间还要长得多的饥饿表演。他会赞扬他勃勃的雄心，善良的意愿，那伟大的自我克制精神无疑也包含在声明中。但紧接着，他仅仅通过展示一些照片就反驳了前面说的话，这些照片同时用于出售，从中你能看到，在表演的第四十天，饥饿艺术家躺在床上，精疲力竭，命悬一线。尽管饥饿艺术家对这种颠倒黑白已经习以为常，但也一再地感到震惊和丧气，那对他打击太大了。这分明是过早结束饥饿表演所带来的后果，现在反而被说成是表演之所以结束的原因！要对抗这种不理解、对抗这个歪曲的世界，是不可能的。他总是抓着笼子的栏杆，真诚地、如饥似渴地听经理讲话，但每次只要那些照片一拿出来，他就松开手，叹息着黯然离开，回到稻草中去，心头刚刚释然的观众再次聚拢上来，观看着他。

几年以后，见证这些场景的人回想起这件往事来，往往连他们自己也搞不清这是怎么回事。因为在此期间，上面提到的变故已经发生了。那几乎是突如其来的。或许还有其他一些复杂的原因，但谁愿意去深究呢？无论如何，这位骄纵一时的饥饿艺术家有一天会发现，自己被寻欢作乐的大众抛弃，他们蜂拥流向其他的表演了。经理继续带着他几次游历半个欧洲，看看是否还有什么地方保留着这古老的兴趣。全属徒劳。就好像到处都达成了一项抵制饥饿表演的秘密协议一样。自然，冰冻三尺非一日之寒，人们后来又回忆起来，当时已经有了一些苗头，由于陶醉在已取得的成绩里，有些问题没能引起足够的重视，没有阻止一些迹象的发展，事到如今再去亡羊补牢，为时晚矣。当然，可以肯定的是，将来有一天饥饿表演会再次繁荣，但这对当前活着的人们而言又有什么意义呢？现在，饥饿艺术家该去干什么呢？这个曾经被千万人追捧庆贺的人总不能去集市街头表演一些三脚猫的杂耍吧。他已经老去了，无法从事一项新的职业，关键还不在于此，而在于他对饥饿艺术的狂热痴迷已经超越了任何别的事物。最后，他告别了经理，这位他生命道路上无与伦比的伙伴，受雇于一家大型马戏团。为了保护自己的自尊心，他甚至连合同条款也不看一眼。

一个拥有大量演员、动物和道具的大型马戏团可以频繁地解雇和招聘，它能在任何时候雇用任何人，哪怕是饥饿艺术家，也能提供给他一席之地，当然，他的要求必须适当，不能太苛刻。此外，在这笔关键的交易中，孤注一掷的不仅是饥饿艺术家自己，还有他悠久而卓著的名声。事实上，鉴于这门艺术不因年纪增大而退化的独特性质，谁也不能因此就说，这位已不再处于技艺顶峰的老朽艺术家是想逃到马戏团这个宁静的安乐窝里去。恰恰相反，饥饿艺术家宣称，他的饥饿能力绝对不减当年——这倒是完全可信的。真的啊，他甚至断言，如果人们允许他任意自为，他这次一定会让全世界大为震惊，超越以往任何纪录，人们毫不犹豫就答应了他。这个要求只是饥饿艺术家一时激动，他竟忘了时代的氛围，这番言辞显然已经不合时宜，只能招来内行人的嬉笑嘲讽。

不过饥饿艺术家还没有忘乎所以，他有自知之明，也就是说，人们是不会把他和他的笼子作为重头戏放在马戏城中央的。人们把他移至场外，放到一个离兽栏很近的路口。笼子上环绕着巨幅彩绘广告，彩色美术字体告诉人们可以在里面看到什么东西。在主要表演的幕间休息期间，观众推搡着涌向兽栏去观看动物，不可避免地要经过艺术家的笼子，并在那儿逗留一会儿。如果不是后面的人在狭窄的过道里使劲推挤，他们本可以在那儿待更长的时间，后面的人不理解为什么通往兽栏的道路被堵塞了，这使得前面的人不可能长时间、从容地观赏。这也是每次观赏时间来临前饥饿艺术家都会颤抖不已的原因，而在过去，人们的观赏可是他孜孜以求的生命目标。最初，他总是急不可耐地盼望着幕间休息，他激动地巴望着被观众围个水泄不通，后来他很快就看出来了，根据他们的意图来判断，那些人一次次地鱼贯穿过，无一例外地都只是为了去观赏野兽，哪怕是最顽固、最善于自我欺骗的人也不可否认的这个事实。然而看着远处的观众朝他蜂拥走来，仍然是他最幸福的时刻。他们像潮水般涌来，两拨不断激增的人群高声叫喊着，诅咒着，饥饿艺术家立刻就听到怨声载道。其中一拨本来是打算轻松自在地观赏饥饿艺术家的，他们并不懂得饥饿艺术，只是一时心血来潮，或者故意跟后面推搡的人较劲，这些人很快就让他更加痛苦不堪；另一拨人亟亟追求的便是径直走到兽栏前去。等到大批人过去，后面的一些人姗姗来迟，尽管已经没有什么妨碍他们四下围拢尽情地观看饥饿表演了，但他们却大步流星地直冲到兽栏前，对他几乎瞟都不瞟一眼。也有难得一遇的幸运时刻，一家之主带领着孩子来看饥饿表演，他用一根手指指着饥饿艺术家，详细解释这种艺术的意义何在，并说起早年有幸看到的相似但更为精彩绝伦的表演。而孩子们呢，无论在学校还是生活中都还缺乏足够的阅历，不禁直愣愣站着，一脸茫然——饥饿跟他们又有什么关系呢？尽管如此，那热切的眼睛里射出的明亮光芒仍然预示着一个更新奇、更雅致的未来。有时候饥饿艺术家也安慰自己说，假如自己的位置离兽场不是那么近，或许情况就会好一点。像现在这样，人们就很容易选择去看野兽，更不用说兽栏发出的恶臭、野兽在夜间的骚乱、为食肉性动物准备的生肉片从他身边拖过去，还有饲养时动物的咆哮这一切都让他心烦意乱，郁郁寡欢。但他又不敢向剧团经理发牢骚。不管怎样，他有时还得感谢那些野兽吸引来了大批的观众，其中总有一两个人会注意到他的存在。如果他企图主动让别人注意到他的存在，伴随而来的，是让别人意识到一个事实，严格地讲，他不过是通往兽场途中的一个障碍，到那时，谁知道人家会把他放在哪个隐蔽的角落里呢？

一个小障碍，的确，一个正走向衰亡的障碍。在当今时代人们还要为一个饥饿艺术家而劳心费神，对此等怪事人们已经习以为常了，而正是这种见怪不怪的态度宣判了饥饿艺术家的命运。他可能是拼尽全力在做饥饿表演了，的确是的，但已经无可救药了。人们直接从他身边扬长而过，视若无物。试着向人们解释饥饿艺术，向任何一个都行！如果一个人对饥饿毫无感觉，那么他也就无法理解饥饿艺术了。那幅漂亮的标志变得脏兮兮，字迹难辨。人们把它拆下来，却没人想到要去更换它。记录饥饿天数的小木板依旧挂在那里，最初一段时间人们还每天仔细地更新着数字，可长久以来，上面的数字已经凝固了，因为过了几周之后，工作人员甚至对这么一个芝麻点的小任务都感到厌倦了。于是，艺术家便不停地饥饿下去，正像他年轻时代曾梦想的那样，正如当年的预言，倾力成就自己梦寐以求的事对他来说毫无困难。可惜已经没人记录天数了——没有一个人，甚至连艺术家自己都不知道他到底取得了多大的成绩，他的心变得越来越沉重。偶或有一个人闲步过去，站在那里，对那个陈旧的数字取笑一番，说那是个骗人的鬼把戏，这在某种意义上可能是那种冷漠无情、先天丑恶的人所能发明的最愚蠢不过的谎言，对饥饿艺术家而言，这可不是什么骗局，他一直都在诚实地工作，相反，是这个世界骗取了他的报酬。

日子一天天过去了，这件事也终于有了个了结。终于有一天，这个笼子引起了一位主管的注意，他质问侍者为什么让这么完美精致的笼子放在那里弃置不用，却装着沤烂的稻草。没有人知道为什么，直到一个人借助计数板上数字的帮助，才想起饥饿艺术家来。他们用一根棍子朝稻草里四下捅了捅，发现了饥饿艺术家还在里面。“你还在继续饥饿吗?”那个主管问，“你到底打算什么时候停止?”“原谅我，各位。”饥饿艺术家细声细气地说。只有把耳朵凑在栅栏上的主管能听懂。“当然，当然，”主管说，并用一根手指轻叩着额头，以此向人们暗示饥饿艺术家所处的危险状况，“我们原谅你。”“我一直都盼望你们欣赏我的饥饿表演。”饥饿艺术家说。“我们欣赏它，”主管和蔼可亲地说。“但是你们不应该欣赏它。”饥饿艺术家说。“好，那我们就不欣赏它，”

主管说，“可是为什么我们不应该欣赏它?”“因为我不得不饥饿，我干不了任何别的事。”饥饿艺术家说。“瞧您说的，”主管说，“为什么你干不了别的事情?”“因为，”饥饿艺术家一边说，一边把头抬起一点儿，撅着嘴唇，好像要把一个吻送进主管的耳朵里，以保证他不会漏掉一个字，“因为我找不到我喜欢的食物。如果我找到了，相信我，我绝不会这样当众出丑，我会像你或其他任何一个人一样大吃大喝，塞满我的身体。”这就是他最后的话，但是在他那渐渐微暗的眼睛里依然流露出了一丝坚定，尽管不再是自豪，但可以确信：他继续在饥饿。

“好啦，把这里清理清理吧!”主管说。他们把饥饿艺术家连同稻草一起埋掉了。笼子里放进了一只年轻的黑豹。即使是一个感觉最迟钝的人，看到这只绕笼子转悠蹦跶的野兽，都会感到赏心悦目，精神振奋，这只笼子已经沉闷很久了。黑豹什么都不缺。饲养员无需多考虑就能给它送来它喜欢的食物；它看起来也从不因失去自由而惆怅。它那高贵的身躯，具备一切优点，几乎达到了爆发点，看起来它似乎把自由也带在了身上。那自由仿佛就潜伏在它的牙齿或其他某个地方，生命的欢乐从咽喉部位吼出强烈的激情，对观众而言，承受它的欢乐是不太容易的。但是他们克制住了自己，团团围在笼子四周，一步也不想离开。

伊尔[①]的美神[②]

[法] 梅里美

陈 龙译

① 伊尔，法国东比利牛斯省的一个小城，位于法国南部与西班牙交界处。

② 美神，此文中 Venus 一词即是希腊神话中的爱与美之神阿佛洛狄忒，在罗马神话中名为维纳斯（音译），拉丁语中的“金星”和“星期五”都来源于她的罗马名字。在翻译中，我在多数地方都说成维纳斯，而不径称“美神”，这主要是考虑维纳斯是一个更具象和通俗的说法，因此特地用来代指小说中的那尊雕像；而题目中的“美神”则更偏重于一种艺术中“美”的理念和精神性概念。

但愿这雕像博爱而仁慈，
因为她与常人一般无异。
——吕西安[①]

我正顺着卡尼古山脉[②]的最后一个斜坡往下走，尽管太阳已经落山了，我仍然能辨别出下面的平原，以及小镇伊尔的房屋群落；此刻我正朝着这个地方走去。

---

① 吕西安，原文西希腊文，这两句译文引自张冠尧先生，见人民文学出版社《外国中短篇小说藏本：梅里美》，2010 年，本文其他地方注释也对张冠尧译注有所参考；吕西安，公元二世纪希腊作家，文笔尖锐，讽刺深刻，使人回味无穷，著有《神的对话》、《死人的对话》等，引文出自其作品《爱说谎话的人》第十九章。

② 卡尼古山脉，位于法国南部东比利牛斯省，属于比利牛斯山系。

“不用说，”我对那个从前天起给我做向导的加泰罗尼亚人说，“你一定知道贝荷奥哈德先生住在哪里咯？”

“当然了！”他大叫起来，“我熟悉他的家就像熟悉我自己的家一样。要不是天太黑，我就能指给你看。那可是伊尔最豪华的房子。贝荷奥哈德先生，他很富有，而且他为他的儿子迎娶了一个比他还富有的媳妇。”

“婚礼不久就要举行了吗？”我问他。

“不久？我估计这会儿婚礼的小提琴已经整弦待发了。也许是今晚，明天或者后天，我不确定。婚礼会在皮尤伽黑举行，因为儿媳妇是一位皮尤伽黑的小姐。一定让你大开眼界，我敢保证。”

我的朋友 P. 先生将我介绍给贝荷奥哈德先生。别人事先已经告诉我，他是一位学识渊博的古文物研究专家，为人和蔼，富于魅力。他会很乐意带我游览周围十法里以内的历史遗迹。因此我正指望他带我参观伊尔的郊区，我知道那里拥有丰富的中世纪纪念碑。这场我头一回听说的婚礼，打乱了我的全部计划。

我想，人家正在办喜事，我会成为一个不速之客。可是 P. 先生已经宣布我要来，人家正在等我，我不得不去拜访。

当我们下到平原上的时候，向导说：“赌一支雪茄，先生，我能猜出你要去贝荷奥哈德先生家里做什么。”

递给他一支雪茄，我回答说：“这不难猜。在这个时辰，一个在卡尼古山脉连续走了六法里[①]的旅人，最要紧的事情当然是

---

① 法里，一法里约合 3 英里，4.8 公里。

吃上一顿晚饭了。”

“是的，但是明天呢？我打赌你来到伊尔是为了看那尊神像。我一看到你在塞拉波纳[①]给圣徒们画肖像，就猜出来了。”

“神像！什么神像？”这个词激发了我的好奇心。

“什么！在佩皮尼昂[②]的时候没人告诉你贝荷奥哈德先生在地里发现了一尊神像？”

“你是说一尊陶制雕像？”

“不是。是一尊铜像，铜多得足够制造一箩筐大硬币了。它跟教堂的大钟一般重。深埋在一棵橄榄树的树根底下，我们在那儿发现了它。”

“发掘的时候你在现场？”

“是的，先生，两个星期以前，贝荷奥哈德先生让吉恩·科尔和我一起把一棵老橄榄树连根拔起，它在去年的冰冻中给冻死了，你知道，那时的气候非常糟糕。干活儿的时候，吉恩·科尔非常卖力，使足浑身的劲儿，用尖嘴镐挖土，我听见嘭的一声——好像他敲了一下大钟，我就说，什么声音？我们挖呀挖呀，就出来了一只黑不溜秋的手，就像一只死尸的手，从土里伸出来。我给吓了个半死。赶忙跑去禀报贝荷奥哈德先生，我对他说：‘有死人，东家，在那棵橄榄树下面！一定要去喊神父过来。’

---

① 塞拉波纳隐修院，遗址在山里，距伊尔十二公里。

② 佩皮尼昂，法国南部城市，东比利牛斯省首府。地处鲁西荣平原的泰河畔，东近地中海岸。历史可追溯至罗马帝国时代，曾属西班牙，1659 年归法国。

"'什么死人?'他对我说。他过来后，一看见那只手就大喊'一件古董！一件古董！'你可以想象，他就像是发现了一件珍宝。于是他亲自手持尖嘴镐，几乎和我们两个一样，努力地挖土。"

"最后你们挖出了什么?"

"恕我直言，先生，一个几乎半裸的黑女人。她是全铜的。贝荷奥哈德先生告诉我们，这是个异教徒时代的神像——查理曼大帝①时代。"

"我知道它是什么了——是一个摧毁的女修道院里的青铜圣母像。"

"圣母像！要是个圣母像的话我早就认出来了。是个神像，我告诉你；从她的表情你就可以看出来了。她用一双白色的大眼睛盯着你——她就像要把你看穿似的。真的是这样，要是一直盯着她看，每个人都会不由自主地垂下眼睛。"

"白色的眼睛?毫无疑问它是镶嵌在青铜里的。可能还是某个罗马雕像。"

"罗马！就是的。贝荷奥哈德先生说它是罗马的。哦！我看您跟他一样是一位饱学之士。"

"她是完整的吗，保存完好吗?"

"是的，先生，她完好无缺。是个健美端庄的雕像，做得比

---

① 查理曼大帝，法兰克王国加洛林王朝国王，神圣罗马帝国的奠基人。他英勇善战，在行政、司法、军事制度及经济等方面有杰出的建树，并大力发展文教事业。他引入了欧洲文明，他被后世尊称为"欧洲之父"。

市政厅里那尊彩色石膏的路易·菲力浦[①]半身像还要好。尽管如此，那神像的脸却让我不大高兴。她有一副很凶的表情，——而且，怎么说呢，她很邪恶。”

“邪恶！她对你做什么了？”

“倒没对我做什么，但问题不在这儿。我们使尽浑身气力，把她拉了起来，贝荷奥哈德先生也抓住绳子用力拉，尽管他其实手无缚鸡之力。费了九牛二虎之力，我们终于把她立了起来。我找来碎瓦片垫底，谁知她呼啦一声，往后跌倒。我大喊，‘小心啊！’可稍一迟疑，吉恩没来得及抽回他的腿。”

“腿受伤了？”

“像根小嫩枝一样断了。我一看，不禁怒上心头，举起我的尖嘴镐就要把那雕像砸个稀巴烂，谁知贝荷奥哈德先生阻止了我。他给了吉恩·科尔一些钱，但不济事，两个星期过去了他仍然躺在床上，而且医生说他那条腿再也不可能走得跟另一条一样好了。真是可惜了，他可是我们这儿最好的送信人啊，而且，这对贝荷奥哈德先生的公子——贝荷奥哈德·阿方斯先生也是一个损失，我告诉你，阿方斯是我们这儿最棒的网球运动员，科尔以前经常陪他打球。看他们来回击球实在是一件美事。啪！啪！他们几乎脚不沾地。”

这样一边闲聊着，我们就走进了伊尔，我很快就被带到了贝荷奥哈德先生面前。他是个小老头儿，精神依然矍铄而活跃，有一头粉末状的头发，一个红鼻子，一副快活、爱开玩笑的神态。

---

① 路易·菲力浦，法国大革命期间的进步将领，1830 年 8 月加冕为法国国王。

在打开 P. 先生的引荐信之前，他安排我坐在一张菜肴丰盛的饭桌前，把我介绍给他的妻子和儿子，称我是一位著名的考古学家，我的光临将使鲁西荣[①]这一博学之士饱受冷落的蛮荒之地重焕生机。

再没有什么比山区清新的空气更能让人食欲大增的了，我痛快地吃着饭菜，一边仔细观察我的居停主人们。我已经对贝荷奥哈德先生做了描述，我必须补充一点，他是一个性格活泼的人。他正谈着话，就站起来，跑进他的图书馆，给我带来一大摞书，向我展示雕刻品，而且几乎同时为我把酒杯斟满。他从没有安静坐定超过两分钟。他的妻子有些偏胖，就像大多数加泰隆[②]人过了四十岁之后那样。她看起来是个典型的外省女人，唯一的工作就是操心家务。尽管晚餐已经足够至少六个人吃的了，她还是到厨房忙前忙后，杀鸽子，炸玉米面包，我不知道她打开了多少罐蜜饯。很快，桌子上就摆满了杯盘瓶碗，就算我把桌子上每样菜肴抽取一点来吃，我也非撑死不可。然而每当我谢绝一道菜肴，他们都一再道歉。他们怕我不喜欢伊尔。外省资源是那么匮乏，巴黎人当然要苛求了。

父母在屋里屋外忙前忙后时，贝荷奥哈德·阿方斯先生则像一方界碑一样稳坐不动。他是一个二十六岁的高个子年轻人，容貌整洁而英俊，但是缺乏表情。他的身高和运动员体格与乡党邻

---

① 鲁西荣，前加泰罗尼亚王国的一个伯国，大致相当于今天法国南部的东比利牛斯区，盛产甜酒。

② 加泰隆，一个西南欧的民族，主要分布在西班牙东北部的加泰罗尼亚和巴伦西亚，语言为加泰隆语。

里赋予他的英勇网球手的名声正相符合。

那天晚上，他穿着优雅的服装，也就是说，他是完全照着最近一期《时尚杂志》的时装图样来打扮自己的。但在我看来，他这样穿着衣服显得有些拘谨不安；他套在天鹅绒衣领里，像一根桩柱一样僵直，只能让身子挺在那儿。与他的服装形成鲜明对比的，是他晒出黑斑的大手和粗糙的指甲。那是从精致的男服袖子里伸出来的劳动者的双手。另外，尽管他带着巨大的好奇心从头到脚打量我，试图在我身上发现巴黎人的特质，整个晚上他也只和我说了一次话：就是问我的表链在哪儿买的。

晚餐接近尾声的时候，贝荷奥哈德先生对我说："哈！我亲爱的客人，你在这儿有我照顾。不带你到各处看尽我们山里的稀奇玩意儿，我是不会让你走的。你必须学着了解我们鲁西荣，替它说句公道话。你想都想不到我们会给你看些什么，腓尼基，凯尔特，罗马，阿拉伯，拜占庭等等的文物古迹；从雪松的峰顶一直到神香草的平原，你应该好好看看它们。我会带着你到处游览，一块石头也不会让你错过。"

一阵猛烈的咳嗽迫使他停下来。我趁此机会向他表达，时逢家族盛大吉日，冒昧打扰，不胜内疚。要是他给我提供一些短途旅行的良好建议，我独行即可，不必烦他陪伴。

"哈！你是说犬子的婚礼啰，"他打断我的话，大声说道，"小事一桩，无甚大碍，婚礼后天就办完了。你和我们一起参加婚庆，就跟家里人一样。新娘正为她的一个姑妈服丧，她是她的嗣女。因此，不会举行庆祝活动，没有舞会。这倒挺可惜的，不过你想必已经看过我们加泰隆舞蹈了。她们可都是美人儿啊，没准儿你还想学学阿方斯的样子呢。常言道，好事成双。年轻人一结婚，我就自由了，我们就可以动身了。让你参加我们穷乡僻壤的婚礼实在过意不去，还请见谅。对于一个巴黎人来说，休闲娱乐自然令人厌倦——更何况是一场没有舞会的婚礼。当然你还会看到新娘——一个新娘子——好吧，你会告诉我说，你觉得她怎么样。但是你是个学者，不会在乎那些个娘们儿。我有更好的东西要给你看。你会发现一些什么的。其实，明天我给你准备着惊喜呢。”

“老天啊!”我说，“家有奇珍而不为外人所知，却是件难事。我想我已经知道那个为我预备的惊喜了。不过，要是你说的是你那尊雕像，那么我的向导已经给我做过描述了，它大大激发了我的好奇心，我拭目以待。”

“哈！他已经跟你说过那尊神像了，他还把我美丽的维纳斯说成是土耳其人……但我告诉你全不是那回事。明天你就能在大白天里看到她了。我认为那雕像是一件杰作，你看我到底对不对。你来得正是时候。上面有一些铭文，我这个可怜的无知粗人，会以我自己的方式向你解释的；但是你，来自巴黎的饱学之士，或许会嘲笑我的解释；因为事实上，我已经写了一篇关于它的论文——我，一个外省的老文物研究者，已经启动了我的学术计划。我希望将它印刷出版。如果你愿意屈尊赏读，并做出修正，我或许有些希望。比方说，我很想知道，你怎么翻译雕像基座上的这个铭文：CAVE。但是不急于一时！等明天再说吧。今天我们不再谈维纳斯了。”

“你说得对，贝荷奥哈德，”他的妻子说，“丢掉你的神像吧。你没看见你妨碍了我们客人用餐吗？你应该清楚，人家在巴黎见过比你那个更漂亮的雕像。在杜伊勒里宫[①]有成群的雕像，都是青铜做的。”

“你真是个十足无知的外省女人!”贝荷奥哈德先生打断她，“拿一件令人钦佩的古董和库斯图[②]平淡无奇的古董作比较，还有这念头!

‘我的女主人谈到神灵的时候是多么不敬啊!’[③]

你知道吗，我的妻子想让我把那尊雕像熔掉，再铸成一口教堂大钟。这样她就可以成为教母[④]。想想看多荒唐，先生，熔掉一件米隆[⑤]的杰作!”

“杰作！杰作！她是一件迷人的杰作！把一个人的腿都砸断了。”

“夫人，你看到了吗?”贝荷奥哈德先生语气坚决地说，把一条穿着花条纹丝袜的右腿朝她伸去，“要是我的维纳斯砸断的是我的腿，我绝不后悔。”

---

① 杜伊勒里宫，十六世纪建造的法国王宫，位于塞纳河右岸。法国大革命时期路易十六、拿破仑一世、路易十八、查理第十都曾在此居住。1871 年被焚毁。

② 库斯图，库斯图家族是 18 世纪上半期法国雕塑艺术中影响最大的雕刻家族，纪尧姆·库斯图是当时最伟大的雕刻家之一，曾为法国王室服务。

③ 模仿莫里哀喜剧《昂分永垂》第二幕第二场的诗句。

④ 教母，在基督教洗礼仪式中，为受洗儿童作保护人的女性，教导受洗者宗教知识和教徒生活。男性则称为教父。现代社会已经很少使用该词。

⑤ 米隆，公元前 5 世纪希腊雕刻家，被认为是希腊古典艺术时期的开创者，《掷铁饼者》是其代表作。

“仁慈的上帝！贝荷奥哈德，你怎么能这么说！还算幸运，那个人现在好些了。但是那个雕像造成了这么大的灾难，我再也不会看它一眼。可怜的吉恩·科尔！”

“被维纳斯所伤，先生，”贝荷奥哈德先生哈哈大笑着说，“被维纳斯所伤，倒霉蛋还抱怨连天！

‘你不懂得美神的恩惠。’①

还有谁被维纳斯伤过?”

阿方斯先生的法语比拉丁语好，一双眼睛闪烁着，带着狡黠的神色看着我，好像在问：“你呢，巴黎人，你懂了吗?”

晚餐终于结束了。我一个小时以前就不吃了。我有些疲倦，难以掩饰地频打呵欠。贝荷奥哈德夫人首先注意到了，建议说该上床睡觉了。然后便是膳宿条件不好请求原谅之类的谦辞。什么这里不像我在巴黎有那么好的条件，来到外省就是事事麻烦，对鲁西荣人应该多多海涵，不一而尽。尽管我一再声明，经过在山区的长途跋涉，就是一堆稻草在我看来也是一张舒适的卧榻，但他们一再恳求，要是没有如他们所愿地招待周到，还请我多多原谅山区的人们。

跟着贝荷奥哈德先生一起，我终于登上了楼梯，前往他们为我安排的房间。楼梯的上半部分是木头的，尽头是一间中央厅堂，厅堂两旁设着几个房间。

“右边，”我的居停主人说，“是我打算给未来的阿方斯夫人的新房。你的房间在走廊的另一头。你明白，”他以一种诡秘的

---

① 原文系拉丁语，源出公元前一世纪拉丁诗人维吉尔的史诗《埃涅阿斯纪》。

神色补充说——“你明白新婚夫妇应该单独居住。你在房子的一头，他们在另一头。”

我们走进一间精心布置的房间，房间里首先吸引我眼球的东西就是一张七尺长、六尺宽的床，床高得一个人必须借助椅子才能爬上去。

我的居停主人指示给我床铃在哪儿，确认糖罐和放在卫生间架子上的古龙香水瓶是满的，又问了多次还缺少什么，最后向我道了晚安，才终于离去。

窗户关着。脱衣之前，我打开一扇窗户，在一顿漫长晚餐之后，呼吸着令人愉快的夜晚空气，实在是美妙至极。面对我的是卡尼古山脉。它总是那么宏伟。我能看见，在那个美好的夜晚，华美的月色照亮了群山，那一定是世界上最美的山峰。我久久注视着它那不可思议的剪影，正要关上窗户时，忽然注意到，那座雕像就矗立在离房子大约十二码[①]的院子里。它被放置在一排树篱的角落里，那儿有一个巨大完美的四方形院落被树篱分割成一个小花园，我后来知道那个院落是镇上的网球场。这块土地本是贝荷奥哈德先生的财产，在他儿子的怂恿下捐给了当地教区。

因为距离太远，我无法分辨出雕像的姿势，只能大致判断它的高度，看起来它高约六尺。这时，镇上的两个流氓用俏皮的鲁西荣山区曲调吹出口哨：《火焰山》。他们跨过网球场，接近树篱，停下来看着雕像，其中一个甚至对着它破口大骂。他用加泰

① 码，一码约等于0.9米。

罗尼亚语[1]说的，但我在鲁西荣地区待的时间够长了，能很好地理解他说的话。

“原来你在这儿，你这个婊子！（加泰隆语比这还要粗暴得多）你在这儿!”他说，“就是你砸断了吉恩·科尔的腿！要是你属于我，我一定打断你的脖子。”

“呸！用什么打?”另一个年轻人说，“它可是铜做的，硬得很，艾蒂安想用锉子锉它，结果连锉子也给弄断了。它可是异教徒时代的青铜啊，比什么东西都硬。”

“如果我现在手里有凿子（他似乎是一个钳工学徒），我会立刻剜出她的大白眼珠子，就像从杏核里取出一粒杏仁。那里边的银子可是值一百多个苏[2]啊。”

他们走了几步，准备离开。

“我必须向神像道声晚安。”学徒中较高的那一个突然停下来说。

他弯下腰，可能捡了一块石头。我看见他甩出胳膊，扔出什么东西。青铜上发出嗙的一声，那学徒立即发出一声疼痛的哭喊，抬手按住头，哇哇大叫起来。

“她冲我扔回来了!”他大喊道。

这两个淘气鬼一溜烟地跑了。很明显，那块石头从金属上反弹回去，惩罚了那个胆敢欺侮女神的无赖。

我痛快地笑了笑，关上了窗户。

---

① 加泰罗尼亚，西班牙的一个自治区，位于伊比利亚半岛东北部，首府为巴塞罗那，方言为加泰罗尼亚语。

② 苏，法国辅币名，今相当于 1/20 法郎，即 5 生丁。

“又一个被维纳斯惩罚的汪达尔人[①]！但愿所有破坏我们历史文物的人都脑袋开花！”怀着这样的仁慈祈愿，我睡着了。

醒来时，天色已经大亮。床的一边站着身穿晨衣的贝荷奥哈德先生，一个由他妻子派来的仆人手里端着巧克力杯子站在另一边。

“快，快，你这个巴黎人，快起来！京城的人就是这么赖床！”我慌慌张张穿衣的时候，我的居停主人说。“已经八点了，你还在床上！我六点钟就起床了。这是我第三次来到你的房间了。我踮起脚尖走上前来一看：没有，一点醒来的迹象都没有。你这样的年纪睡太多的觉不是什么好事。还有我的维纳斯，你还没见到呢！来，赶快，喝了这杯巴塞罗那巧克力……这可是真正的走私货……在巴黎也找不到这种巧克力。你可得打起精神，因为一旦站在我的维纳斯面前，没有一个人能从她眼前离去。”

我只有五分钟的时间，也就是说，我胡子刮了一半，衣服穿了一半，匆匆把滚烫的巧克力吞进嘴里，把我烫得要命。我下到花园里去，看到了那尊令人钦佩的雕像立在我面前。

那的确是美神维纳斯，有着一种无与伦比的美。

她身体的上半部分裸露着，古人经常描绘的那种伟大神灵大抵如此。右手抬起至胸部，手掌内翻朝向自己，大拇指和食指、无名指伸出，其他手指稍微弯曲。另一只手贴近臀部，搭着遮盖身体下半部分的衣幔。这尊雕像的神态让我想起那个不知为什么

---

① 汪达尔人，古代日耳曼人部落的一支，曾在罗马帝国的末期入侵过高卢、西班牙和非洲，并以迦太基为中心，在北非建立一系列的领地。以文化艺术的破坏者著称。

人们称之为“日耳曼尼库斯”[①]的豁拳者[②]形象。或许雕塑家是想表现美神在玩豁拳游戏时的情景。

无论如何，你再也无法看到比这个维纳斯的形态更加完美，线条更加柔和、撩人，衣幔更加优雅、更加尊贵的雕像了。我原以为它是一件罗马帝国时代的作品，然而我看到的却是一件雕像艺术处于黄金时代的杰作。最使我震惊的是她那形体的逼真和精致。一个人或许会以为它的铸造源自生活，假如造化确曾制造出如此完美的模型的话，这就是。

她的头发从眉峰梳回，看起来像是当时镀过金。头有点小，与所有的希腊雕塑如出一辙，并微微向前倾。至于她的脸庞，我恐怕永远不能描绘出她的奇怪特征；我记得那是一种我记忆里其他任何希腊雕塑都没有的类型。它没有希腊雕塑那种静穆、严峻的美，没有那种千篇一律的威严沉着的特征。相反，我惊奇地注意到这一点，艺术家本人有着明显的意图，那就是要塑造一种迫近邪恶的怨恨。

所有的线条都略显畸形。眼睛非常诡秘，嘴巴朝嘴角一边吊起，鼻孔稍微有点扩张。这张脸尽管美丽，我们却能在其中读到轻蔑，反讽，以及残酷。真的，一个人越是盯着这尊雕像，就越能体验到一种痛苦的感觉，那就是，如此惊人的美竟然那么冷酷无情。

“如果这雕像果真有个模特的话，”我对贝荷奥哈德先生说，

---

① 日耳曼尼库斯，小日尔曼尼库斯被认为是罗马帝国的最后一位英雄。

② 豁拳，类似划拳，饮酒时的一种博戏，以猜到对方指数为赢。

“我怀疑上天是否曾经造过这样一个女人，我真同情她的情人！她一定让他们绝望地死去并以此为乐。她的表情里隐藏着极为残忍的东西，然而我还没看到过比这更美的东西。”

“美神用全身拥抱她的猎物！”[①]贝荷奥哈德先生大叫道，他对我的热情感到高兴。

那副着魔般的反讽表情，或许是由于那双明亮的银白色眼睛的对照而显得更加触目，它们带着时间赋予这尊雕像的朦胧的铜绿色光辉。闪亮的眼睛使人产生了幻觉，以为她具有了一种生命。我记得我的向导曾对我说过，谁盯着她看，谁就会被迫垂下眼睛。此话果真不假，当我站在这尊青铜雕像的前面感到局促不安时，不禁对自己有些恼羞成怒。

“现在你已经仔细观看了一切，我亲爱的文物考古同行，若你乐意，让我们召开一场科学讨论会吧。你怎么解释这行你还没注意到的铭文？”他指着雕像基座给我看，我读着上面的那些文字：

CAVE AMANTEM.[②]

“您怎么看，博学之士？”[③]他摩擦着双手问道，“我们来看看我们是否能在*cave amantem*的意义上达成一致。”

“可是，”我回答说，“这句话有两种含义。你可以翻译成：

---

① 这句诗源出十七世纪法国古典主义诗人拉辛的著名诗剧《费德拉》第一幕第三场。

② 拉丁文，CAVE，拉丁文，提防、警惕；AMANTEM，洞穴、情人。

③ 原文系拉丁文。从前论文答辩时，主席以这句话请参加答辩的教授发表对论文的意见。

‘提防爱汝者，勿信汝情人。’但在这个意义上，我不知道 *cave amantem* 是否是地道的拉丁语。在看了这位女士的恶魔表情之后，我宁愿相信艺术家意在告诫观众，警惕这个蛇蝎美人。那样我就应该翻译为‘若伊爱汝汝需谨慎’了。”

“哼!”贝荷奥哈德先生说，“不错，这是一个不错的解释。但是，请你别见怪，我更喜欢第一种译法，不过，我会进一步引申。你可知道维纳斯的情人?”

“有很多个。”

“没错，但第一个是伏尔坎[①]。为什么意思不应该是‘尽管汝完美，汝神韵轻蔑，汝竟凄惨，以可悲之丑跛铁匠为情人’呢?对于那些自命不凡的女子，这何尝不是一个意义深远的启示呢!”

这种解释听起来是那么牵强附会，我禁不住要笑出来。

“拉丁语过于简洁，是一种很糟糕的语言。”为了避免在表面上抵触我的古文物朋友，我评论道。紧接着，我退后几步，以便更好地注视那雕像。

“等会儿，同行!”贝荷奥哈德先生拉住我的一只胳膊说，“你还没看到另一些铭文呢。爬上基座，看看她的右臂。”这样说着，他帮我爬了上去。免却了客套虚礼，我攀着维纳斯的脖子，跟她越来越亲近了。不一会儿，我甚至直直地看着她的眼睛，在这近距离的观察中，她显得更加邪恶了，而且，要是可能的话，

① 伏尔坎，火神赫淮斯托斯是希腊十二主神之一，罗马名字伏尔坎，是诸神的铁匠，被铁匠和木匠尊为保护神。相貌丑陋，跛足，是美与爱之神阿佛洛狄忒的丈夫。

也比以前更美了。然后，我注意到镌刻在手臂上的字，在我看来，那是一种古代字体的文字。借助眼镜的帮助，我缓慢而吃力地相继读了出来，贝荷奥哈德先生用声音和手势表示赞同，重复着我发出的每一个单词。我是这样读的：

VENERI TVRBVL...
EVTVCHES MYRO
IMPERIO FECIT.

在第一行的单词“Tvrbvl”后面，我看出来好像有几个字母被抹去了；但“Tvrbvl”却是清晰可辨的。

“这怎么解释?”我的居停主人自豪地问，带着一种恶作剧似的微笑，他一定以为“Tvrbvl”把我难住了。

“有一个字我还没搞懂，”我回答，“其他的都很简单。埃奥蒂切斯·米隆奉维纳斯之命献上此贡品。”

“非常正确。但是‘Tvrbvl’呢，它怎么解释?它是什么意思?”

“‘Tvrbvl’确实让我很为难。”我正努力思考维纳斯的某个熟悉的特征，或许能有所启发。“那么‘Tvrbvlenta’怎么样?折磨、煽动人的维纳斯……你知道吗，我仍然对她那邪恶的表情耿耿于怀。‘Tvrbvlenta’对于维纳斯倒是一个不错的品质。”我谨慎地补充道，因为我对自己的解释也不太满意。

“一个骚动的维纳斯！一个吵闹的维纳斯！啊！那么你认为我的维纳斯是一个酒店的维纳斯?与这毫不相干，先生。她是一个上流社会的维纳斯。让我来给你解释‘Tvrbvl’吧……但有一点，你得向我保证，在我的论文发表之前不能泄露我的发现……因为，你知道，你们巴黎的文物专家们已经赚的够多了，总该给我们这些可怜的外省穷鬼留些稻穗儿去捡拾吧。”

我从高高站立的基座上向他郑重承诺，我不会卑劣到去窃取他的发现的地步。

“‘Tvrbvl’……先生，”他说，凑近前来，并压低声音，唯恐旁边的人会偷听了去，“读作‘Tvrbvlnerae’。”

“我还是不明白。”

“仔细听我讲。离这儿三英里以外，在大山脚下，有一个唤作堡德奈荷[①]的村落。这名字是拉丁词汇‘Tvrbvlnera’的变体。这种变形再平常不过了。堡德奈荷曾经是一个罗马城镇。我总是怀疑这一点，可惜一直没有证据。现在证据就在这儿。这个维纳斯是堡德奈荷城当地的女神。这个词语‘堡德奈荷’（Boulternère），我已经追溯了它的古代起源，这就证明了某种古怪的事情，换句话说，在成为罗马城镇之前，堡德奈荷是一个腓尼基城市！”

他停顿片刻，歇口气儿，并享受着我的惊奇。我好不容易才抑制住了大笑出来的冲动。

“事实上，”他接着说，“‘Tvrbvlnera’是个纯粹的腓尼基语，‘Tvr’要读成‘tour’……‘Tour’和‘Sour’都是相同的词，不是吗？‘Sour’是蒂尔[②]的腓尼基名字。我无需向你提示

---

① 伊尔以西四公里确有一个村子，名叫堡德奈荷（Boulternère）。

② 蒂尔，古腓尼基商埠，今属黎巴嫩，阿拉伯语为苏尔（SUR），在首都贝鲁特以南 83 公里，有腓尼基及罗马时代的历史遗址。

它的意义。'Bvl' 是Baal。Bâl，Bel，在发音上有细微的差别。至于'Nera'，让我有些困惑。我不禁认为，因为缺乏腓尼基词汇，它是来自希腊语 νηρόσ，意思是湿润的，沼泽的。假如是那样的话，它就是个混血的词汇。为了证明 νηρόσ，到了堡德奈荷，我会为你指出泉水是如何从山上流下来，形成臭浊水池的。另外，词尾的'Nera'可能是为了向泰特里库斯一世[①]的妻子尼拉·皮薇苏维娅致敬而后来加上去的，可能因为她给吐布尔城做过什么好事。从那些水池方面考虑，我认为它的词源是 νηρόσ。"

他志得意满地拈起一小撮鼻烟，继续说道：

"我们还是先撇开腓尼基语，回到铭文上来吧。我就把它翻译为：献予堡德奈荷之维纳斯，米隆受命制此神像，钦此。"

我小心翼翼地不去非难他的语源学，但我希望现在轮到我来提出高见了，因此我说道，"且慢，先生。米隆确实贡献了什么东西，但我决看不出他贡献的就是这座雕像。"

"什么!"他大叫道，"米隆不是那位著名的希腊雕刻家吗?他的家传天赋是永世不朽的，一定是他的一个后代完成了这座雕像。这一点是毋庸置疑的。"

"但是，"我反驳道，"我看见这只手臂上有一个小孔。我认为它是用来固定什么东西的，比方说，一只手镯。这个米隆是个不幸的情人，他将手镯赠给维纳斯，作为赎罪的礼物。维纳斯对他恼羞成怒，他为了平息她的怒气，便献给她一只金手镯。请注

---

① 泰特里库斯一世，最后一位高卢帝国皇帝，是个暴君。

意，‘*fecit*’[①]一词经常用来代替‘*consecravit*’[②]，这两个词是同义词。如果我手头有本格鲁特尔版或奥赫琉斯[③]版辞典的话，我定会向你举出不止一个例子。一个爱上维纳斯的人很自然会在梦中看到维纳斯，并想象她命令他为她的雕像制作一只金手镯。米隆便把金手镯奉献给了她……后来，那些野蛮人或者某个该遭天谴的窃贼……”

“哈！不难想见你以前是个写浪漫传奇的！”我的居停主人大叫道，伸手把我从基座上扶下来，“不，先生，这是一件米隆学派的作品。你只需看看它的工艺，便可确定了。”

对于一个固执己见、从不反驳自己的文物研究者，我只能在一种深信不疑的氛围中屈服，附和说：“真是一件精妙绝伦的作品哪！”

“哦，我的上帝！”贝荷奥哈德先生惊叫道，“又一个汪达尔人的行为！一定有人朝我的雕像扔石块了！”

他刚刚察觉到维纳斯的乳房上面一点有一个白色的痕迹。我注意到维纳斯右手的手指上有一个相似的痕迹。我猜测石块经过的时候它被蹭着了，或者石块击中雕像的时候碎片飞出，弹射到手上。我把我亲眼目睹到的无礼行为，以及紧随而来的惩罚告诉

---

① *fecit*，拉丁语，制，创作，某某作、画。类似于中国艺术品末尾的的落款。

② *consecravit*，拉丁文，奉献，祝圣。

③ 格鲁特尔，十七世纪荷兰著名的希腊和罗马语文学者；奥赫琉斯，十九世纪瑞士古典语文研究者。

了我的居停主人。他哈哈大笑起来，并把那个学徒比作狄俄墨得斯[①]，希望他像那位希腊英雄一样看到他的伙伴们变成白色的鸟。

午饭的铃声打断了这段引经据典的谈话，和前一天晚上一样，我不得不一个人吃四个人的饭食。然后来了几个贝荷奥哈德先生的农户，当他接见他们的时候，他的儿子带我去视察一辆宽敞的四轮马车，这是他在图卢兹[②]特意为他的未婚妻买的，不消说，我对这件礼物赞不绝口。随后我跟他走进马厩，在那里逗留了半个小时，他对我大肆吹嘘他的马匹，给我看它们在省里赛马会上赢得的奖品。最后他开始跟我谈论起他的未婚妻，以及一匹即将送给她的灰色母马。

"我们今天就能见到她了。"他说，"我不知道你是否会发现她的美。要取悦巴黎人是一件难事。但是在这儿和佩皮尼昂，人人都觉得她可爱。最为重要的是她很富有。她普拉德[③]的姑妈留给她一大笔嫁妆。噢！我会非常幸福！"

看到一个年轻人对未婚妻的妆奁比对未婚妻美丽的眼睛还要在意，我不禁大为反感。

"你是珠宝鉴赏专家，"阿方斯先生继续道，"你看这个怎么样？这是我明天要送给她的婚戒。"

---

① 狄俄墨得斯，希腊神话里特洛亚战争中希腊方面的英雄，是阿尔戈斯的国王。后因妻子不贞，一怒之下，渡海前往意大利，死在伽耳伽农海峡外的一个岛上，其同伴伤感之余，悉变为白色的飞鸟。

② 图卢兹，法国西南部城市，是比利牛斯大区上加龙省省会，法国第四大城市。

③ 普拉德，法国东比利牛斯省小城。

他从小拇指上取下一枚镶着钻石的大戒指，戒指做成两只手紧扣的形状，在我看来这似乎暗含了无限的诗意。它的工艺古色古香，但我觉得镶入的钻石过于修饰。戒指里面有一行可以识别的哥特式文字：*Sempr'ab ti*，意思是：永属尔。

“的确是枚漂亮的戒指，”我说，“不过镶上去的钻石似乎有损它的风格。”

“哦！现在好看多了，”他微笑着回答，“上面的钻石价值一千二百法郎。我妈妈给我的。这是一枚祖传的婚戒，非常古老……大约起源于骑士时代。它是我祖母的，我祖母又是从她祖母那里得到的。天知道是何年何月制造的。”

“巴黎的风俗，”我说，“是赠送一枚非常普通的戒指，通常由两种不同的金属组成，比如金子和铂金。你手上戴着的另外那枚戒指就很合适。镶着钻石、扣手形制的这个就太笨重了，戴着它就不能戴手套了。”

“阿方斯夫人会照她喜欢的方式安排的。我想她还是会很高兴得到这枚戒指的。一千二百法郎戴在手上总是讨人喜欢的。另外那枚小戒指，”他补充道，以一种嫉妒的眼光看着戴着的那枚普通戒指，“那一枚还是在巴黎的时候，一位夫人在狂欢节的最后一天送给我的。唉！两年前，我在巴黎玩得多痛快啊！那真是一个天堂般的地方！”接着，他遗憾地叹了口气。

那天我们要到皮尤伽黑去和新娘的亲戚们一起吃晚饭。因此我们坐进马车，驶向那个距离伊尔四五英里的寨子。我作为男方家庭的朋友受到了接待和欢迎。我不打算谈及晚餐及随后的谈话。我只是稍稍参与了一下，极少开口。阿方斯先生坐在他未婚妻的旁边，不时对着她的耳朵说一两句悄悄话。至于她，几乎始终低着眼睛；每次她的爱人对她说话的时候，她都适度地脸红一下，回答时却落落大方。

皮尤伽黑小姐年方二九，身材苗条，仪态优雅，与她未来丈夫健壮的身材形成鲜明的对照。她不仅美丽，而且很迷人。我很欣赏她所有的答复含有的那种自然的得体。她神态温柔，又略带一丝狡黠，无论我怎么尽量避免，还是让我想起我居停主人的那尊维纳斯。在内心做这个比较时，我问自己，我们之所以不得不承认那尊雕像的美更胜一筹，是否在很大程度上是因为雕像有一种母老虎般的表情呢？因为存在一种力量，哪怕用它服务于不良邪恶的欲望，也总会激发起我们心中的惊奇和情不自禁的赞美。

“真可惜，”离开皮尤伽黑的时候我想，“如此迷人的一个女孩竟然这么富有，而一个根本配不上她的男子垂涎的却只是她丰厚的妆奁。”在返回伊尔的途中，我不知道该跟贝荷奥哈德夫人说什么话，只觉得应该偶尔和她说上一两句才好。

“你们在鲁西荣这一带思想够开明的！”我大声说，“可是，夫人，你怎么会在星期五举办婚礼呢？[①]在巴黎，我们就要更迷信一些；没人敢在这一天结婚。”

“我的上帝！别提了，”她回答道，“要是让我拿主意，我当然会另择吉日。可是贝荷奥哈德执意如此，我也不得不让步了。不过这个疙瘩仍然让我忧心。会不会有什么不好的事情发生呢？这里面一定有原因，不然为什么每个人都害怕星期五？”

---

① 星期五在基督教中是耶稣受难而死的日子，迷信的西方人普遍认为该日不吉利；此外，在法文中，星期五一词 Vendredi 即来源于美神 Venus 的名字，拉丁语“Veneris dies”即“维纳斯的日子”。

“星期五！”她的丈夫大叫道，“是维纳斯的日子！是个举办婚礼的好日子！你看，我的同行，我心里只有我的维纳斯。正是因为她我才选择星期五的。明天，要是你愿意的话，在婚礼之前，咱们给她献上一点祭品，献上两只野鸽子作为牺牲。另外，要是我知道到哪儿去弄点香……”

“真不害臊，贝荷奥哈德！”妻子极端愤慨地打断他，“给一个神像焚香！简直令人厌恶！街坊邻居会怎么说我们？”

“至少，”贝荷奥哈德先生回答说，“你得允许我在她头顶上放一个玫瑰和百合花环：

‘用你们的手大把地撒百合花吧。’①

你瞧，先生，宪章②是一纸空文。我们连信仰的自由都没有。”

第二天的安排如下：十点整，所有人都要准备停当，穿好礼服；喝完巧克力之后，我们就得坐车到皮尤伽黑；公证婚礼在村子里的政务厅举办，而宗教仪式在村寨的小教堂里举行；然后吃午饭，饭后大家可以自由活动到七点钟；那时，所有人都回到伊尔贝荷奥哈德的家中，两家人将在那里欢聚宴饮。不能跳舞，就希望大吃大喝，这是再自然不过的事。

从八点钟起，我就坐在维纳斯雕像前面，手中拿着铅笔，反

---

① 原文系拉丁文。源出拉丁诗人维吉尔的史诗《埃涅阿斯纪》第六章。

② 宪章，指1814年6月4日路易十八批准的宪章。其中第五条规定每个人都有宣传自己宗教的自由，各种信仰均同样得到保护。但第六条则又规定，符合使徒教义的罗马天主教是法国的国教。

复画神像的头，画了二十次素描，我实在把握不好那种表情。贝荷奥哈德先生在我身边走来走去，给我一些建议，并再次重复他那腓尼基语的语源学，接着，他把一束孟加拉玫瑰放在雕像的基座上，以悲喜剧的口吻祈求神像保佑年轻的夫妇在他的屋宇下生活美满。接近九点的时候，他回去穿衣服。这时，阿方斯先生出现了，他穿着崭新的紧身礼服，白手套，漆皮鞋，雕花纽扣，钮孔里插着一朵玫瑰红。

"你愿意为我的妻子画一幅肖像吗?"他俯身看着我的画，问道，"她也很美。"

这时，在我前面提到的那个网球场上，一场即将开始的比赛立即吸引了阿方斯先生的注意。而我已经对描摹那个恶魔的面孔感到厌倦和绝望了，所以便很快丢下我的画，去看球赛。打球的人有前一天到来的几个西班牙骡夫，是一些阿拉贡和纳瓦拉省[①]人，个个身手不凡。因此，伊尔人尽管得到在场的阿方斯先生的建议和鼓舞，还是迅速在外国勇士面前败下阵来。本地的观众都垂头丧气。阿方斯先生看看他的表。只有九点半。他知道他母亲的头发还没打理好。他不再犹豫，脱下他的礼服，换上一件夹克，便去对抗西班牙人。我在一边微笑又有些吃惊地看着他。

"国家荣誉必须维护。"他说。

我觉得他真美。他看起来血脉贲张，刚才还操心那身新衣服，现在已经完全不放在心上了。几分钟前，他还不敢乱扭头，

---

① 阿拉贡，西班牙东北部的自治区，区域大致和古代的阿拉贡王国相同，与法国接壤；纳瓦拉，位于西班牙北部比利牛斯山区的一个省，是古代纳瓦拉王国的所在地，与法国接壤。

怕弄乱了他的领结。现在他丝毫不在意他的卷发或精美的衬衫前襟。他的未婚妻怎么办？……我的天，如果必要的话，我想他还会推迟婚礼。只见他急忙穿上一双便鞋，卷起袖管，踌躇满志地站在被打败一方的最前面，就像恺撒在迪腊基乌姆[①]重整旧部一样。我跃过树篱，舒舒服服地站在树荫底下，以便获得观望双方的良好视野。

有负大众期望，阿方斯先生输了第一个球。说真的，那球擦地而来，力量惊人，击球的是一个阿拉贡省人，看样子是西班牙人的队长。

他的年纪大约四十上下，强健有力，身高六尺，橄榄色的皮肤黑得像维纳斯身上的青铜色。

阿方斯愤怒地把球拍摔在地上。

“都怪这可恶的戒指，”他大喊一声，“挤压着我的手指，让我输了一个极有把握的球。”

他好不容易取下钻石戒指。我上前去接，但他抢先一步跑到维纳斯那里，用力把它戴在她的无名指上。然后他重新回到伊尔人前线的岗位上。

他脸色苍白，但镇定而果敢。从那一刻起，他再也没有失过一次手，西班牙人彻底被打败了。观众的激情一下子沸腾了，场面十分壮观，一些人把他们的帽子抛在空中，欢呼雀跃，另一些人紧握着阿方斯先生的双手，高呼他是国家的光荣。要是他击退了入侵之敌，我想他所受到的庆祝，其热烈和真诚的程度也不过

---

① 迪腊基乌姆，今阿尔巴尼亚港口城市都拉斯。罗马大将恺撒曾于此处为庞培所败，溃不成军，数年后卒复报仇。

如此。被征服一方的懊恼颓丧，更增添了胜利者的光彩。

“咱们可以再来几场，老兄，”他以盛气凌人的口吻对那个阿拉贡人说，“但是我会先让你几个球。”

我真希望阿方斯先生能更谦逊一点，看到他的对手受到羞辱，连我都感到痛心。

那个西班牙壮汉感到了深深的屈辱。我看到他棕褐色的皮肤变得苍白。他脸色阴沉地看着自己的球拍，咬了咬牙齿，闷声闷气地咕哝道：

“咱们走着瞧。”①

贝荷奥哈德先生的声音打断了儿子的胜利欢欣。我的居停主人发现儿子没去指挥人准备那辆新买的马车，惊奇地发现儿子不在了，又见他竟然手拿球拍，汗流浃背。阿方斯急忙跑进屋子，洗洗手和脸，再次穿上新衣服和黑漆皮鞋，五分钟后，我们疾驰在去往皮尤伽黑的路上。镇上所有的网球手和一大群观众跟随着我们高声欢呼。那几匹拉车的强壮马匹好不容易才让我们摆脱了那些勇猛的加泰隆人。

我们到达皮尤伽黑，一行人正要向政务厅走去，阿方斯先生突然拍了一下额头，低声对我说：

“糟了！我把婚戒给忘了！放在维纳斯的手指上了，我真是该死！无论如何请别告诉我母亲。也许她什么也不会发现。”

“你可以派个人回去取。”我回答说。

“算了！我的仆人留在伊尔了。这儿的人我又信不过。一千

---

① 原文系西班牙语。

二百法郎的钻石啊！对任何人都是个巨大的诱惑。再说，知道我这么粗心，大家该怎么想呢？他们会笑话我的，把我叫做神像的新郎官……但愿钻戒不要被人偷走！好在那些无赖怕那尊神像，他们都不敢走近她。算了！没关系，我还有一枚戒指。”

世俗仪式和宗教仪式都恰如其分地完成了。皮尤伽黑小姐接受了巴黎女帽商的那枚戒指，完全没想到她的丈夫送给她的是别人赠送他的定情信物。然后，大家入席，又是吃又是喝，甚至还唱歌，久久不息。新娘周围喧腾起粗俗的嬉闹，我真为她感到难受；不过她的表现仍然比我预期的要好，既不过分尴尬窘迫，又不矫揉造作。

或许困境反而往往会激发人的勇气吧。

谢天谢地，午饭终于吃完了，时间已是下午四点。男傧相们走进繁花似锦的公园散步，或者观看皮尤伽黑的农妇们身着节日盛装，在村寨的草坪上跳舞。我们就这样度过了几个小时。在此期间，女傧相们殷勤地簇拥着新娘，让新娘向她们展示新郎送来的礼物。然后她换了服装，我注意到她用一顶软帽和一顶饰有羽毛的帽子盖住美丽的头发；因为按照习俗，女人们还是姑娘的时候不能过分招展，有饰物的帽子是不能戴的，一旦可以，便会迫不及待地戴起来。

将近八点的时候，我们准备出发前往伊尔。就在此时，上演了动人的一幕。皮尤伽黑小姐的姑妈，一个衰老而虔敬的女人，她把皮尤伽黑小姐当作自己的亲生女儿一样看待，现在她不能随我们同去。在启程之前，她向侄女唠叨了一番做妻子的责任，颇为感人至深，接着又是没完没了的流泪和难舍难分的拥抱。贝荷奥哈德先生将这场分离比作“萨宾妇女遭劫”①。但最后我们终于出发了，在路上，人人都使尽浑身解数要使新娘高兴欢笑起来。可惜都白费功夫。

伊尔的晚宴正等着我们，那是一顿什么样的晚宴啊！如果说早上的粗俗玩笑已经使我震惊，那么现在我更是被那些针对新娘新郎的双关语和荤玩笑搅得晕头转向。入席前新郎官消失了片刻，现在又坐回桌边，他看起来脸色苍白，神情阴沉而严肃。

他接二连三地喝一种科利乌尔酒，这酒跟白兰地一样有劲。我坐到他旁边，觉得我有必要提醒他：

“小心些才好！他们说这酒……”我人云亦云，实在不知道该说些什么愚蠢的废话。

他按着我的膝盖，压低声音，悄悄对我说：

“等大伙离席的时候……我想和你说两句话。”

他严肃的语气让我很吃惊。我更仔细地看着他，注意到他的脸色发生了奇怪的变化。

“你感到不舒服吗？”我问他。

“不。”

他又开始喝起酒来。

与此同时，在一阵阵呼喊和鼓掌声中，一个十二岁的孩子溜到桌子底下，解开新娘脚踝上的石竹花色的丝带，举起来给公众看。大家说那是新娘子的吊带袜，便立即将其剪成碎块，分散给在场的小伙子们。小伙子们都遵循着一个父权制家族传统下的习

---

① 萨宾，意大利城市，据说，古代罗马人曾趁喜庆之机，掳走萨宾妇女为妻。

俗，把它绑在衣服的纽孔上。新娘此时羞得满脸通红……正在这个难为情的时刻，贝荷奥哈德先生呼吁大家安静下来，吟诵了几首加泰罗尼亚诗，据他自称是即兴口占的。假如我理解不误的话，它的意思如下：

“这是什么，我的朋友们？难道是美酒下肚，把我醉得看重了影儿？此刻这里竟有两个维纳斯……”

新娘慌了神，赶紧把头转了过去，惹得大家哈哈大笑。

“没错儿，”贝荷奥哈德先生继续道，“我家里有两个维纳斯。一个是像蘑菇一样，从地里挖出来的；另一个是从天而降的仙女，把她的腰带分给我们观瞻。”

他本来想说吊带袜。

“我的儿子，在罗马的维纳斯和加泰罗尼亚的维纳斯之间选，看哪个你更喜欢。这个无赖选了加泰罗尼亚的。他选得好。罗马的那个是黑的，加泰罗尼亚的这个则是白的。罗马的那个冷冰冰，加泰罗尼亚的这个则让每个接近的人激情似火。”

这段精彩绝妙的结尾激起了一阵叫好声，欢声雷动，哄堂大笑，声震屋瓦，头上的天花板似乎都要掉下来了。在座的只有三个人神色严肃，那就是新婚的夫妇和我。我头痛欲裂，此外，不知为什么，婚礼总是让我难过。而这一场甚至有些让我厌烦。

最后几段是镇长秘书的唱词，不得不说，格调非常下流。没过一会儿，大家又回到客厅去调笑新娘的羞涩，接近半夜时分，她才被送入房中。

阿方斯把我拉到窗口，调开眼神，说：

“你一定会嘲笑我……但是我不知道我怎么了……我着魔了！

真见鬼！”

我第一个反应是，他幻想自己受到了蒙田①和赛维涅夫人②所讲述的某个灾难故事的惊吓：

“整个爱情帝国都充斥着悲惨的故事。”③诸如此类的。

我以为只有聪明人才会遇到这种意外呢，我暗地嘀咕道。

“你喝了太多科利乌尔酒，我亲爱的阿方斯先生，”我对他说，“我早就提醒过你。”

“是的，也许。但是发生了比这更为可怕的事情。”

他的声音嘶哑。我想他完全醉了。

“你知道我的戒指吧？”过一会儿他继续说道。

“怎么！被偷了吗？”

“没有。”

“这么说，你拿回来了？”

“不……我……我无法把它从那魔鬼的手指上取下来。”

“原来是这样啊！你没有使劲拉。”

“不，我使劲了……但是维纳斯……她弯起了她的手指。”

他一脸惊恐地盯着我，身子靠在窗子的长插销④上，以防摔倒。

“一派胡言！”我说，“你把戒指往里推得太深了。明天你拿

---

① 蒙田，法国文艺复兴后期、十六世纪人文主义思想家，著有《蒙田随笔全集》。

② 赛维涅夫人，十七世纪法国风俗作家，著有《书信集》。

③ 见赛维涅夫人《书信集》中1671年4月8日写给格里尼杨夫人的一封信。

④ 长插销，转动把手可开关窗户的插销。

把钳子去把它拔出来。注意别损坏了那尊雕像。”

“不行，我跟你说。维纳斯的手指缩了回去，弯了起来；她揪住她的东西，你明白我的意思吗？……显然因为我把戒指给了她，她就成了我的妻子……她不会还给我了。”

我不禁一阵战栗，片刻之后，我浑身起了鸡皮疙瘩。接着，他叹了一口气，一股浓烈的酒气扑面而来，我的惊颤才消失。

不幸的人，我想，他一定是醉糊涂了。

“你是个文物专家，先生，”新郎官以哀婉的语调补充说，“你懂神像，就在那儿……可能里面有什么弹簧，什么机关把戏，我完全不懂这些……你去看看好吗？”

“好的，”我回答说，“你跟我来。”

“不，我宁愿让你独自过去。”

我离开了客厅。

晚餐的时候天气变了，一场大雨落下来。我正打算要一把伞，突然想到一点。我稍作反思，去查证一个酒鬼告诉我的事情，我可真是个大傻瓜！另外，他可能是想戏弄一下我，以便让那些朴实的乡民们捧腹大笑；最起码也会让我淋成个落汤鸡，重重感冒一场。

我从门缝里瞟了一眼立在滂沱大雨中的维纳斯，客厅也不进，便直接上我的房间去了。我上了床，可是却睡意全无。白天发生的场景浮游过脑际。我想到一个那么纯洁而美丽的少女，竟把自己委身于一个粗野残暴的酒鬼。我心想，建立在利益关系之上的婚姻是多么丑恶的一件事啊！一位镇长披上一条三色肩带，一个神父披上圣衣，然后一个最纯洁的女孩交付给了弥诺陶洛斯①！在这个相恋之人宁愿付出生命代价的这一时刻，两个互不相爱的人如何能找到共同语言呢？一个女人看到言行那么粗俗的男人，还会爱上他吗？第一印象是永难磨灭的，我敢肯定阿方斯先生遭人讨厌是情理中事。

我的内心活动远不止此，暂且按下不表。就在浮想联翩之际，我听到房子里人来人往，门打开又关上，以及马车驶离的声音。然后我好像听到楼梯上响起许多妇女细碎的脚步声，一直走到过道里与我的房间相反的方向。很可能是她们正引着新娘子进入洞房。随后，她们又走下楼梯。贝荷奥哈德夫人的门关上了。我想，这可怜的姑娘该多么心慌意乱，手足无措啊。我烦躁不安地在床上辗转反侧。在人家举办婚礼的房子里，我这个单身汉却扮演着一个傻瓜的角色。

房子里安静下来，没过一会儿，楼梯上响起沉重的脚步声，打破了寂静。木楼梯发出嘎吱嘎吱声。

“简直是头蠢牛！”我在心里大骂道，“我打赌他会从楼梯上摔下来。”一切又安静下来。我拿起一本书以阻止我思绪的流涌。是省里的统计册子，还附有一篇贝荷奥哈德先生所写的关于普拉德地区的督伊德教②历史建筑的文章。读到第三页，我便开始昏

① 弥诺陶洛斯，希腊神话中克里特岛上半人半牛的怪物，居住在克里特迷宫，每年要吃掉从雅典进贡来的七对童男童女，后为忒修斯所杀。

② 督伊德教，古代凯尔特人信奉的一种原始宗教，相信灵魂不灭并可转生，祭祀仪式类似萨满教。公元前一千年代后半期在高卢、不列颠和爱尔兰等地广泛传播，后因罗马基督教的扩张而逐渐销声匿迹。

昏欲睡。

我睡得很糟，醒来很多次。公鸡打头鸣时，大约是凌晨五点，我已经醒了二十多分钟。天色即将破晓。然后我清楚地听到沉重的脚步声，以及睡觉前听到的那种楼梯嘎吱声。我觉得很奇怪，于是一面打着呵欠，一面猜想阿方斯先生怎么起得这么早。我想不出什么合理的原因。正要再闭上眼睛，突然一阵奇异的脚步踩踏声把我惊得清醒过来。除了脚步杂沓声，很快又掺杂了响铃和嘎嘎开门的声音。然后我隐隐听出混乱的哭喊声。

莫非那醉鬼烧着了什么东西！我想着，从床上跳了起来。

我迅速穿好衣服，走进过道。从另一头传来哭号和哀叫，一个撕心裂肺的声音压倒了其他人的声音："我的儿啊！我的儿啊！"很显然，阿方斯先生出事儿了。我跑进新房，里面已经挤满了人。首先映入眼帘的是衣衫不整、横陈于床榻的年轻人，床板已经破损了。他脸色铅灰，一动不动。他的母亲在一边呜咽哀号着。贝荷奥哈德先生忙乱个不停，不是用古龙水揉搓着儿子的太阳穴，就是拿什么药让他闻。在房间另一头的沙发上，新娘吓得像筛糠一样。她口齿不清地哭喊着，两个身强力壮的女佣使尽全力才把她按住。

"我的上帝！"我叫道，"发生了什么事？"

我走到床前，抬起那不幸的年轻人，他的身子已经僵硬冰冷。他牙关紧咬，发黑的面孔显示出可怕的痛苦。情况已经很明确了，他遭到猛烈击打而死，临死的情形非常恐怖。

然而，衣服上却没有一丝血迹。我解开他的衬衫，在他的胸膛上发现一条青紫色的印记，一直延伸到肋骨和背部。看这情形，他是被一个铁环勒死的。我的脚踩到了地毯上的什么东西，低头一看，正是那枚钻石戒指。

我把贝荷奥哈德先生和他的妻子带回他们的房间，又叫人把新娘带到那儿。“你们还有一个女儿，”我对他们说，“你们应该好好照顾她。”然后我留下他们三人，离开了房间。

以我之见，毫无疑问有暴徒发现了一条路线，夜间潜入新房，阿方斯先生遭到了谋杀。然而，胸部的瘀伤和那个圆环形状却让我迷惑不解，因为那不可能是一根棍棒或铁条造成的。突然我想起以前曾听过的瓦伦西亚城[1]受雇杀人的亡命徒，他们用灌满沙子的长皮囊把受害者殴打致死。我立刻想到那个阿拉贡骡夫和他的威胁。然而我几乎不敢设想他竟会为了一个微不足道的玩笑采取如此恐怖的报复。

我搜索了整座房子，试图找到一些破窗而入的蛛丝马迹，但什么也没发现。我下到花园里，看是否有杀手曾从那儿进入；但也没有确定不疑的痕迹。无论如何，夜晚的大雨已经把地面打得湿软，不可能保留丝毫清晰的印记。不过我还是注意到了一些深深印下的脚印。它们来自两个相反的方向，但是路径相同。脚印是从靠近网球场的树篱那里牵引来的，在房门口消失。这可能是阿方斯先生去神像那里取他的戒指的时候留下的。还有，那个地方的树篱要比其他地方稀疏一些，凶手大概是从那里越过的。我在雕像前面来回踱步，又停下来朝她看了一会儿。我必须承认，这一次，看到她那含着恶毒讽刺的表情，我真是不寒而栗。而且，我的脑子里充斥着刚才目睹的可怕场景，我似乎看到了一个

① 瓦伦西亚城，西班牙第三大城市，第二大海港，位于西班牙东南部，是瓦伦西亚大区的首府和瓦伦西亚省的省会。

凶恶的女神正为降临在这一家的灾难而鼓掌喝彩。

我回到房间，在里面一直待到中午。然后我出去打听两位居停主人的消息。他们现在平静些了。皮尤伽黑小姐，或者我应该称阿方斯先生的遗孀，已经恢复了意识。她甚至已经同到伊尔巡视的佩皮尼昂皇家检察官做了交流，地方法官已经记录了她的供词。他向我询问。我把我知道的告诉了他，也没有隐瞒我对那个阿拉贡赶骡人的怀疑。他立即下令逮捕此人。

“你从阿方斯夫人那里得到什么信息吗?”供词记录完毕并签名之后，我问检察官。

“那个可怜的女人已经疯了，”他悲哀地微笑着回答说，“疯了！完全疯了！你知道她说什么?

“她说她在床上躺了几分钟，帐幔拉了下来，房门打开的时候，有人进来了。阿方斯夫人睡在床里面，脸朝着墙壁。确信是她的丈夫，她便没有动。不一会儿，床开始嘎吱嘎吱地叫，仿佛什么千钧重物压了下来。她被吓坏了，但是不敢扭过头去。就这样，五分钟，或者十分钟过去了……她已经没有了时间概念。然后她下意识地动了一下，或者是床上的那个人动了，她感觉触着了什么像冰一样冷的东西，她是这么表达的。她浑身剧烈哆嗦着，把头埋进床的里面。

“没过多久，房门再次打开了，有人进来了，说，‘晚上好，我的娇妻。’然后帐幔拉了上去。她听到一声窒息般的惊叫。她身边那个待在床上的人猛地坐了起来，似乎向前伸出了胳膊。然后她扭过头，看到她的丈夫靠着床沿跪着，脑袋几乎抵在枕头上，被一个绿色的巨人紧紧搂在怀里。她说是个绿色的巨人，她对我重复了不下二十次，可怜的女人！……她说她认识……你猜是谁？那个青铜维纳斯，贝荷奥哈德先生的雕像……自从它出现在这儿，人人都梦到它。但我还是继续讲那可怜的疯女人的叙述吧。看到这情景，她昏厥了过去，并且可能已经失去了理智。她说不出自己昏过去了多久。醒来之后，她又看见了那个幽灵，或者她坚持声称的那座雕像，它静静地站在那里，双腿和身体的下半部分在床上，胸部和双臂向前伸出去，搂住她的丈夫。她的丈夫已经无法动弹了。雄鸡报晓时，那雕像下了床，丢下那具尸体，走了出去。阿方斯夫人跑去摇铃，剩下的你都知道了。”

那个西班牙人被带进来了。他神态平和，头脑冷静，镇定自若地为自己辩护。他没有否认我指控的他的那些言辞，但他解释说，他那样说只是一时豪言，他没有别的意思，只是期待另找一个空闲的日子击败他的网球对手，一雪前耻。我记得他补充了这样一段话：

“一个阿拉贡人一旦遭到侮辱，是不会等到第二天才去雪耻的。如果我相信阿方斯先生是故意羞辱我，我当时就会朝他的肚子捅上一刀子。”

拿他的鞋子与花园里的脚印做了比较，他的鞋要大得多。

最后，那个人下榻的客栈老板也证明，他整夜都在给他那匹生病的骡子擦身和喂药。此外，那个阿拉贡人在这一带声誉良好，大名鼎鼎，他每年都会来这儿做买卖。

因此接受当地的道歉之后，他被释放了。

我忘了提及那个仆人的陈述了，他是最后一个见到阿方斯先生活着的人。就在他正要进入洞房的时候，他召来这个仆人，焦急万分地问他知不知道我在哪儿。仆人说没见着我。阿方斯先生叹了口气，一言不发地站了一会儿，只听他说：“好吧！他一定也被那个魔鬼给带走了。”

我问阿方斯先生跟他说话时是否戴着那枚钻戒。仆人犹豫不定。最后他说他觉得没戴，因为他并没有注意到那个。

“要是戒指戴在阿方斯先生手上的话，”他回过神来，补充说，“我应该会注意到的。因为我以为他已经把它给了阿方斯夫人。”

问这个人话的时候，我感到一些因迷信而产生的恐惧，阿方斯夫人的陈辞已经在宅子里传开了。皇家检察官对我微笑着，我便不再继续问下去了。

阿方斯先生葬礼之后几个小时，我准备离开伊尔。贝荷奥哈德先生的马车将载我启程，把我送到佩皮尼昂。尽管身体虚弱，可怜的老人坚持要送我到花园门口。我们沉默地走过花园，他在我手臂的搀扶下缓慢地前进。临别之际，我最后看了一眼维纳斯。尽管我的居停主人并不像他的家人那样对她怀着恐惧和憎恨，但我可以预见到，他很希望摆脱那个不断让他回想起那可怕灾难的物体。我本想劝说他将它放入博物馆里，但我犹豫不决，难以启齿。贝荷奥哈德先生本能地转向我定睛凝视的方向。他看到了那尊神像，不由得老泪纵横。我拥抱着他，没敢说一句话便进了马车。

自从我离开之后，我再也没有听到过关于这个神秘灾祸的任何新的说法。

贝荷奥哈德先生在他儿子死后几个月也逝去了。根据他的遗愿，他把他的手稿留给了我，有朝一日我可能会将它付梓。不过在其中我没有发现那篇关于维纳斯雕像铭文的文章。

附笔——我的朋友P. 先生刚从佩皮尼昂给我来信，那尊神像已经不在了。丈夫死后，贝荷奥哈德夫人关心的头等大事就是把它熔掉铸成一口钟，它以新的形体尽职于伊尔的教堂。“不过，”P. 先生补充说，“看起来厄运继续纠缠着那些拥有青铜的人们。自从那口钟在伊尔敲响之后，葡萄园已经遭受了两次冰冻。”

快乐王子

［英］王尔德

陈　龙译

在城市的高空，一根高大的圆柱上耸立着快乐王子的雕像。他的全身都镶满了纯金的叶片，两颗明亮的蓝宝石做成了他的眼睛，他的剑柄上还镶着一颗熠熠生辉的巨大红宝石。

人们总是对他赞叹不已。“他像一只风信鸡一样美丽，”一位市议会议员评论道，他希望以此赢得富有艺术品位的名声；但又唯恐人们会觉得他不切实际，便补充说道，“只是没多大用处。”事实上他倒的确是个很实际的人。

“为什么你不能像快乐王子那样呢?”一个通情达理的妈妈对她的小男孩说，他正哭着要月亮呢，“快乐王子即便做梦的时候，也从来不哭着要什么东西。”

“看到世上还有一个人如此快乐，我感到欣慰。”一个沮丧的男人凝视着那尊奇妙的雕像喃喃自语。

“他看上去就像一个天使。”慈善会的儿童走出教堂时说，他们都穿着猩红色披风，胸前挂着干净雪白的围嘴儿。

“你们怎么知道?”数学教师说，“你们又没见过天使的模样。”

“哈！我们见过，在梦里见过。”孩子们回答说。数学教师皱了皱眉，神色异常严峻，因为他不赞成孩子们做梦。

一天夜里，一只燕子飞临这个城市的上空。他的朋友们早在六个星期以前就飞到埃及去了，唯有他落在后面，因为他对那棵最美丽的芦苇实在是恋恋不舍。他是在早春时节遇到她的，当时他追随一只黄色的大蛾飞到河边。他为她那曼妙的腰肢着了迷，便停下来和她说话。

“我可以爱你吗?”燕子问道，他喜欢直截了当地讲话，那棵芦苇便向他鞠了一躬。于是他就围着她飞了一圈又一圈，他用双翅敏捷地擦过水面，惊起一阵阵银白色的涟漪。这便是他的求爱，这段爱情一直经历了整个夏季。

“真是荒唐至极的爱恋，”其他的燕子都嘁嘁喳喳地说，“她既没钱，亲戚关系又复杂。”的确，这片河里到处都是芦苇。秋天来临时，燕子们都飞走了。

大家走之后，他感到有些寂寞，对他的爱人也开始感到厌倦。“她总是沉默寡言，”他说，“而且，我担心她是个风骚的女人，因为她总是和风打情骂俏。”当然了，只要一起风，芦苇便摆弄出她女人家最优雅的仪态。“我承认她很贤惠，适合居家过日子，”他继续说，“可我喜欢旅行，因此，我的妻子也应该喜欢旅行才对。”

“你愿意跟我一起离开吗?”最终他问她。但是芦苇却摇了摇头，她是那么依恋着她的故乡。

“原来你一直都是跟我闹着玩的，”他大叫道，“我要飞向金字塔了。再见!”说完他就飞走了。

他飞了整整一天，夜晚才到达了这个城市。“我该在哪儿过夜呢?”他说，“我希望这个城市已经做好了准备。”

然后他看到了高大圆柱上的那尊雕像。

“我要在那儿过夜，”他尖叫道，“那是个好地方，还有新鲜的空气。”于是他飞下来，恰好居住在快乐王子的两脚之间。

“我有一个黄金的卧室，”他一边四处张望，一边对自己柔和地唱着，随后便准备睡觉了。但是，正当他把头埋在翅膀下面的时候，一大滴水珠恰好落在了他的身上。“哎哟，奇事一桩!”他大叫起来，“天上没有一片云彩，繁星明澈又闪亮，偏偏却下起了雨。这欧洲北部的气候真是糟透了。芦苇过去总是喜欢下雨，那不过是她自私自利罢了。”

紧接着又一滴水珠落下来。

“要是不能遮风挡雨，要这个雕像又有什么用呢?”他说，“我得另找一处好的烟囱管帽做窝。”他决定飞走，离开这儿。

但是还没等他张开翅膀，第三滴水珠又落下来了，他不由抬起头，看到了——啊！他看到了什么啊?

快乐王子的两眼充满了泪水，泪水顺着他金色的脸颊，流淌了下来。他的脸在月光中是那么美丽，小燕子不由得心生怜悯。

“你是谁?”他问对方。

“我是快乐王子。”

“那你为什么流泪呢?”燕子问，“你把我浑身都淋湿了。”

“在我还活着的时候，我有一颗人类的心，”雕像回答，“我从不知道眼泪是什么，因为我居住在逍遥自在的王宫里，那是个一丝哀愁都进不去的地方。白天，我和伙伴们在花园里玩耍，晚上，我在大礼堂里举办舞会。花园的四周，有一道高耸的围墙，可我从没想过围墙的那边有些什么东西，我生活中的一切都是那么美好。我的朝臣们叫我快乐王子，的确，如果娱乐就是快乐的话，我真是最快乐的人了。我就这样活着，也这么死去。现在我死了，他们便把我竖在这个高耸的地方，我能看见我的城市里所有的丑陋和悲惨，尽管我的心是铅做的，可是我也忍不住要流泪啊。”

“什么！他不是铁石心肠的纯金雕像?”燕子自言自语道。他非常礼貌，不愿大声议论别人的私事。

“在很远的地方，”那雕像以一种低沉悠扬的声音继续说，“很远的一条小街上，住着一户穷人。其中一扇窗子是打开的，通过窗子我能看到一个女人坐在桌边。她的脸庞清瘦而憔悴，她有一双粗糙、发红的手，手上到处是针眼，因为她是一个裁缝师。她正在给一件华丽的缎袍绣西番莲花，这是皇后最喜爱的宫女准备在下一次宫廷舞会上穿的。在房间角落里有一张床，她的小男孩正生病躺着。他发了高烧，嚷着要吃橘子。可他的母亲一贫如洗，除了喂他喝几口河水之外什么也不能给他，所以这孩子老是哭闹个不停。燕子，燕子，小燕子，你愿意把我剑柄上的这颗红宝石带给她吗？我的双脚被固定在了这个基座上，我无法动弹。”

“有人正在埃及等着我呢，”燕子说，“我的朋友们正在尼罗河上飞上飞下，跟大朵大朵的荷花说着开心话。很快他们就要在伟大的法老王的墓穴里睡觉了。那法老王自己躺在彩绘的棺材里。他全身都被包裹在黄色亚麻布里，还塞满了防腐的香料。他的脖子上戴着一串淡绿色的翡翠项链，他的双手就像枯枝败叶。”

“燕子，燕子，小燕子，”王子说，“你不愿意跟我一起再待一晚上，并做我的信使吗？那个孩子饥渴难捱，那母亲伤心极了。”

“我不认为我喜欢男孩子，”燕子回答说，“去年夏天，我在一条河上飞行，有两个顽皮的男孩子，是磨坊主的儿子，他们老是冲我扔石头。当然，他们永远也别想击中我，我们燕子可是飞行的好手，再说，我来自一个以飞行敏捷著称的家族；可不管怎么说，那仍然是一种失礼行为。”

然而快乐王子看起来那么悲伤，小燕子的心里也很不好受。“这儿太冷了，”他说，“不过我还是陪你待一晚上吧，并做你的信使。”

“谢谢你，小燕子。”王子说。

于是，燕子便从王子的剑柄上取下那颗硕大的红宝石，衔在喙中，飞过城市里鳞次栉比的屋顶，向远方飞去。

他飞过大教堂的尖塔，看见了上面白色大理石雕刻的天使像。他飞过王宫，听到载歌载舞之声。一个美丽的少女和她的心上人走到阳台上。“多么美妙的星星啊，”他对她说，“爱情的力量是多美妙啊！”

“我希望我的衣服能及时做好，不要耽误我参加宫廷舞会，”她回答道，“我已经命令在上面绣上西番莲了，但是那些裁缝师都太懒了。”

他飞过河流，看见船舶高高的桅杆上挂着很多灯笼。他飞过犹太人居住区，看见犹太老人们正在讨价还价地相互交易，还把钱币放在铜天平上称重量。最后，他来到了那栋贫寒人家的房子，朝里面望了望。那个发烧的男孩在床上辗转反侧，他的母亲已经睡下了，因为她太疲倦了。他跳进屋里，把那颗硕大的红宝石放在桌子上女用顶针的旁边。然后，他又轻轻地绕床飞了一圈，用双翅扇着男孩的额头。“我觉得好凉爽啊，”那男孩说，“我的病一定在好转了。”随后他便进入了甜美的睡梦中。

然后，燕子飞回到快乐王子身边，把他所做一切的告诉他。“你说怪不怪，”他说，“尽管天气这么冷，可我现在却觉得好暖和。”

“那是因为你做了一件好事。”王子说。小燕子便开始寻思王子的话，但是他很快就睡着了。思考问题总是一件让他困乏的事情。

破晓的时候，他飞到河里，洗了个澡。“多么奇特的现象，”一位鸟类学教授经过大桥的时候说道。“冬天里的一只燕子!”他立即给当地一家报纸写了一封长长的信讨论此事。人人都引用了该文，尽管里面充满了他们无法理解的词汇。

“今晚我要去埃及了，”燕子说，一想到要去远方，他就振奋不已。他参观了城里所有的名胜古迹，还在一座教堂尖塔顶上坐了很久。不论他去哪儿，麻雀们都吱喳吱喳地叫，交相传言，“一个多么卓越的客人啊!”因此他很是志得意满。

月亮升起来的时候，他飞回快乐王子身边。“你有什么要委托我在埃及办的事吗?”他大叫道，“我就要出发了。”

“燕子，燕子，小燕子，”王子说，“你不跟我一起再待一个晚上了吗?”

“有人还在埃及等我呢，”燕子回答，“明天我的朋友们就要飞跃第二大瀑布了。那儿的河马潜伏在灯芯草里过夜，古埃及的门农神[1]坐在一个大花岗岩宝座上。他整夜凝视着星星，当启明星发出光辉时，他便发出一声欢乐的鸣啸，然后便沉默不语了。中午，黄色的狮子下山来到河边喝水。他们的眼睛像绿宝石一样，他们吼叫起来比瀑布的咆哮声还要响亮。”

“燕子，燕子，小燕子，”王子说，“在城市那一头很远的地方，我看到一个年轻人住在阁楼上。他正趴在一张铺满纸张的桌子上埋头用功，他旁边的平底玻璃杯里插着一束枯萎的紫罗兰。他有一头棕色、卷曲的头发，他的嘴唇像石榴花一样鲜红，他还有一双大大的梦幻般的眼睛。他正在为剧院经理创作一个剧本，但是他已经冷得写不下去了。壁炉里没有柴火，饥饿让他头晕目眩。”

“我再和你待一晚上吧，”燕子说，他真是个心地善良的人，“我要再给他带去一颗红宝石吗?”

“唉！我现在没有红宝石了，”王子说，“我的眼睛就是我所有的财产了。它们是用稀有的蓝宝石做的，是一千年前从印度带来的。取下一颗，带给他吧。他会把它卖给珠宝商，买来食物和木柴，并完成他的剧本。”

“亲爱的王子，”燕子说，“我不能那样做。”说完他开始哭泣。

“燕子，燕子，小燕子，”王子说，“就照我说的做吧。”

于是燕子便取出了王子的一只眼睛，朝那个学生的阁楼飞去

① 门农神像，阿梅诺菲斯三世的两座高约 20 米，重约 720 吨的砂岩石巨像，矗立在尼罗河西岸和国王谷之间，建于公元前 14、15 世纪的埃及新王朝时期。

了。他很容易就进去了，因为房顶上有一个洞。燕子轻巧地穿过这个洞，进了房间。年轻人把头埋在双手中，因此他没听到鸟翼的震颤，当他抬起头时，正好看到了那颗美丽的蓝宝石放在枯萎的紫罗兰上面。

“我开始受到别人欣赏了，”他大叫起来，“这一定是某个赞赏者送来的。现在我可以完成我的剧本了。”他的脸上露出了幸福的笑容。

第二天，燕子飞到下面的海港。他坐在一只大船的桅杆上，看着水手们用绳子把大箱子拖出船舱。每当一只箱子起来的时候，他们都大喊起“嘿——哟！嘿——哟！”的号子。“我要去埃及了！”燕子喊道，但是没有人理会他。月亮升起来的时候，他飞回快乐王子的身边。

“我是来向你道别的。”他喊道。

“燕子，燕子，小燕子，”王子说，“你不跟我一起再待一晚上了吗？”

“现在是冬天了，”燕子回答，“这儿就快下寒雪了。在埃及，太阳暖洋洋地照在深绿色的棕榈树上，鳄鱼趴在泥水里，懒洋洋地看着棕榈树。我的伙伴们正在巴尔贝克太阳神庙①里建一个大鸟巢，那些粉红色和白色的鸽子们一边看着他们干活，一边相互咕咕地说着情话。亲爱的王子，我必须离开你了，但是我永远也不会忘了你，明年春天我会给你带回两颗美丽的宝石，弥补你因

---

① 巴尔贝克太阳神庙，位于贝鲁特东北 85 公里的贝卡平原北部，是世界驰名的古迹。历经近 2000 年的刀兵水火而残败不堪，但残存的宏伟规模仍使人惊叹不已。

为送给别人而失去的那两颗宝石。红宝石会比一朵红玫瑰还要红，蓝宝石会比大海还要蔚蓝。”

“在下边的广场上，”快乐王子说，“站着一个卖火柴的小女孩。她不小心把火柴掉进排水沟了，火柴全糟蹋了。要是她不带些钱回家的话，她的父亲会打她的，她正在哭呢。她既没有穿鞋子，也没有穿袜子，她的头上也没戴帽子。请取出我的另一只眼睛，送给她吧，这样她的父亲就不会打她了。”

“我再和你一起待一个晚上吧，”燕子说，“但我不能取出你的眼睛。那样你就变成个瞎子了。”

“燕子，燕子，小燕子，”王子说，“就照我说的做吧。”

于是他取出王子的另一只眼睛，衔着它飞了下去。他飞扑着经过那个卖火柴的小女孩身边，把宝石悄悄放入她的手掌中。“一块多么漂亮的玻璃啊。”小女孩高兴地叫喊着，欢快着跑回家去了。

然后，燕子回到王子的身边。“现在你瞎了，”他说，“所以我要永远和你在一起。”

“不，小燕子，”可怜的王子说，“你得去埃及了。”

“我要永远和你在一起。”燕子说着就在王子的脚边躺下。

第二天一整天，他都坐在王子的肩上，对他讲他在异域土地上所见到的种种奇闻轶事和经历。他对王子讲那些红鹮，他们在尼罗河河岸上站成长长的一排，用他们的尖喙捕食金鱼；还讲到狮身人面像①，他的岁数同世界一样古老，生活在沙漠中，知晓

① 狮身人面像，公元前 2610 年埃及法老胡夫为自己的陵墓雕刻的巨大石像，位于胡夫金字塔西边，也被认为是怪物斯芬克斯的形象。

世间的一切；讲到商人们，这些人跟着驼队慢慢地走着，手里拿着一串串琥珀珠；讲到月亮山上的国王，他的皮肤像乌檀一样黑，崇拜一个巨大的水晶；讲到那条睡在棕榈树上的绿色大蟒蛇，有二十名僧侣用蜂蜜饲养它；最后又讲到那些小矮人，他们踩着扁平的大叶子来回横渡在大湖中，而且总是与蝴蝶发生战争。

“亲爱的小燕子，”王子说，“你告诉我这么多稀奇古怪的事情，但比这一切更奇怪的是男女众生所遭受的苦厄。没有什么神秘事物比苦难更不可思议了。你到我的城市的上空飞一圈吧，小燕子，然后告诉我你从空中所看到的景象。”

于是燕子飞越了这个大城市的上空，他看到富人们在漂亮的房子里寻欢作乐，而乞丐们却坐在大门口忍饥挨饿。他飞进阴暗的小巷子，看到孩子们饿得脸色苍白，无精打采地望着黑色的街道。在一座大桥的桥洞里，两个小男孩正相互拥抱着想使彼此更暖和一些。“我们好饿啊！”他们说。“你们不能躺在这儿！”巡夜人怒吼道，于是他们又流浪到雨中去了。

然后，他飞回去，把他所看到的这一切景象告诉了王子。

“我全身上下贴满了黄金片，”王子说，“你把它们一片一片地取下来，送给我的穷人们。那些活着的人们总还想着，上帝会让他们幸福的。”

燕子一片一片地揭下那些纯金片，直到快乐王子变得灰暗无光。他又将那些纯金一片一片地带给穷人们，那些孩子的脸上泛起了红晕，他们欢欣鼓舞地在大街上玩着游戏。“我们有面包喽！”孩子们高喊着。

随后下起了雪，下完雪后又降下了霜冻。一条条街道都变得银装素裹，看上去明亮而闪耀。长长的冰锥像水晶做的匕首一样悬挂在屋檐下。人人都穿着皮毛大衣出来走动，小孩子们也都戴上了红帽子，到湖上溜冰去了。

可怜的小燕子越来越冷了，但他却不愿离开王子，他深爱着快乐王子。他只好趁面包师不注意的时候，在面包房门口捡拾了一些面包渣充饥，并拍打着双翅为自己保暖。

但最终，他知道自己快要死去了。他攒足力气，再次飞到王子的肩上。“再见了，亲爱的王子!”他嗫嚅道，“你愿意让我亲吻你的手吗?”

“我很高兴，你终于要飞往埃及了，小燕子，”王子说，“你在这儿待的时间太长了；但是你一定要亲吻我的双唇，因为我爱你。”

“我要去的地方并不是埃及，”燕子说，“我要飞向死亡的国度。死亡是睡眠的孪生兄弟，对不对?”

接着，他亲吻了快乐王子的双唇，然后跌落在快乐王子脚下，死去了。

正在那时，雕像内部发出一声奇怪的声响，好像什么东西破碎了。其实是王子那铅制的心突然断裂成两半了。这当然是那场极其严重的霜冻造成的。

第二天一大早，市长在市议会议员的陪同下走到下面的广场上。当他们经过那根圆柱的时候，市长抬头看了一眼那尊雕像：“我的天哪！快乐王子看起来多丑陋啊!”他说。

“真是丑陋不堪!”市议会议员们异口同声地大声说道，他们总是奉承市长。说完，他们纷纷抬头看着雕像。

“他剑柄上的那颗红宝石已经脱落了，他的蓝宝石眼睛也不见了，他不再是金光灿灿的了，”市长说，“说实话，他比一个要饭的乞丐好不到哪儿去!”

“比一个要饭的好不到哪儿去。”市议会议员们说。

“他脚下竟然还躺着一只死鸟!”市长继续说，“我们必须发布一个公告，禁止鸟类死在这儿。”市议会书记员立刻把这一提议记录了下来。

后来，他们推倒快乐王子的雕像。“既然他已经不再漂亮，那么他也就没什么用了。”一所大学的艺术教授说。

然后，他们把雕像熔进一个炉子里，市长举行了一次市政当局会议，以决定如何处理这些废弃的金属。“当然，我们必须再铸造一尊雕像，”他说，“而且应该是我自己的雕像。”

“是我的雕像。”每个市议会议员都这么说，他们争吵不休。我最后听到人们谈论起他们的时候，他们仍然在争论个不停。

“真是一件怪事!”铸造车间的工头说，“这颗破碎的铅心在炉子里熔化不了。我们必须把它扔了。”于是他们把它扔进了废墟中，死去的那只燕子也躺在那里。

“把这座城市里最珍贵的两件东西带给我。”上帝对他的一个天使说。于是那个天使就把那颗铅制的心和那只死鸟给他带了回来。

“你做了一个正确的选择，”上帝说，“因为在我的天堂花园里，这只鸟将会永远地歌唱；在我的黄金城堡里，快乐王子也可以永远地赞美我。”

荒唐人的梦

［俄］陀思妥耶夫斯基

陈　龙 译

一

我是一个荒唐可笑的人。现在他们都叫我疯子。在他们看来，如果我在他们眼中不像过去那样荒唐，那么这个称呼反倒是晋升了一级。但是，现在我不怨恨别人了，我觉得他们全都对我很亲热，甚至当他们取笑我的时候——我反而觉得他们亲切可爱。假如看着他们的时候我心里不是那么悲哀的话，我会加入他们一起笑的——并不完全是取笑我自己，只是以此向他们表示友好。我之所以感到悲哀，是因为他们不知道真理，而我却知道。唉，只有我一个人知道真理是多么艰难的事啊！但是连这一点他们也不会懂的。

不，他们是不会懂的。

过去我感到非常悲哀，是因为我这个人好像很荒唐可笑。不是好像，而是实实在在的荒唐。我向来荒唐可笑得很，我知道这一点，或许，从我出生那一刻起就是这样。或许从我七岁那年起，我就知道自己是个荒唐的人了。后来我上了中学，进大学学习，可是，你知道吗——我学得越多，就更加彻底地理解到我是荒唐的。以至于到最后，好像我在大学里学到的所有科学知识，它们存在着只是为了证明并让事实变得明显：我在知识里钻得越深，我就越加荒唐透顶。学习是这样，生活亦是如此。随着年月流逝，我认识到自己在各方面都很荒唐，这个意识在我身上渐渐成长和壮大。人人都喜欢嘲笑我。但是，没有一个人知道，也没有一个人猜得出，如果人世间还有一个人比别人更加了解我是荒唐人的话，那么这个人就是我自己。最使我感到遗憾的，就是他们压根不知道这一点。但是，在这件事情上，我也有自己的错儿：我总是那么骄傲，从来不肯向别人承认我的荒唐。这种骄傲在我身上潜藏了很多年，与日俱增，如果我允许自己向任何人承认自己是荒唐的，我相信当天晚上我就已经开枪把自己打得脑髓四溅了。哦，我在幼年时代就忍受着恐惧，担心我可能妥协，忍不住而突然向我的同学们坦白。但自从我长成大人之后，不知道为什么，我的心境变得更沉默、更平静了，尽管我对自己糟糕的品性一年比一年认识得更清楚了。我说“不知道为什么”，因为直到今天我都不能告诉你其中的原因。这也许是因为某种可怕的不幸在我灵魂里成长，使我的心头聚集了极大的苦闷，因此让我萌发了一种信念：这世界上任何东西都是无意义的。长久以来，我对此毫无察觉，但最近一年来，这种明显的意识突然袭来。我突然感到，无论这世界是否存在，或者是否从来就没有任何东西，对我都是一样的，是无意义的。我开始以我的全部生命感受到，任何东西都是空幻，是不存在的。一开始，我还幻想着，许多事物过去是存在的，但后来我才明白，过去也是一无所有，只是由于某种原因看起来如此罢了。我渐渐地又想到，将来也将永远一无所有。于是，我马上就不再生别人的气了，甚至几乎不再留意他们。说真的，这种变化甚至在那些微小琐屑的事情上也表现了出来。例如，我有一次走在大街上，经常走着走着就撞到别人。这不是因为我在思考，我有什么值得思考的呢？从那次之后我几乎放弃了思考，一切我都不再操心，一切都不关我事。要是我解决了一些问题该多好啊！唉，我一个问题都没解决，但是我有好多问题要解决啊！但是我一想到，一切都没有意义，所有的问题自然就消失了。

正是从那以后我才发现了真理。我是去年十一月发现那个真理的，准确地说，是十一月三号，因为关于那件事，每一个瞬间我都记得清清楚楚。事情发生在一个黑魆魆的晚上，可能所有晚上最漆黑的一个。大约十点的时候，我往家走，我记得，我正想着夜晚黑得不能再黑了，甚至我的身体也感觉到了。瓢泼大雨已经下了一整天了，那是一场最寒冷、最阴郁甚至险恶可怕的雨。我记得，这雨几乎对人类怀着一种公然的敌意。在十点多的时候，雨却突然停住了，散发出一种让人觉得可怕的湿气，比下雨的时候还潮湿，还要寒冷。大街上到处大雾弥漫，如果你能俯视地面的话，就会看到雾气从街上的每个石头里，从每一条偏道里冒出来。我蓦然生出一个想法，如果所有的路灯都熄灭，就会看到更少的阴郁，雾气让人心里悲伤，因为它把一切都照亮了。那天我几乎没吃任何东西，整个晚上都和一个工程师在一起，还有另外两个朋友。我沉默地坐着——我想我让他们感到厌烦。他们讨论着一些有趣儿的事情，突然又变得兴奋莫名。但是我发现，他们并非真的高兴，而仅仅是装出一副兴奋的样子罢了。我立刻把我的这个想法说给他们。“我的朋友们，”我说，“你们其实并不在乎自己和对方。”他们听了并不生气，反而嘲笑我。那是因为我说话从不带有任何羞辱的意思，因为我觉得一切都无所谓。他们看出来我对一切都无所谓之后，就又快活起来。

当我走在大街上想着街上的汽灯时，我不时抬起头望望天空。天空黑得可怕，但还是能清楚地看见破碎的云絮，云絮之间是一个个深不可测的斑块。突然我注意到，在一个斑块里有一颗星星，我便聚精会神凝望着它。这是因为那颗星星给了我一个启发：我决定当晚自杀。早在两个月以前，我已经果断地决定这样做了，尽管一贫如洗，我还是买来一把精致的左轮手枪，并且在当天就装上了子弹。但是，两个月过去了，手枪依然躺在我的抽屉里。我毫不在乎，我想抓住一个我不那么满不在乎的时机——为什么要这样，我自己也不知道。因此，这两个月里，每天晚上回到家，我都想要朝自己开枪。我一直在等待恰当的时机。而现在这颗星星给了我启发。我打定主意，就在今天晚上自杀。为什么那颗星星会给我启发呢？我也不得而知。

正当我望着天空的时候，突然，一个小姑娘一把拽住了我的衣袖。大街上空空如也，几乎一个人也看不到。远处，一个出租马车车夫在他的马车里睡大觉。这个小女孩约摸八岁的样子，头上戴一块方头巾，身上除了一件被雨水浸透的可怜的小连衣裙外，什么也没穿，但让我记忆犹新的，是她的那双湿嗒嗒的破鞋，我到现在还记得。那双鞋子引起了我格外的注意。她突然拽着我的衣袖叫喊起来。她没有哭，但抽噎着哭出几句听不太清楚的话，因为她浑身都在哆嗦和发抖，话也说不清楚了。她被什么事儿给吓坏了，一直哭喊着：“妈咪，妈咪！”我朝她看了一眼，但是没说一句话就继续走着，但她跑过来把我拉住，她嗓音里传达出一种一个小孩子受到极度惊吓时的绝望情绪。我熟悉那种声音。尽管她没有明确说出那些话，但我明白，要么她的妈妈在什么地方快要死了，要么是她妈妈在哪里出了什么事，于是她就跑出来向别人求救，想找些什么东西，去帮助妈妈。我没有跟着她去，相反，我有种想把她撵开的冲动。开始，我让她去找警察，但她却紧扣住双手，跟着我跑，边哭哭啼啼边气喘吁吁，就是不放我走。我便跺着双脚，朝她大吼。她喊道：“老爷！老爷！……”她突然丢下我，越过街道飞跑过去。另外一个过路人出现在那儿。很显然，见我没有希望，她就跑去向那个行人求救了。

我爬上五楼我的房间。我没有和房东住在一起，而是有自己单独的一个房间。我的房间又小又寒酸，带着一个半圆状的阁楼窗户。屋子里有一个美国皮革的沙发，一个桌子上放着书，两只靠背椅和一只扶手椅已经旧得不能再旧了，但是那种老旧的样式却很精美。我坐下来，点上蜡烛，开始思考。透过一道隔墙，我能听到隔壁的房间里正发生着一阵激烈的骚乱。最近三天这骚乱一直在持续。一个退役的上尉住在那儿，他邀请来五六个酒肉朋友——名声很可疑的绅士们，痛饮伏特加，用旧牌赌博。昨天晚上，那儿发生了一场打斗，我知道，其中两个人相互揪着对方的头发久久不放，不可开交。女房东想来调解一下，但她很怕那个上尉。公寓里还住着另外一家房客，一个瘦小的团长夫人，来彼得堡探亲，她带着三个幼小的小孩，自从他们住进这所公寓之后，孩子们都病倒了。她和孩子们都对上尉怕得要死，夫人哆嗦着整夜抱着他们，最小的那个怕得浑身痉挛。其实我知道，那个上尉有时候禁止人们走上涅夫斯基大街，他自己还拦路乞讨。他没有找到工作，但说起来很奇怪（我正要说这个），他住进来整整一个月，都没怎么给我找过什么麻烦。当然，从一开始我就避免与他相识，他从一开始也对我不感兴趣。但是，不管他们在隔墙的那边吵闹得多凶，我从来都不关心，也不关心那儿到底有多少人。我每天晚上都独自坐着，把他们彻底忘掉，以至于我根本听不见他们吵闹、打架。我彻夜不眠，直到破晓，而且去年一年都是这么过的。我整夜坐在桌边的安乐椅里什么事也不做，我只在白天看书。我就这样坐着，什么也不去想，要是一些想法游荡进我的脑子里，我任它们随意进出。每夜要燃烧一整支蜡烛。我静静地在桌边坐下，掏出左轮手枪，放在我面前。当我把枪放下的时候，我记得我问自己，“就这样吗?”对自己的回答是毅然决然的，“是的。”也就是说，我要枪毙自己。我知道，那天晚上我一定会自杀，但是我该继续在桌边坐多久，我却不知道。毫无疑问，如果不是因为那个小姑娘，我早就已经自杀了。

二

你要知道，尽管我对一切都无所谓，但要是疼痛袭来我还是能感觉到。如果任何人刺了我，我也会感觉到疼痛的。在精神上也是一样的：如果任何可怜的事发生了，我会像我过去经常做的那样感到同情，那时候我还没觉得生活中一切事物都了无意义。对于那天晚上那个向我求救的小女孩，我就感到了同情。我当然应该帮助一个孩子。可为什么我没有帮助那个小姑娘？因为当时一个想法攫住了我：当她对我又喊又拽的时候，一个问题突然出现在我面前，我不能弃之不顾。那是一个无聊的问题，但却使我烦恼。我纠结于一个沉思，那就是如果那天晚上我把自己结果了，生活中就再也没有什么事与我相干了。为什么我突然感到自己并不是毫无意义，而去同情一个小女孩呢？我记得，我非常同情她，甚至有一种奇怪的心痛，在我当时的处境下，这种心痛感实在叫人难以置信。此刻我真的不知道怎样更好地传达我那种转瞬即逝的感受，但是，当我回到家中坐在桌边时，这种感受却在屋子里徘徊不去，我简直被狠狠激怒了，这是很久以来都没有过的情况。一个沉思接着一个沉思。我清楚地看到，只要我还是个人类，而不是个虚无，我就在活着，因此也就有苦恼，有愤怒，有一颗为我自己的行为而感到羞耻的心。就算是这样吧。但是，既然我要自杀，比如说，两个小时之后我就要死去，那小姑娘对我还有什么意义？我与他妈的羞耻心以及世界上其他任何事情还有什相干？我应该转向虚无，绝对的虚无。那会是真的吗，一旦我让意识立刻停止存在，任何其他事物也将随之不复存在，丝毫不影响我对那个孩子的感情，也不影响一件卑劣行为之后的羞耻感？我朝那个悲伤的孩子跺脚和大喊，就好像是说："不仅我毫不同情，甚而如果我做出什么不人道和卑劣的事，我仍然是自由的，因为再过两个小时一切都将熄灭。"你相信那就是我冲她大喊的原因吗？现在我几乎对此确信不疑。对于我而言，事实似乎很明显，不管怎样，生命和世界现在全看我的了。我几乎会说，世界现在似乎是为我一人而创造出来的：如果我朝自己开枪，世界就会停止存在，至少对我而言是这样的。我说它的存在是虚无的，就像当我死了之后，没有什么会为任何人而存在，只要我的意识熄灭，整个世界也会随之消失，并成为一个幻影般的虚空，就像一切都仅仅是我意识的一个附属物，因为很可能这个世界和所有的人都只是我自己。我记得，当我坐着并且沉思的时候，我将这些新问题来回翻转，甚至想到相反的方面，并想到了一些奇异的问题。比如，我突然产生了一个奇怪的想法，如果我以前生活在月亮或者火星上，做了一件最丢脸和最无耻的事，这种耻辱和丑行，一个人只能在梦中、噩梦中才会构思和意识到，并且，如果我后来发现自己在地球上，我会保持我在另一个星球上所作所为的记忆，同时知道，无论如何我都不会再回到那儿，然后从地球上眺望月球——我该不该关心呢？我是否该为那个行为感到羞耻呢？这些都是扯淡和多余的问题，因为左轮手枪就放在我面前，我身体中的每一根纤维都清楚地知道，那一定会发生的，但是，这些问题让我变得兴奋，让我愤怒不已。不先解决一些问题，我似乎不能就这么心安理得地死去。归根结底，那孩子救了我，为了这些问题，我把手枪扔掉了。同时上尉房间里的吵闹开始平息下来：他们做完了游戏，安静下来睡觉，不过现在还有人在稀里糊涂地说胡话，没精打采地轻声叫骂。就在那时，我突然在桌边的安乐椅里酣沉入眠。这可是一件过去从没有发生过的事。我完全是不知不觉地就入睡了。

我们都知道，梦是一种非常奇怪的事情：有些部分表现得令人震惊地生动，细节逐步发展，像珠宝饰物那样精美；而另外一些梦则飞速前进，就像丝毫没有注意到它们一样，比如穿越时光。梦的飞驰似乎是凭借着欲望而非凭借理性，是凭借着心灵而非凭借头脑。然而我的理性有时候还是会在梦中玩一些精妙的花招，这便发生了完全不可理解的事情！比如，我的哥哥五年前死了。我有时会梦见他；他参与我的事务，我们都很上心，然而贯穿我整个梦里的，就是我清楚我哥哥死了并埋掉了。尽管他死了，他却在这儿和我一起工作，我怎么会对此毫不惊奇？为什么我的理性就完全接受了它？不过够了，我们不谈这个了。我要开始我的梦了。是的，我做了一个梦，就是十一月三号的那个梦。他们现在还在戏弄我，说那只不过是一场梦。不过，要是那个梦透露给我真理的话，这是个梦还是现实，还有什么关系吗？如果一个人已经发现了真理并且看见了它，你知道那是真理并且没有别的真理，也不可能再有，无论你是睡着还是醒着。好吧，就算它是个梦吧，就算是这样，但是，那个你如此重视的真实生命，我已经打算通过自杀来熄灭它了，而我的梦，我的梦——哦，它则揭示给我一种崭新的灿烂光辉，一种焕然一新的，宏伟的和充满力量的生活！

请听我慢慢讲来吧。

三

我已经说过，我不知不觉就酣沉入眠，甚至似乎仍然在思考着相同的主题。我突然梦到我拾起左轮手枪，直接瞄准我的心脏——是我的心脏，而不是我的头；以前我是打算朝我的头开火，正对着太阳穴开枪的。在瞄准我的胸膛之后，我等了一两秒，突然，我房里的蜡烛，我的桌子，还有我前面的墙壁开始移动，并旋转起来。我赶紧扣动扳机。

在梦中，你有时候从高处掉下来，或者被人刺伤，或者被打败，但你从来不会感到痛，除非你真的在床上撞到了自己，然后你才感到疼痛，并且总是猛地一下子醒来。在我这次的梦中也是这样。我没有感到任何疼痛，但是看起来好像随着我的开枪，里面的一切都动摇了，一切突然消失了，我的四周变得异常可怕地漆黑。我像是瞎了一样，并且失去了知觉，我躺在某个坚硬的东西上，伸展我的背；我什么都看不见，丝毫不能动弹。人们在我周围走动、喊叫，上尉叫骂着，女房东发出尖叫——突然间喧嚣叫喊声停息下来，原来他们把我放进一个封闭的棺材里抬着走。我感到那棺材剧烈摇晃着，并寻思着原因，顿时我大吃一惊：我死了，彻底死了，我明白了，并且毫不怀疑，我看不见，又动不了，然而我有感觉，还能思考。但是，我很快适应了那个位置，就像一个人在梦里通常做的那样，不加抵抗地接受了事实。

现在我被埋在土里。他们都走了，我被一个人留在这儿了，彻底孤独了。我没有动。在我自己被埋葬之前，无论任何时候，我联想到的坟墓就是一种潮湿和冰冷的感觉。因此，现在我非常寒冷，尤其是脚趾尖儿，但除此之外，就没有别的感觉了。

我平静地躺着，说起来也奇怪，我什么都不指望，而是逆来顺受，一个死人是没什么可期待的。但是土里很潮湿。我不知道时间过去了多久——是一小时呢还是几天，还是许多天过去了。但是，一滴水突然落在我闭着的眼睛上，从棺材盖子上渗进来的；一分钟之后接着第二次，又一分钟之后第三次……平均每分钟一次。突然，我的心里燃起一股强烈的怒火，我突然感到一阵生理上的剧痛。“那是我的伤口，”我想，“是枪伤，那颗子弹还在里面……”水每隔一分钟，一滴一滴落在我的眼睑上。我突然祈求起来，不是用我的嗓音，因为我完全不能动弹，而是用我的全部生命，向着那使我变成现在这样的主宰者祈求：

“无论你是什么人，但只要你还存在，如果有比眼下发生的更合理的事，那么现在你就让它在这儿出现好了。但是假如因为我缺乏理智而自杀，你就打算报复我，让我以后的日子过得更难受、更荒唐，那么让我告诉你，我在任何时候所遭受的任何折磨都无法和我将要继续默默忍受的那种耻辱相提并论，哪怕那种折磨会持续一百万年!”

发出这个祈求之后我安静下来。有整整一分钟陷入了完全的沉默，然后又一滴水落下来，但是我知道，而且坚定地相信，一切都将立刻发生变化。这不，瞧，我的坟墓真的裂开了，也就是说，我不知道坟墓到底是被打开的还是被掘开的，但我被某种黑暗的和未知的怪物攫住了，于是，我们不知不觉地发现，自己在宇宙空间中。我蓦地发现，那是一个深夜，一个前所未有的、无比漆黑的夜晚！我们在远离地球的太空中飞行。我没有向那个带着我走的怪物提问，我感到自豪，我在等待着。我深信自己并不害怕，并且对自己并不害怕的想法欣喜若狂。我不知道我们飞行了多久，我无法想象；那就像是你在梦中穿越时空时经常感受到的那样，超越存在和理智的法则，你就只会在那些心灵的憧憬点上停留下来。我记得，我突然在黑暗中看到了一颗星星。“那是天狼星吧?”我忍不住脱口而出，尽管我本来没打算提问。

“不，这就是你回家途中在云缝之间看到的那颗星星。”那个抓着我的怪物回答道。

我知道它有着像人类一般的脸。说起来奇怪，我不喜欢那个怪物，事实上我对它感到强烈的厌恶。我曾经期望完全不存在，那就是为什么我要送一颗枪子儿到我的心脏里。现在我却在一个非人类的生物的手里，当然，它仍然是一个有生命的怪物。“啊，原来在坟墓的外面是有生命的啊！”我像做梦似的胡思乱想道，但在内心深处，我的心依然保持平静。“如果我不得不再次活着，”我想，“而且再次生活在某种不可抗拒力量的控制之下，我将不会被别人征服，也不会被别人羞辱。”

“你知道我怕你，怕你因此鄙视我。”我不顾自尊心地突然对我的同伴提问道，这问题含有自我表白心迹的意味，因此我的心感到像针刺一样的侮辱。他没有回答我的问题，但我立即感到他并不鄙视我，只是笑我，并不怜悯我，我们的旅行有一个未知的、神秘的、而且只与我一人紧密相关的目标。一种恐惧感在我心中升起。那个沉默无言的伙伴身上有一种东西无声地、痛苦地传染至我身上，并渗透了我的整个身心。我们在黑暗而神秘的太空之中遨游。我已经很久没有看到那些熟悉的星座了。我知道，在太空中，有一些星星的光要花几千甚至几百万年的时间才能到达地球。也许，我们已经飞行在这些空间中了。在极度强烈的痛苦之中，我似乎在期待着某种东西。突然之间，一阵熟悉的感觉搅得我内心深处涌起莫名的激动：我突然看见了我们的太阳！我知道，那不可能是那个养育了我们的太阳，因为我们现在距离地球的太阳有着无限遥远的距离。但不知为什么，我的整个身心却感觉到，那是一个与我们的太阳极其相似的恒星，是我们太阳的复制品，是我们太阳的孪生兄弟。一阵甜蜜、动人心弦的感觉在我内心激起疯狂的回响：那赋予了我生命中的亲切无比的阳光发出威力，在我的心中回荡，它使我心灵复苏，这是从我被埋进坟墓以后，第一次感受到生机，过去的那种生机。

“但如果那就是太阳，如果它的确就是我们的那颗太阳，”我高喊起来，“那么，我们的地球又在哪儿？”

我的同伴就把一颗小星星指给我看，那颗小星星在黑暗中闪烁着暗绿色的光。我们正朝着它飞去。

“宇宙之中竟会有一模一样的东西？难道这就是大自然的规律吗？……要是这是另一个地球，它会和我们的地球完全一样吗……和我们那个可怜的、不幸的，但却又宝贵、永远可爱的地球，和我们那个即使在它最忘恩负义的儿女心中也能唤起对它深沉的爱的地球完全一样吗？”我不可抑制地痛哭起来，对原先那个已经被我抛弃的地球有着难以名状的眷恋。那个被我驱逐的可怜的小女孩的身影在我的脑际一闪而过。

“你会看到一切的。”我的同伴回答，听得出来，他的嗓音里含有一丝悲伤。

我们正迅速地接近那个行星。行星在我的眼前变得越来越大，我已经能够分辨出海洋和欧洲的轮廓，一种奇特的伟大而圣洁的嫉妒感突然在我心中涌起。

“怎么可能有一模一样的东西呢？这又是为什么呢？我爱，并且只爱那个我已经离开了的地球。当我这个忘恩负义的人向我的心房射入一粒子弹结束了我的生命时，我的鲜血就洒在地球上啊。但是任何时候，任何时候我都没有停止过对那个地球的爱，就是在我离开它的那个特殊的晚上，我也许比以前任何时候都更爱它。在这个新地球上也有痛苦吗？在我们的地球上，我们的确只能怀着痛苦去爱，除此之外，我们就不知道还有别的什么方式去爱它。为了爱，我甘愿受苦。我愿意，我渴望就在此刻含着热泪去亲吻我已经离开的那个地球，而且我不愿意，也不会接受在别的星球上复活！……”

但我的同伴已经把我扔下，离开了。我似乎毫无察觉地刹那间就发现我来到了另一个地球上——一个清风朗日的人间天堂。我好像站在我们地球上的希腊群岛中的一个小岛上，又好像是在与这些岛屿临近的大陆海岸的某个地方。哦，一切都与我们的地球一模一样，只是这儿的每件事物似乎都散发着一种节日的光辉，洋溢着伟大、神圣、最终获得的胜利的欢乐。翡翠般碧绿的海洋轻柔地冲刷着海岸，怀着几乎是情深意切的爱恋亲吻着海岸。海岸边树木参天，葱茏秀雅，数不清的叶子轻柔、亲切地飒飒作响，似乎在诉说着情语欢迎我的到来。茂盛的草丛中开满绚丽的花朵，芬芳四溢。鸟儿在空中成群地飞翔，毫不畏惧地落在我的肩头、手臂上，它们拍打着可爱的小翅膀，亲昵地蹭着我的脸颊。最后，我终于见到了这片乐土上的人们。他们主动朝我走来，簇拥着我，亲吻我。他们是太阳的儿女，他们自己那个太阳的儿女——哦，他们生得多美啊！在我们的地球上，我从来没有看见过人类有这么美。也许，只有在我们的孩子身上，在他们的童年时代，才能找到这种美的久远而模糊的痕迹。他们的眼睛里闪烁着一种明亮的光彩，他们的脸上因理性之光而容光焕发，人人都春风满面，怡然自得；他们的话语和声音中充溢着天真烂漫的调子。哦，从看到他们的第一眼开始，这一切的一切我就全明白了！这里是一片纯洁无瑕的净土，生息于其间的人都是清清白白的。他们生活在这样一个天堂里，根据人类历史记载，我们犯下罪恶的祖先也曾生活在这里，唯一的区别在于，这里处处都是天堂。人们欢笑着，聚集在我周围，亲热地拥抱我；他们带我去他们家，每个人都善意地安抚我。哦，他们并不质询我，他们似乎知道一切，无需提问，我觉得他们想尽快驱走我脸上的忧伤。

四

但是，你要知道，唉，这只是一场梦而已！然而，这些天真、美丽的人们的深情厚谊已经永远留在了我的心间，而且我感到，他们的这种深情厚谊至今仍然在不断感染着我。我从他们身上看到了我自己，我了解他们并相信他们。我爱他们，后来我还为他们蒙受过苦难。哦，甚至在那时候我立刻就明白了，在很多方面我并不完全了解他们；作为一个现代俄罗斯进步和卑微的彼得堡人，令我费解莫名的是，他们虽然没有受到像我们那样的教育，却懂得那么多事情。但是，我很快意识到，与我们地球人求知的方法不同，他们是靠直觉获得和培养知识的，他们的追求也和我们迥然不同。他们与世无争，只求和平；他们不像我们渴望求知那样去追求生命的知识，因为他们的生活是完满的。但他们的知识比我们更高、更深；因为我们的科学寻求解释生活是什么，渴望理解它，以便教育别人如何去爱，然而没有科学的他们却知道如何生活；我虽然理解这些，却无法理解他们的知识。他们向我展示他们的树，但我无法理解他们看着那些树时所带着的强烈的爱意，仿佛他们与树同气连枝，心心相印。你知道，如果我说他们能够和植物交谈，大约是没什么错的。是的，他们发现了树木的语言，我相信，那些树也理解他们的话语。他们就是这样看待大自然的，包括动物——他们与动物和睦相处，动物从不袭击他们，而是喜欢他们，为他们的爱所驯服。他们指着群星，告诉我一些星星的事情，但我却无法理解，但我相信，他们与那些天上的星星有着某种交流，不仅仅是思想上的，而且也有一种鲜活生动的途径。哦，这些人没有强求让我理解他们，他们无私地爱着我，但我知道，他们永远也无法理解我，所以，我对他们几乎只字不提地球上的事。在他们面前，我只是频频地亲吻这片他们生息的土地，以默默地表达我对他们的崇敬。他们看到了，便任由我崇敬，并不为我的崇敬而感到窘迫，因为他们自己也很尊崇那片土地。当我知道他们将带着多么热烈的爱意回报我时，我感到欢欣不已。有时候我惊奇地问自己：他们怎么会从不欺凌像我这样的人，也从来没有在我身上激起嫉妒和猜忌的感觉？我经常自问：我这个自负而虚伪的人，怎么会不想对他们谈谈我所知道的事情——这些事情他们当然都一无所知，我怎么会不想以此让他们震惊，或者哪怕只是想造福于他们呢？

他们都像孩子般欢蹦乱跳、兴高采烈。他们漫步于美丽的树林和灌木丛中，他们唱他们动听的歌儿，食用那些易消化的食物，比如自己树上的果实、自己森林里的蜂蜜，以及那些喜欢他们的动物的乳汁。他们只需要从事简单轻微的劳动就可以获得自身的衣食所需。他们男欢女爱，生儿育女，但我从来没看见他们有过残酷淫荡的冲动。而在我们的地球上，几乎所有人都难逃淫欲的劫难，淫欲是人类的万恶之源。他们都为新生命的降临而欢天喜地，乐于让新生命来分享他们的快乐。人们相互之间没有争吵，没有猜忌，甚至不知道这些词是什么意思。他们的孩子是大家共有的，因为他们共同组成了一个大家庭。他们几乎没有任何疾病，尽管也有死亡；但他们的老人死得很安详，就像睡着了一样，人们围绕在他身边为他送终，他微笑着向大家致以祝福，人们也亲切地微笑着和他告别。我从没在临终场合下看见悲痛和眼泪，有的只是近乎狂迷的爱，但却是一种安详、充实和静穆的狂迷。有人可能会以为，他们仍然与逝去的故人保持联系，并且他们尘世的联系并不因死亡而切断。当我向他们询问有无永恒生命时，他们几乎不懂我的意思，但很显然，他们坚定地相信，那对他们完全不是个问题。他们没有寺庙，但他们有真实的生活，与宇宙太一有着休戚相关、生气勃勃、难以割舍的联系；他们没有宗教，但它们有一个明确的知识，当尘世的欢乐已经达到了尘世的极限时，那么对于他们，对于生者和死者来说，将会有一种与整个宇宙更密切的交往来临。他们兴致勃勃地期盼着那个时刻，不慌不忙，从容不迫，但似乎早已有种预感，并互通信息。

晚上睡觉前，他们喜欢合唱悦耳和谐的歌曲。在这些歌中，他们表达出一天中的种种感受，讴歌即将失去的一天，向它告别。他们歌颂大自然，歌颂海洋和森林。他们喜欢为另一个人创作新歌曲，像孩子一样互相赞扬；那是一些质朴无华的歌曲，但都是发自肺腑，并沁人心脾。不仅在歌曲中，而且在整个一生中，他们也都是互相赞扬。就像是相亲相爱，但又是一种包容的宇宙情感。

还有一些歌庄重而狂热，我几乎完全听不懂。尽管我懂得歌词，我却无法理解它们全部的意思。可以说，它仍然超出了我的理解力，但我的心灵却不知不觉地深深沉醉其中。我常常对他们说，我很久以前就有一个预感，所有这些欢乐和光荣在我们的地球上对我来说只是无穷的烦恼，有时甚至是难以忍受的痛苦；当我的心灵进入梦中时，我的脑海中就经常憧憬出他们所有这些人，以及他们的赞歌；在我们的地球上，我常常面对着落日的余晖洒下滚滚热泪……我痛恨我们地球人，但这恨中却饱含着痛苦：为什么我恨他们同时又深爱着他们呢？为什么我不能情不自禁地宽恕他们？我爱他们，但这爱中也饱含着痛苦：为什么我爱他们同时又强烈地恨着他们呢？看得出来，这里的人听我说了这些话之后，并不理解我在说什么，但我不后悔我对他们说过这样一席话，因为我知道，他们理解我非常思念那些我已经离别了的人。是的，当他们用充满爱的温柔眼神看着我的时候，当我在他们面前，感到我的心也变得向他们一样纯洁、诚实的时候，我就不再为他们不理解我而感到遗憾了。生命是如此地充实、完满，置身于其中让我感到生机盎然，因此，我默默地祝福他们。

哦，现在人人都当面嘲笑我，一口咬定说，梦中的情节不可能像我现在所描述的那样细致入微，我在梦中所见到或感受到的只不过是梦里所产生的幻想而已，至于那些生动的细节，全是我醒来的时候凭空杜撰的。当我告诉他们，千真万确，事实的确如此的时候，我的上帝，他们在我面前笑得多欢乐，他们是多么欢快啊！哦，是的，我彻底融化在那种梦幻的感觉中了，而且只有这种感受才完整无缺地保留在我饱受创伤的心中。可是，梦中真实的形象和图景，却充满着如此和谐的要素，是那样的美妙和迷人，并且是那样真实，以至于当我醒来的时候，完全无法用我们贫乏的语言将它们表达出来，因此，它们必然在我头脑中变得黯淡起来；因此，到后来，我也许真的不得不编造出一些细节，尤其是在一时情急之下，为了表达流畅，难免会有所虚构。可是，我怎么能不相信那全是千真万确的呢？事实也许比我所描绘的要完美、生动和欢乐一千倍呢。即便这真的是一场梦，但这一切也不可能完全是子虚乌有的。还是让我来告诉你一个秘密吧：也许所有这一切根本就不是个梦！因为后来发生的事如此逼真，简直怵目惊心，那是不可能在梦中想象到的。退一步说，就算是我的幻想创造了那个梦，但是，我的幻想难道有能力创造出后来发生的那种惊心动魄的真理吗？我自个儿在心里怎么可能臆造或虚构出那种真理呢？我那卑微的心灵和浮躁、虚空的脑子，怎么会赋有那种真理的灵感呢？哦，你自己琢磨琢磨吧。我对此一直隐瞒至今，但现在，我要把这真理公诸于世了。事实就是我……把他们全腐化了。

五

是的，是的，结果就是我把他们全部腐化啦！这到底是怎么发生的，我也不知道，但我记得清清楚楚。这个梦跨越了数千年之久，只在我心中留下了一个大致的感觉。我只知道，我是他们堕落的原因。我就像一只卑劣的毛虫，就像传染了很多国家的鼠疫杆菌，把这块我到来之前没有罪恶的乐土完全玷污了。他们学会了撒谎，变得虚伪起来，尝到了谎言的甜头。哦，一开始他们也许是出于无心，只是为了开玩笑、取乐、卖弄，也许后来有些动心了，可是这一动心就深深中毒了，谎言的细菌渐渐潜入他们的内心，并取悦于他们。然后很快便诱发了淫欲，淫欲诱发了嫉妒，嫉妒诱发了残暴……唉，我不知道，我不记得了；但很快便发生了第一次流血事件：他们感到惊奇而恐惧，开始出现分裂，随后便四分五裂了。他们拉帮结派，互相对抗。责骂、攻讦伴随而来。他们开始知道羞耻，并把羞耻当作一种美德。荣誉的观念出现了，每一个帮派开始竖起他们的旗帜。他们开始残害动物，动物便躲避他们逃入森林，成了他们的敌人。他们为了分门别派而斗争，为了争名夺利而挑起战争。他们水火不容，将对方视为寇仇。他们开始使用不同的语言谈话。他们渐渐了解悲伤，并爱上悲伤；他们渴望苦难，说只有通过苦难才能获得真理。然后科学出现了。当他们变得暴虐无道时，他们开始谈论什么兄弟情义和人道主义，而且很理解这些概念的含义。当他们变得罪恶累累时，他们发明了正义，并制定出一套套的法典以维护正义，为了确保法典的执行又架起了断头台。他们对往事的记忆已经日渐模糊了，他们甚至不愿相信自己曾经是纯洁和快乐的。他们对这种过去的幸福付之一笑，认为那只是一个梦。他们甚至无法想象出幸福的模样，非常奇怪的是，他们绝不相信过去曾有过幸福的日子，认为那只是一个神话。他们渴望重新做快乐和纯洁的人，像孩子一样屈服于这个欲望，对其奉若神明，修建神庙，为自己的期望和理想而祈祷，但同时又深知难以如愿，便泪眼汪汪地对它顶礼膜拜，崇敬有加！虽然如此，如果他们真的回到了他们已经失去的那种纯洁无瑕的乐土去，如果有人突然把过去的乐土重新展示给他们看，并问他们是否愿意返回故土，他们一定会一口回绝。他们回答说："即便我们虚伪、卑劣、作恶多端，但我们知道这一点，并为此而恸哭、烦恼、自我惩罚和深切哀悼，严厉的程度可能比那不知姓名的仁慈的大法官对我们的审判还要高出一筹。但是我们有科学，科学将带领我们重新发现真理，我们会自觉地接受真理。知识高于感情，对生命的意识高于生命本身。科学会给我们智慧，智慧会揭示规律，而认识幸福的规律高于幸福。"

这就是他们说的话，说完之后，每个人都把自己看得比别人重要，再说，他们也没有别的路可走。所有人都唯利是图，挖空心思去损害和减除别人的利益，认为这就是生存之道。奴隶制随之诞生，甚至自愿充当奴隶：弱者谄媚地屈从于强者，以便强者帮助他们去征服更弱的人。然后，有一个圣人来到这些人中间，圣人挥泪劝谕——指摘他们妄自尊大、肆无忌惮，抛弃和谐，并且寡廉鲜耻。他们嘲笑他，用石头砸他。神圣的鲜血流淌在庙宇的门槛上。然后就有人起而开始思考如何把人们再次团结起来，让人人都能照顾自己，同时又互不干涉，所有人都共同居住在一个和谐的社会里。为了这一理想，爆发了一次又一次的战争。所有的参战者都坚信，科学、智慧和自我保全意识会迫使人们最终连结成一个和睦相处、有理性的社会；而眼下，为了加快这一理想事业的发展，“智者”便尽快地消灭所有“愚人”和毫不理解他们理想的人，以免妨碍理想的实现。但是自我保全的意识很快变得微弱，出现了一批骄奢淫逸、贪得无厌的人。为了获得一切，他们诉诸犯罪，假如没有成功——便自杀而死。为了在虚无缥缈中求得永恒的安息，出现了各种狂热信仰虚无主义和自杀的宗教。最后，这些人在徒劳无功中变得疲惫不堪，脸上饱含苦难，而他们还宣称苦难是一种美德，独自承受苦难便是意义所在。他们编造歌曲赞颂苦难。我痛心疾首地来到他们中间，紧握着他们的双手，为他们而哭泣，我现在比过去更爱他们，那时他们的脸上还没有苦难，那时他们纯洁而可爱。这块原本是天堂净土的地方。如今被他们玷污了，有了灾难，我才更加爱它。唉！我总是喜欢悲伤和苦难，但我都是独自承受；但对他们，我却心痛得涕泗横流，我实在怜悯他们。我祈求他们的原谅，我无限地责备、诅咒和鄙薄我自己。我告诉他们，所有这一切都是我干的，我一个人干的；是我把伤风败俗、道德沦丧和尔虞我诈带给了他们，我恳求他们钉死我，我教给他们怎样做一个十字架。我杀不了自己，也没有力量自杀，但是我宁愿在他们手中受罚，我渴望受难，渴望在苦难中流尽我的最后一滴血。但他们只是嘲笑我，最后竟然把我看成疯子。他们替我辩护，宣布他们只是自己获取了他们想要的东西，整个现状是不可能改变的。最后，他们向我宣布，我成了危险分子，如果我不住嘴的话，他们就把我关进疯人院。当时，我心如刀割，痛不欲生，我感到我快要死了。这时……正在这时我醒了。

现在已经是早晨，就是说，天色尚未破晓，但差不多有五点多了。我在同一把安乐椅中醒来，蜡烛已经燃尽了；上尉的房间里的所有人都睡熟了，四周寂静无声，这在我们公寓是很罕见的。一开始，我惊讶万分地跳起来：以前，我从没发生过这样的事，甚至是鸡毛蒜皮的事，比如，我从来没有像这样直接在安乐椅里睡过去。

突然间，我站起来，渐渐清醒，我突然看到装好子弹躺在那里的左轮手枪，但我立即把它推开！哦，现在，生命，生命！我要活下去。我举起我的双手，大声疾呼永恒的真理，不是疾呼，而是哭泣；激情，无比狂热的激情充斥着我的灵魂。是的，我要活下去，并开始传道！哦，那一瞬间我决心去传道，而且终生不渝。我要去传道，要去传道——传什么道？传播真理，因为我已经看见了真理，我亲眼看见了真理，我看见真理光芒四射。

从那以后我就开始传道！而且，比起其他任何人，我更加爱所有那些嘲笑我的人。为什么是这样，我也不知道，而且我无法解释清楚，但就是如此。有人说我脑子糊涂，就是说，要是现在都这么糊涂，以后我该怎么办呢？确确实实：我脑子糊涂，或许随着时间推移我可能会更严重。当然，在知道怎么讲道之前，我碰了很多钉子，那就是，知道你该说的话，该做的事，因为那是一个异常艰巨的任务。我把这一切都看透了，朗如白昼，但是，听着，谁不会犯错儿呢？何况你知道，不管怎样，上至圣人下至强盗，所有人都在追求同一个目标，都在同一个方向上奋斗，只不过采取了不同的路径而已。这是个古老的真理，但这里也有新的情况：我不能在错误的道路上走得太远。因为我已经看见了真理；我已经看见并且我知道，只要不失去在地球上生存的能力，人们就会美丽、幸福。我不愿也不会相信，罪恶是人类的正常状态。你知道，他们嘲笑的正是我这个信念。但我怎么才能不信它呢？我已经发现了真理——这并不是我在脑子里凭空臆造的，而是我看到的，看到的，那活生生的图景将永远充盈着我的心灵。我如此生动完满地看见了真理，以至于我不可能相信人类会没有真理。那么我怎么会糊涂呢？当然啦，我也会犯些小错儿，甚至可能有好多次，也可能说些不合时宜的话，但这不会为时太久了，因为我看到的活生生的图景将一直伴随着我，一直修正我、指导我。哦，我精神振奋，朝气蓬勃，如果还有一千年的话，我也会一直继续下去。你知道吗，一开始我打算隐瞒我腐化他们的事实，但那是一个错误——那是我的第一个错误！但真理对我耳语，说我在撒谎，却又保护我，并纠正我。但是，怎样建立天堂——我不知道，因为我不知道怎么用语言描述。在那个梦之后，我遗忘了许多情节，甚至把一些主要的、重要的词语给忘了。但是没关系，就算如此，我也应该去，应该继续讲道，我不会离开，不管怎样我已经亲眼看见了它，哪怕我拙于表达，不善言辞。可那些嘲笑者不懂这些。他们说，“你见到的那是个梦幻、幻觉、精神错乱。”哦！难道这是聪明绝顶的事吗？他们是那么洋洋得意！一场梦！什么是一场梦？难道我们的生命不是一场梦？我要再说一遍：哪怕根本没有什么天堂（这一点我已经明白），可我还是要继续去传道。其实，那是多么简单啊：只需一天之内，一小时之内，一切都可以立即得到安排！重要的事情是像爱自己那样去爱别人，这是关键所在，而且这就是一切，别的一切就无所谓了，因为你立即就会知道怎么建立起天堂。其实，这不过是一个古老的真理，被人们讲了很多次了，一而再再而三地讲了无数次了——但它却没有存活下来！所谓“生命的意识高于生命本身，认识幸福的规律高于幸福”——必须坚决与之斗争！我将参加斗争。要是每个人都有这个意愿，那么很快就会大功告成。

我一定要找到那个小女孩……我应该去，现在就去！

椭圆形肖像

[美] 爱伦·坡

陈 龙译

我受了重伤，为了不至于露宿野外，我的贴身男仆未经我的允许便擅自闯入那座城堡。那是一座混合着阴郁和壮丽气息的房子，在亚平宁山区栖居已久，比起拉德克利夫夫人①想象中的那些奇诡的城堡，它一点儿也不逊色。显然，它刚被房子的主人遗弃不久。我们选择居住在最小、最朴素的一个房间里。这个房间位于这栋建筑一个偏僻的塔楼里。它的装饰富丽，然而却破破烂烂，陈旧不堪。四面墙壁挂着织锦，并饰有许多各式各样的徽章纪念品，还有不计其数的现代油画，它们都装在镀金的阿拉伯花纹画框里，显得生气勃勃。这些画不仅挂满了主要的墙面，连这座奇特城堡建筑的角落里都满是画框——或许由于我的精神错乱

---

① 拉德克利夫夫人（1764—1823年），英国女小说家，以写浪漫主义的哥特小说见长，作品融恐怖、焦虑、悬念的情景和浪漫主义情调于一体。代表作有《林中艳史》、《奥多芙的神秘》等。

症发作，我对这些画产生了强烈的兴趣。因此我命令佩德罗关上房间里沉重的百叶窗，点上放在我床头的枝状大烛台上的蜡烛，并把床架上带有流苏的黑天鹅绒帷帐彻底打开。我希望这么做能使我在睡不着的时候，完全地放松自己，时不时地欣赏一下墙上的这些画作，我还可以读一读一本评论和描述这些画的小册子，是我在枕头边发现的。

我虔诚地读着那本书，虔诚地凝视着那些画。在我沉醉其间时，时间飞快地流逝，转眼间深夜降临了。枝状大烛台的位置让我感到不悦，我的手又很难够着，贴身男仆已经熟睡，我不想打扰他，于是就自己动手把烛台换了一个位置，以便让它的光线可以充分照在我的书上。

但是，这个动作却产生了一个意想不到的效果。难以计数的烛光（因为蜡烛确实有很多）照射在房间的一个壁龛里，而在此之前，它一直被一根床栏的阴影所遮挡。在明亮的烛光下，我看到了一幅栩栩如生、光彩夺目的画，此前我竟然没有注意到。那是一幅年轻女孩的肖像，稍稍带着些妇人的风韵。我只是对那画匆忙一瞥，便闭上了双眼。我为什么会有这样的反应，一开始我自己也未能察觉。但就在我的眼睛这么闭了一会儿之后，我就意识到自己闭眼的原因。那是一种下意识的冲动，为的是获得思考的时间——为了确认我的眼睛没有欺骗我，为了平服和抑制我的幻想，以便让我看得更清醒、更可靠。几分钟之后，我才又慢慢睁开眼睛，目不转睛地盯着那幅画。

这下我可以看得清清楚楚了。我不能也不会怀疑这一点。烛光一照在画布上，便驱散了潜藏在我感觉中梦幻般的迷离恍惚，我大为惊奇，立刻神清气爽。

我已经说过，那幅肖像画的是一个年轻女孩。只有头部和双肩，使用的是一种画艺上称作“虚光”的技法，颇有萨利最擅长的头像之风。她的双臂，胸部，甚至连那闪闪发亮的头发边缘也极细微地融进了整体背景的深度阴影里。画框是椭圆形的，饰以摩尔式的华丽金银丝线工。不过作为一件艺术品，它令人钦佩的，还是肖像本身。刚才，在一瞬间打动我的，既不可能是画的艺术手法，也不可能是画中人那不朽的美貌，那面容是多么突然而猛烈地感动了我啊。尤其不可思议是——那也可能是我的幻想——当我从一种半沉睡的状态中苏醒过来，几乎差点儿把她当成了一个活生生的姑娘。可我立刻就明白了是怎么回事，它的构图、光晕和画框等方面的特质，瞬间就消除了我的这种想法，不容许我再生出半点这种想法。认真地思考着这几点，我大约有半个小时的时间都半躺半倚在床头，凝视着那幅肖像。最后，弄清了它那效果的真谛后，我才心满意足地钻进被窝。我发现了那幅画有一种生命中纯粹的魅力——画中人物的表情栩栩如生，这种效果一开始令人吃惊，紧接着让我困惑，然后征服我，最终令我深深震骇。怀着深深的敬畏之心，我把枝状大烛台放回了原来的位置。造成我陷入如此深沉的激动的那幅画，便被排出在视线之外，我急切地翻阅着那本评述那些画及其故事的小册子，翻到描述那幅椭圆形肖像的一页。我读到了下面这段含糊而离奇的文字：

她是一个少女，有着举世罕见之美，比她的美貌更迷人的，是她的快乐天性。她对画家一见钟情，并与他结了婚，但是，不幸的日子很快降临了。他是一个充满激情、专心用功、简朴苦行的人，他把他的艺术当成了新娘；她是一个少女，有着举世罕见之美，比她的美貌更迷人的，是她的快乐天性。她光彩夺目，一笑倾城，嬉戏玩耍时就像一头小鹿；她单纯善良，珍惜世上的一切。她唯独憎恶艺术，因为艺术是她的情敌；她惧怕调色板和画笔，以及其他画具，因为它们剥夺了她爱人的笑容。因此，一听到画家说想要为他年轻的新娘画像，她便胆战心惊，觉得那是一件异常可怕的事。但她谦恭而柔顺，在那个黑暗的高塔楼房间里温顺地坐了几个星期。在那座塔楼里，房间高大而昏暗，只有头顶的光线照射在苍白的画布上。但画家却在作品中注入他无上的光荣，他的工作一刻不停，日复一日。他是一个浑身充满激情、狂放不羁而喜怒无常的人，再加上他总是沉溺于自己的空想之中，因此他没有看见，照射进阴郁塔楼里的阴森恐怖的光，已经严重损害了新娘的健康和美丽，她的憔悴是那么明显，人人都看得出来，却唯有他看不见。然而她却静静地坐着，微笑着，任劳任怨，因为她看见画家（他享有盛誉）怀着狂热和燃烧的激情投入他的工作，夜以继日地深爱着他的女子，但她却一天天变得日益萎靡和虚弱。事实上，那些见到这幅肖像的人都会嗓音低沉地赞叹它的逼真传神，仿佛创造了一种不可思议的奇迹，这不仅可以证明画家高超的技艺和功力，也见证了画家对画中人深切的爱。但是，当这项工作越来越接近完成的时候，塔楼里便不再允许任何别的人出入，因为画家已经对他的作品陷入了深深的迷狂，他几乎不从画布上抬起一下，他对妻子的面容当然是无暇一顾。他也不会看到，他涂抹在画布上的色彩，正是采撷自身边妻子的脸庞。许多个星期过去了，只剩下一点点工作了，在嘴唇上添一画，在眼睛上抹一笔，少妇的精神重新焕发光彩，就像灯盏里的火焰。那一画添上去了，那一笔也抹上去了。此时，画家欣喜若狂地站在他创作的作品前面。接着，当他还在凝视画作的时候，他开始浑身颤抖，脸色苍白，惊骇不已。然后，他大声地喊叫出来："这才是真正的生命!"可当他突然转过头去看他心爱的妻子时，才发现——她已经死了!

克林格梭尔最后的夏天

[德] 赫尔曼·黑塞

陈　龙 译

引　言

画家克林格梭尔度过了他生命中最后一个夏天，享年四十二岁，那是在临近庞庞比奥·嘉丽诺和拉古诺的南部地区，他早年的时候就爱上了这个地方，并经常游历。他在这个地方创作了他最后一批画作，那些对现实世界形式的自由阐释，那些奇特、灼热却又梦幻般的恬静图画，以及那些扭结的树和植物般的房屋，内行们更愿意将之归为“古典”时期的作品。

这个时期，他的颜料已经精简至几种异常生动的色彩：镉黄和鲜红，维罗纳绿，祖母绿，钴蓝，钴紫罗兰，法国朱红以及深色胭脂红。

晚秋时节，克林格梭尔死去的消息震撼了他的朋友们。他的许多封信都潜藏着先兆或透露出对死亡的向往。这无疑助长了那个谣言，即他自己终结了生命。另有一些涉及他个人声誉的谣言则更为荒诞不经。许多人断言，克林格梭尔在最后的几个月里已经精神失常，一个鼠目寸光的艺术批评家竟试图从他最后一批画作中那些令人惊心和迷狂的手法，分析他所谓的疯狂！那全是无稽之谈。要说克林格梭尔嗜酒成性倒是更有根据一些——这体现在关于他的各种奇闻轶事之中。他当然有这个嗜好，没有一个人的说法比克林格梭尔自己的承认更坦率。有一段时间，也就是他生命的最后几个月里，他不仅时常狂饮，而且有意识地喝得酩酊大醉，希望借酒消愁，麻痹自己的痛苦，减轻那几乎难以忍受的忧郁。世界上最伟大的饮酒诗人，李白，是他的最爱，在他醉得飘飘然时，他常常自称李白，而称另一个朋友为杜甫。

他的作品还流传了下来，而且在他那亲友知己的小圈子里，关于他生命和最后一个夏天的传奇居然长久不衰。

克林格梭尔

一个生命峥嵘的激情夏日已经降临了。酷暑漫长，像燃烧的火焰一样闪光灼人。月光如水的闷热夜晚之后，便迎来了一阵如注的夜雨。时光迅疾，如图像纷乱的梦境，灿烂夺目的几个星期便这么消逝了。

午夜时分，在一段夜间散步之后，克林格梭尔回到家中，独自站在画室外狭窄的石头阳台上。在他下面猛地铺开一片绚烂，古老梯形花园荡漾开去，各种树顶纷乱的阴翳密匝匝地簇拥着，棕榈树，香柏，栗子树，南欧紫荆，红山毛榉和桉树，都被藤木、紫藤之类错综缠绕着。在这一大片黑压压的树影之上，夏木兰光滑的大叶子到处闪烁着白铁皮般的寒光，树上半开的花朵硕大而雪白，硕大如人的脑袋，苍白似月亮和象牙。从那密集的树叶中间，一种具有穿透性和刺激性的辛辣柠檬香甜味儿朝他飘来。从某个距离难测的地方，一种靡靡的音乐飞进他的耳朵里，好像是吉他，又好像是钢琴，从远处某个地方悠悠传来。一只孔雀突然从某个院子里发出鸣叫，接着是第二声，第三声，用它那短促、愤怒、僵硬的痛苦声调刺穿森林的夜色，仿佛从地下深处为世上一切不幸的生物发出深邃、尖利而粗糙的悲鸣。一道闪烁的流星照耀着树木葱茏的山谷。克林格梭尔看到，在远处陡峭而荒僻的地方，一座魔幻而古老的白色小教堂高高屹立，凝视着无尽的森林。在远方，湖泊、山峰和天空汇合，交融在了一起。

克林格梭尔站在阳台上，没穿外套，他裸着双臂倚靠在铁栏杆上，他听任自己情绪消沉，只是用灼热的目光凝望着苍穹中星群的足迹，以及从树林上方黝黑、起伏的一团团乌云中发出的柔光。孔雀的叫声唤醒了他。是的，又到夜里了，很晚了，现在他该去睡了，绝对如此，不惜任何代价地去睡。或许，要是他能真正地连续睡上几个晚上，每次沉稳地睡六到八个小时，他还能恢复过来，他的眼睛也会变得顺从服帖，他的心会更加平静，太阳穴也不再疼痛。但那时，这个夏天就将结束了，这个疯狂、斑斓的夏日之梦，与此相随，一千只没喝过的玻璃杯会溢出，一千张没看过的爱情面孔会破碎，一千幅无可挽回的图画会永远消失不见。

他把他的前额和酸痛的眼睛靠在冰冷的铁栏上，那让他的精神清醒了一会儿。或许只需一年，或者更短的时间，这双眼睛就会瞎掉，他心中的火焰也将熄灭。是的，没有一个人能够长久忍受这种烈火燃烧的生活。甚是他自己，克林格梭尔自己也不能，哪怕他有十条命。没有人能让他的烛火夜以继日地长久燃烧着，像火山一样不停地喷发。没有人能几天几夜处于亢奋状态，白天没命地工作几个小时，夜里花几个小时胡思乱想，永远沉醉其中，持续不断地创造，持续不断地让自己的每一根神经都像一座每个窗户里都日日笙歌、夜夜千烛的宫殿。如今，终于就要走到头了。大量的精力已经挥霍一空，视力已经消耗殆尽，许多生命已经虚掷，随流水而逝。

突然他大笑起来，伸直了身子。他想起自己以前经常有这种感觉，经常想到这些问题，并产生恐惧感。在他生命中那些美好、多产和激情的时期，甚至在青年时期，他就有过这样的体验，他就像是一根两头同时在燃烧的蜡烛，时而欣喜若狂，时而呜咽啜泣，迅速消耗着自己的情感，带着一种令人绝望的疑问，痛饮下杯中美酒，对即将来临的结局怀着深刻而隐秘的恐惧。对此他已经有过多次体验，经常饮干杯中酒，经常把燃烧的火焰猛掷向高空。有时这些魔咒温和地消失了，就像进入一种深邃、无意识的冬眠之中。有时失望已经深入膏肓，无意义的愤怒，无来由的痛苦，于是他接受医生的治疗，悲哀地抛弃一些东西，最终获得一些微弱的胜利。必须承认，每次这种紧张时期结束之后，情况都会更加糟糕、黯淡，更加令人胆战心惊。然而，几周或几个月之后，一阵挣扎或昏迷之后，他总是从这些低落中幸存下来，复活期来临了，诞生了新的热情，燃烧起新的火焰，从地底火山喷发而出，写出了更加激昂的新作品，陶醉于新的灿烂生活之中。他就是这样，度过折磨和沉沦的时期，度过痛苦难忍的间歇，这些都被遗忘并销声匿迹。这样很好。这一次也不例外，一切都照着老的路子走，消逝不见。

微笑着，他想起了吉娜，他今晚还见过她，整个夜晚返回家中的漫漫长路中，他的思绪里始终旋绕着她那曼妙的倩影。这个女孩是多么美丽啊，她的天真无邪和羞怯的热情是多么温暖啊。他欢快而温柔地喃喃自语，仿佛他又对着她轻柔地耳语："吉娜！吉娜！卡拉·吉娜！卡丽娜·吉娜！贝拉·吉娜！"

他走回屋子里，把灯打开。从一小堆随意摆放的书中，他抽出一本红封皮的诗集。一首诗便闪现在他的脑子里，其中的某个片段让他感到说不出的美丽可爱。花了很长时间他终于找到了它：

> 不要把我留给黑夜，
> 亲爱的，不要把我留给悲伤。
> 哦，你是我的火柴，你是我的烛火，
> 你是我的太阳，你是我的光。

他如痴如醉地啜饮着这些诗句制造出的深沉酒酿。多么美丽，多么温柔和神秘：哦，你是我的烛火。还有：你是我的太阳。

他微笑着，在高高的窗户前来回踱步，吟诵着这些诗句，呼唤着遥远的吉娜："哦，你是我的光！"他的声音由于充满深情而变得渐渐低沉。

然后他打开了画夹，整个白天连同傍晚他始终把这本夹子带在身上。他翻开素描本，翻阅着最后几页，上面全是昨天和今天画的画。有一个是带有悬崖峭壁黝黑阴影的圆锥形山峰。他把它画得像是一张戴着疯狂面具的脸。山峰似乎在尖叫，由于痛苦而爆裂开来。有一个小石喷泉，山腰处有个半圆的斜面，砌石拱里充满了黑影，一棵鲜花盛放的石榴树在井台上绽红吐艳。这一切只有他自己能读懂，只有他认识这些神秘的符号，那些在匆忙中记录下的渴望瞬间，敏捷地抓取对某一瞬间的回忆，在这些瞬间中，自然与心灵听起来清新而高昂，和谐地交融在一起。他又翻阅了一些更大的彩色素描，白色的纸张上布满了水彩明亮的彩色斑块：树林中的红色别墅，像绿色天鹅绒上光芒炽热的红宝石，卡斯蒂利亚的铁桥的鲜红映衬着山峦的葱翠，旁边是玫瑰色的道路和紫罗兰色水坝。下面一幅画的是砖厂的高大烟囱，好像冷翠色的树林前一枚红色的火箭，蓝色的路牌；鲜亮紫罗兰色的天空上，堆积着轧钢一般翻滚着的厚密云层。这批画不错，应该保留下来。而这幅马厩图却不够完美，那片镶嵌在钢蓝色天空中的棕红色是正确的，与画风相符，但这幅画只完成了一半。阳光直射在画纸上，让他的眼睛疼得要发疯。然后，他久久地把脸浸在一条小溪里。很好，映衬在坚毅冷峻的蓝色上的棕红色画出来了，非常棒，不是最精微的差别，也不是最轻微的不当地震颤或溢出。没有印度红，他无法让它溢出。在这片土地上就埋藏着那些秘密。大自然的形式，它们的顶峰和底部，它们的磅礴和贫瘠，都能被发挥出来；你不能抛弃所有那些模仿自然的老生常谈。当然，你也可以改造颜料；你可以增强，弱化，总之以一百种不同的方式改变它们。但假如你想搅乱颜色去创造一个虚构的自然，问题就出来了，那些颜色就会特异突出，以最高的精度，以相同的关系，以相同的张力，就像另一个人在自然中所做的那样。在这儿你还有所依靠，在这儿你是一个自然主义者，尽管你以橘黄代替青灰，以胭脂红代替深黑。因此，又一天浪费了，成果微薄。工厂烟囱的习作，红红蓝蓝画下的匆匆简记，以及可能是那座山峰的草图。如果明天是个多云天气，他就会去卡拉比那；那儿有一个门廊，女人们到那儿去洗衣服。或许明天又会下雨；那他就待在家里，开始画那幅小溪的油画。现在，该上床了。已经过一点了。

到卧室里，他脱下衬衫，在双肩上拍一些水，让它滴到红瓷砖地板上，然后跳进高脚床，关上灯。帕尔·蒙特·萨鲁特峰透过窗户注视进来。克林格梭尔无数次地从床上捕捉它的各种形式。一只猫头鹰从峡谷中发出鸣叫，深邃而空虚，像在睡眠，像在遗忘。

他闭上眼睛，想念着吉娜，以及放有洗衣桶的门廊。神灵在天，有成千上万的事情等待着发生，成千上万的杯子等着被倒尽。地球上没有一件东西是他不该画的。世界上没有一个女人是他不该爱的。为什么时间会存在？为什么总是一件事白痴地接续着另一件事，连个狂风暴雨的、过度沉溺的同时性都没有？为什么他现在又一次独自躺在床上，像个鳏夫，像个老头？你本可以享乐，可以创造，只用这短暂的一生；然而你最多只能一首接着一首地唱着歌。包含一百种声音和乐器的整个交响曲是从不曾听到的啊。

很久以前，还是在十二岁的时候，他就成为拥有十条命的克林格梭尔了。男孩们做着强盗游戏，每个强盗都有十条命。每次你一旦被敌人做了标记，或被他投中标枪，你就丢了小命。但是你还有六条，三条，甚至只有一条命的时候，游戏便还要继续下去。只有当你牙齿掉光的时候，你就玩完了。但是他，克林格梭尔，以一条不丢、十命全存的骄人战绩赢得了比赛，假如他最后只剩下九条或者七条命，他便会感到巨大的屈辱。这便是他为什么始终是个孩子，在那段难以置信的岁月里，世界上无事不可能，天下无事不艰难，那时，人人都爱克林格梭尔，那时，克林格梭尔命令所有人，那时，一切都属于克林格梭尔。那便是他渐渐长大，带着十条命活下来的原因。尽管过度宠溺，那充满狂风暴雨的交响曲也从未实现——他的歌曲仍然是独声演唱的，并已穷尽声息。他总是比别人拥有更多的声带条件，在火中拥有更多的铁，在钱包中拥有更多的硬币，在马车上拥有更多的马匹。感谢上帝！

花园里阒寂无声，夜色丰满而摇曳，像是一个酣睡的女人的呼吸。孔雀发出尖锐的呼叫。火焰在他的胸膛里燃烧，他的心脏猛烈锤击，厉声嚎叫，饱受煎熬，激动若狂，滴血成河。隐居在这喀斯特格纳塔，毕竟拥有一个美好的夏天。他光荣地生活在他高雅的古老废墟中，在下面板栗园那数不清的硬壳上，他看起来容光焕发。不时从这个充满树木和城堡的高雅、古老的世界急切地下去，实在是一件美妙的事，看着下面那些色彩艳丽的玩具，并画下他们华丽的美：工厂，铁路，蓝色电车，码头附近的广告栏，昂首阔步的孔雀，女人，神父，汽车。现在，他胸中翻腾的这些感觉是多么地美妙、痛苦和不可思议啊，这种爱和对生活中每一条鲜亮的丝带和破布的隐约渴求，这种去观察和塑造的狂野、甜蜜的强迫，在这一刻仍然隐秘不宣，在他的眼皮底下，他所做过的所有幼稚和虚荣的知识深深隐藏。

酷热难当，这短暂的夏日夜晚要融化掉了。水汽从山谷深处的碧绿中升腾起来，数以万计的树木蒸腾出精气，数以万计的梦境在克林格梭尔轻盈的酣睡中膨胀起来，他的灵魂大步穿过他生命的镜像大厅，所有的图像都不断繁衍，每次都遇见一个又一个新面孔，交融于新的联系，尽管天空像酒盅里的骰子一样摇荡着。

其中的一个梦境让他欣喜，并大为震动。他躺在一个森林里，一个女人把红色的头发铺在他的膝盖上，一个黑发女人靠着他的肩，另一个在他旁边跪着，牵着他的手，吻他的手指，四周，到处都是，女人和少女，有些还是孩子，有些有修长的瘦腿，有些很性感，有些很成熟，桀骜不驯的脸上带着知性和疲劳的印记，所有人都爱着他，并渴望得到他的爱。在这些女人之间爆发了战争和狂怒，红色的那个愤怒地揪住黑色那个的头发，把她拖到地上，她自己也摔倒了，所有人都压在另一个人身上，每个人都在尖叫，每个人都在哀号，每个人都在咬啮，每个人都受伤了，每个人都遭受痛苦。大笑，愤怒的哭喊和痛苦的咆哮混乱地纠缠在一起，血流得到处都是，指甲残忍地挖进白嫩的肉里。

在一阵悲伤和沮丧感觉中，克林格梭尔醒了几分钟。他的眼睛睁得大大的，盯着墙上明亮的空白。那些疯乱女人们的面孔仍然徘徊不去，他认出了她们，并为她们一一命名：尼娜，赫尔米娜，伊丽莎白，吉娜，伊迪丝，贝尔塔，她们声嘶力竭地叫喊着，仍然在梦中纠缠不休，他叫道："住手，孩子们！你们在欺骗你们自己知道吗，你们在欺诈我，要知道：应该把你们撕成碎片的不是别人，而是我，我！"

路易斯

路易斯·克鲁尔[1]已经消失到九霄云外了。突然他又出现了，他是克林格梭尔的老朋友，一个行踪不定的流浪者，他住在火车厢里，他的背包就是他的画室。这些天里，好日子已经抛到九霄云外了，大风来临了。他们在一起画画，在橄榄山，在卡塔戈。

“我怀疑所有这些画画生意是否有任何真正的价值。”路易斯在橄榄山上说，他赤身裸体地躺在草地上，太阳将红色的光辉打在他背上，“你知道，由于我们没有更好的事情可做，就只能干画画这一行，我的朋友。要是现在总有你喜爱的女孩坐在大腿上，盘子里有美味的羹汤，你就不会拿这些毫无意义的儿戏来烦恼自己了。大自然有一万种颜色，我们在脑子里只把它精简为一道二十种颜色的光谱。那就是画画之道。我们从不满足，并且在一切之上，我们还不得不帮助那些批评家们谋生活。另一方面，一盆美味的马赛海产什烩，伴以一瓶微温的勃艮第葡萄酒，然后再来一块米兰香溜牛肉片，啤梨和戈尔根朱勒干酪作为餐后甜点，还有土耳其清咖啡——这些才是现实，亲爱的先生，这些才是价值！巴勒斯坦的人们在这儿吃得多糟糕啊！哈，我想象自己在一棵樱桃树里，那些樱桃都自动长进我的嘴里，就在我的上面，梯子上站着那个我早晨遇到的皮肤棕黑、生机勃勃的女孩。

---

① 路易斯·克鲁尔，路易斯原型为画家路易斯·莫里（1880—1962），黑塞的好友。

克林格梭尔，放弃画画吧！我将邀请你去拉古诺吃一顿大餐。现在正是时候啊。”

“此话当真?”克林格梭尔眼神振奋地问道。

“当然是真的。不过首先我得赶紧到车站去。你看，千真万确，我给一个女朋友打电话说我要死了。她可能会乘十一点的火车赶到。”

克林格梭尔大笑着把未完成的习作从画架上撕扯下来。

“你是对的，我的孩子。让我们去拉古诺！穿上你的衬衣，路易斯。在这儿天真无邪寓于道德之中，但很不幸你不能光着身子进入镇子。”

他们走进镇子，去了车站；一个漂亮的女人到来了；他们在餐馆大吃了一顿，克林格梭尔在乡间的几个月里已经遗忘了这些亲爱、欢乐的事物，现在他惊奇地发现所有事物居然还在：鲑鱼、火腿、芦荟、夏布利酒、多尔瓦莱州、本笃会僧。

饭后，三人乘坐缆索铁道上这个斜坡城市，恰好经过居民区，看得到窗户和空中花园。非常美丽。他们坐在座位上，又开下去，再上去，又上来。世界惊人的美和稀奇，极其多彩，有一些可疑，又有些不大可能，但却是美的。只是克林格梭尔有些尴尬；他带着一种漠不关心的表情，因为他不想爱上路易斯漂亮的朋友。他们在一家咖啡馆聊天，在公园里散步，在下午的高温中游荡，最后他们在一片巨树下的小河边躺下来。他们看到了大量值得一画的风景：红色的房子像安在深绿色中的宝石，蛇纹树和美洲黄树干枯成蓝色和棕色。

“你画过可爱和欢乐宜人的事物，路易斯，”克林格梭尔说，“我都非常喜欢：旗杆，小丑，马戏团。但是对于我，最为珍贵的就是天黑之后旋转木马图画上的一个点。你知道，夜色高悬，在紫罗兰帐篷上面高高的空中，在远离灯火的所在，是一个凉爽、小巧的旗帜，浅桃红，那么美丽，那么优秀，那么可爱，那么可怕的孤独！就像一首李白或保尔·魏尔伦诗中所写的。世界上所有的悲伤和所有的放弃就在那面小巧、浅桃红的旗帜里，所有对悲伤和放弃所做出的善意欢笑。因为画了那个小旗帜，你的生命被证明是合法的。我断定那是你最主要的成就之一，那面旗帜。”

“是的，我知道你喜欢它。”

“你自己也喜欢。看，要是你没有画这样一些东西，所有那些美味儿的事物和酒，还有女人和咖啡，就对你没什么意义，你不过是个穷鬼而已。但你却是个富鬼，一个人人喜爱的非常好的家伙。你知道，路易斯，我，常常像你做的那样去思考：我们所有的艺术只不过是一个替代品，一个痛苦的替代品，从错过的生命、错过的兽性、错过的爱中拿出十倍有余的付出。但其实不是这样的。完全不同。如果我们把那些精神事物仅仅看作是错过的感官享受微不足道的替代品，我们便高估了那些感觉的事物。比起精神，感官享受一文不值，其他的事物也是同样的道理。都是一样，一切都同等的善。无论你是搂抱一个女人还是作一首诗，都是一样的。只要关键事物在那儿，爱，燃烧，情感，就无关乎你是在阿索斯山上做一个僧侣还是在巴黎做一个都市先生。”

路易斯目光散漫地扫过他，带着嘲弄的神情：“我的孩子，你对我幻想得太多了。”

他们同漂亮的伴侣一起漫步在附近一带。两人都善于观察；他们可以做到。在几个城镇和乡村的环形道路上，他们看见了罗马，日本，南太平洋，并用挥动的手指一次次摩擦出种种幻象。他们的虚妄点燃了天空中的星星，又把它们熄灭。穿过繁茂的夜晚，他们让星球的光芒升起。世界是一个气泡，一场歌剧，欢乐地胡说八道。

通过山间风光时，路易斯像只鸟儿在自行车上飞行，四处游窜，克林格梭尔则在一边画画。克林格梭尔已经荒废了很多天；然后他会坚决外出工作。路易斯不想工作。路易斯和他的女朋友一起突然离开了；他从很远的地方寄来一张明信片。正当克林格梭尔放弃寻找他的时候，他突然又回来了。他戴着草帽站在门口，解开衬衫，就好像他从未离开过似的。为了从年轻时的甜蜜之杯开始的友情，克林格梭尔再次大醉一场。他有许多朋友，许多都爱他；他对许多朋友也都放开他那冲动的心。但是这个夏天，只有两个朋友听到了他那久违的发自嘴唇的内心哭泣：画家路易斯和作家赫尔曼，他称后者为杜甫。

许多日子里，路易斯都坐在田野里他的绘画凳子上，坐在梨树的阴凉里，坐在李树的阴凉里，一笔也不画。他坐着，思考，把纸张夹在画架上，不停地写，写了许多信。有谁会写这么多的信而感到快乐吗？他奋力地写，路易斯也漠不关心；每次他都一连数个小时让双眼专心地贴近纸张。他就那么长久地隐匿在激动的内心里。克林格梭尔喜欢让自己那样。

克林格梭尔行为怪异。他无法保持沉默。他无法把想法藏在心里。他让他的几个至交知道他生命的隐秘痛苦。他常常忍受焦虑，忍受忧郁症；他常常把自己捆缚和堵塞在黑暗的地牢之中。有时候，他早年生活的影子降临在当前的日子里，在阴暗中抛掷现在。然后他成功地看到了路易斯的脸。有时，他会对他发泄自己的感情。

但是路易斯不喜欢看到这些虚弱的东西。他们画他，他们要求同情。克林格梭尔将揭示自己内心给朋友的想法付诸实施，但路易斯发现此举为时已晚，他正在失去他。

路易斯再次提及离开的事情。克林格梭尔知道他只能留住他几天，三天或者五天。然后路易斯会突然向他展示装得满满的手提箱，然后离去，并很长时间不再回来。生命多么短暂，逝者如斯夫，不舍昼夜。路易斯只是深谙他艺术价值的朋友之一，他自己的艺术作品与他的相近，并且平等。现在，他已经和这个唯一的朋友闹僵了，已经冷落了他，并冲他发脾气，仅仅出于某种愚蠢的弱点和懈怠，仅仅出于孩子气和不得体的冲动，把自己弄得也很烦恼，为了坦诚相见，必须将颜面弃之不顾。多愚蠢，多幼稚啊。因此克林格梭尔严厉斥责了自己——太晚了。

最后一天晚上，他们一起穿过金色的峡谷漫步。路易斯诙谐幽默；离别是他候鸟之心的生命源泉。克林格梭尔于心戚戚。他们再一次发现了久违、轻松、幽默和嘲弄的语调，他们可不会让这时光轻易溜走。这天晚上，他们坐在酒馆花园里。他们特意为自己烤鱼吃，吃香喷喷的蘑菇米饭，畅饮掺有水蜜桃汁的黑樱桃酒。

“明天你要飞往何处?”克林格梭尔问。

“不知道。”

“要去找那个漂亮女人?”

“是的。有可能。谁说得准呢?别问这么多闷问题。现在，临别之际，我们再喝一杯优质白酒吧。我喜欢纳沙泰尔。”

他们干了。突然路易斯大叫道：“我走也是件好事，老标志了。有时候，我就这样坐在你身边，就像现在，总有些非常愚蠢的事发生在我身上。对我来说在这儿，现在，我们美好乡村惟独的两个画家可以坐在一起夸夸其谈，然后我的膝盖里有一种可怕的感觉，好像我们两个被刻进了青铜里，手牵手地站立在一块纪念碑上，你知道，就像歌德和席勒。毕竟，被后人固定着站在那儿互相牵着对方青铜的手，并不是他们的错儿，他们渐渐看起来令人讨厌，这样已经可恶的事落在我们头上也是挺麻烦的。或许他们是完全正派的家伙——几年前我读了一部席勒写的戏剧，好极了。然而他现在就是这下场，他已经成为一个纪念碑，并且不得不同他的双子星兄弟站在一起，你看他们的作品集摆在书架上，听它们在学院里被讲解。真够毛骨悚然的。想象一个一百年前的教授从现在开始对他的学生们说教：克林格梭尔，生于1877年，还有与他同时代的路易斯，诨名吃货，画坛的创新者，从自然主义中解放出来，当我们近距离检测这对艺术家时，就会发现三个迥然不同的时期！我宁愿把自己扔在现在这个火车头下面。”

“把那个教授扔在下面会更有意思。”

“没有那么大的火车头。我们的技术实在是小儿科。”

星群开始生气。突然路易斯对他的朋友碰响了酒杯。

“好了，再干一杯，我们就散伙。然后我就要爬上我的轮子，跟你再见了。祝愿我们不会长久别离。干杯，克林格梭尔！”

他碰了杯，一饮而尽。在花园里，路易斯骑上了自行车，摇摆帽子，走了。夜晚，星星，路易斯在中国。路易斯是一个传说。

克林格梭尔苦笑着。他是多么爱这只候鸟啊！他在酒馆花园里久久地踩着砾石步子，眺望着空旷的街道。

在嘉丽诺的一天

与来自巴伦戈、阿格斯道和厄西里亚的朋友们一起，克林格梭尔出发前往嘉丽诺。一大早，他们在散发着浓郁芬芳的菊花丛中往下行走，沾湿的蛛网在树林边缘颤动，走下斜坡时，温暖的森林一直延伸至庞庞比奥大峡谷，那里靠近黄色道路的地方，鲜黄色的房屋尚沉睡在晨光中，身体前倾，几乎吓个半死，大家都被这夏日风光震惊了。在干涸的河床边的草地上，白金柳悬垂着羽翼纹丝不动。突然看到一个色彩斑斓的杂技团，朋友们快速穿过云雾如织的绿色山谷，跑到玫瑰色道路旁：有穿着白黄相间的亚麻和丝绸制品的人们，穿粉戴白的女人们，厄西里亚的维罗纳人擎着遮阳伞，像魔戒上的宝石般熠熠生辉。

"很遗憾，克林格梭尔，"那位医生以和善的哀怨口吻评论说，"你美妙的水彩画在十年之后都将付诸流水。那些你喜爱至深的色彩却没有永恒的品质。"

"没错儿，"克林格梭尔说，"而且更糟的是，医生，十年后你完美的棕色头发都将变得灰白，再过些时候，我们所有这些好朋友的骨头都将躺在某个地下孔洞里，唉，也包括你这身健美的骨骼，厄西里亚。我的朋友们，别让我们变得明智之时才悔之晚矣。赫尔曼，李白是怎么说的来着?"

诗人赫尔曼静静站着，吟诵道：

人生如露亦如电，

光影明灭不可见。

天地悠悠万古在，

逝者如斯杀君颜。

金樽清酒斗十千，

谁人可待邀云汉？

“不，”克林格梭尔说，“我说的是另一首诗，一首押韵的，是说早晨头发还是黑的……”

赫尔曼立即背道：

君不见高堂明镜悲白发，

朝如青丝暮成雪。

人生得意须尽欢，

莫使金樽空对月。

克林格梭尔痛快地大笑起来，嗓音有些嘶哑。

“好个老李白！真是意蕴委婉；他睿智高明，察知一切，我们也知道一切——他是我们明智的老大哥。这样一个迷人的日子一定会让他高兴的。这正是同李白在一个晚上乘舟死于平河中那天一样晴好的日子。你将看到，今天事事都会顺心如意。”

“李白死在河上？到底是怎么死的？”艺术家玛莎问。

但是厄西里亚以轻柔、深沉的嗓音打断了她：“到此为止吧。谁要再说死呀死的，我就要开始厌恶他了。快点打住（意大利语），坏克林格梭尔！”

克林格梭尔大笑着，走到她面前，“你说得太对了，小女婴！

如果我再说一个关于死的词语，你就用你的遮阳伞戳穿我的双眼。但说正经话，今天真是个美好的日子，我亲爱的朋友们。一只鸟儿在今天歌唱，一只从精灵故事里飞出的鸟儿——在这个早晨之前我就已经听过这个故事了。今天清风送爽，一阵自精灵故事里吹来的风，天之骄子唤醒了沉睡的公主，把理性悉数吹出人们的头脑。今天花朵绽放，一朵自精灵故事里开出的花朵，它清辉幽蓝，一生中只开一次，谁采撷了它，就会得到好福气。"

"他说的那些有什么意义么?"厄西里亚问医生。

克林格梭尔听到了这问话。

"全部的意义就是：今日再不会重来，谁再不加劲地吃、喝、尝、嗅，来生就再不会赠给他这些了。太阳再不会像今天这样照耀；天空中群星荟萃，与朱庇特一道，与我携手，与阿格斯道和厄西里亚以及我们所有人携手，与那些一去不返的事物携手，此刻千载难逢。因此，我想在你的左边站一会儿，因为那会带来好运，打上你的祖母绿遮阳伞——在它的光照下，我的头脑看起来会像一颗猫眼石。但是你要自告奋勇，唱一首歌，一首你最擅长的。"

他牵起厄西里亚的胳膊。他苗条的体型柔和地浸入了蓝绿色遮阳伞的阴翳之下。他已经爱上它了；它惹目、甜蜜的色彩让他很高兴。厄西里亚开口唱道：

我的父亲不希望，
我的新郎是一个轻步兵①。

---

① 原文意大利语。

其他声音加入进来；他们一边唱着，一边朝森林走去，并渐渐深入，直到山坡变得过于陡峭。蕨类丛生的小径变得愈加陡峭，简直像梯子一样，巨大的山体被植物一点点蚕食。

“这首歌让人多么意气风发啊！”克林格梭尔赞扬道，“爸爸反对情人，他总是那样。他们便抄起一把刀子，把爸爸刺死。他走了。他们是在夜里干的，除了月夜，世间无人知晓，月亮并不出卖他们，还有那星星，也守口如瓶，还有上帝，最后也宽恕了他们。多么美丽和真诚的故事啊。要是今天的哪位诗人写了这样的一个故事，一定会被扔石块的。”

他们攀上狭窄的山道，阳光透过栗树斑驳的碎影打在地上。当克林格梭尔抬头往上看时，他看见面前是艺术家玛莎细长的小牛仔，她正通过透明的长袜展现她的粉嫩。如果回头看的话，绿色的遮阳伞便在厄西里亚黑色的卷发上方形成拱形。她的下边是柔滑的紫罗兰，所有这群人中唯一的黑色。

在一座黄绿相间的农舍里，落地的夏日苹果躺在草地上，清新而刺鼻。他们尝了尝。玛莎神采飞扬地说起了战前她在巴黎塞纳河畔的一次远足。啊是的，巴黎，那些日子的欢乐。

“良辰一去不复返。不复返。”

“也不应该复返，”画家激烈申言，猛烈摇晃着他雀鹰似的脑袋，“没有什么事情应该复返。为什么要复返？真是天真梦幻！战争已经把一切掩埋在过去，把一切都推入了天堂，甚至那些最愚蠢的事，那些我们可以在户外做好的事情。很好，巴黎很美，罗马很美，阿尔勒[①]也很美。但哪个能比得上今天、在这儿的美？天堂不是巴黎，不是和平年代，天堂是这儿。它存在于这儿的山峰上，再过一个小时，我们就能置身其间，就会成为别人所说的那种毛贼：今日你与我同在天堂。”

他们劈开丛林小道的密集阴翳，走上宽敞的高地，那里险峻、明亮而且炎热，处于抵达峰巅的侧翼。克林格梭尔用深绿色的眼镜保护着自己的眼睛，走在队伍的最后，并且经常落在后面，观察其他人的行走，观察他们色彩丰富的结合。他已经有意地轻装简行了，甚至连那个小笔记本也没带；然而他仍然停下了百十次，被风景所吸引。他瘦削的形体显得格外突出，在微红色的砾石道路上、在一片小洋槐树林的边缘，显出特有的白色。夏日的山峰上酷热难当。强光直射下来。各种颜色经过蒸发混合在一起，令人眼花缭乱。在最近的群山之上，红绿色彩和白色的村落协调起来，蓝色的山脊窥视着它们；再往高处，越来越苍白，越来越蓝，越来越多的山脊。在遥不可及、梦幻一般的地方，升起白雪皑皑的水晶般透明的山峰。在那片洋槐和栗树林之上，巍峨的岩壁和蒙特·萨鲁特峰驼背的山峦交汇在一起，呈现出淡红和浅紫色。但是人比自然更美。他们像花朵一样站在树荫下面，祖母绿的遮阳伞光彩夺目，像一只巨大的金龟子。伞下露出厄西里亚的黑发，白皙苗条的画家玛莎那张脸蛋呈现出玫瑰色，还有其他一些人。克林格梭尔的眼睛饥渴地饮啜着他们，但是他始终心系吉娜。接下来的一周里他将见不到她。她在城市里一个办公

① 阿尔勒，法国东南部城市。

室上班，当打字员；他很少见到她，而且从没有单独见过面。但是他很爱她，超过所有其他人，尽管她对他还一无所知，不了解他，把他视为一只奇特珍稀的鸟，一个著名的外国画家。这是多么奇怪啊，他只钟情于她一人，没有别的爱能够满足他。脱离常规，心系一念地爱着一个女人，这简直不像他。但是他思慕着吉娜，为了在她身边待上一个小时，抚摸着她细小的脖颈，把他的脚放在她的脚上，在她的颈背上刻下一个迅速的吻。他想着这些，不由生出滑稽的疑惑。这些还重要吗？老年已经来临了吧？那不就是老夫少妻了吗？一个年届四十的男人对一个二十岁少女的冲动？

他们到达山脊，在上面，一个崭新的世界猛然扑入他们的眼睛：蒙特热内罗峰，巍峨而飘渺，无数险峻的尖锥形山峰挺拔峭立，太阳在下边渐渐西斜，每一块高地都漂浮在深紫色的阴影上，闪烁着瓷釉般的光芒。在这些山峰之间，微微闪光的巨块云团渐渐消失于深不可测之处和湖泊狭窄的蓝色臂弯，在森林的绿色旗帜之间休息。

峰顶上只有极少的村落：一个小庄园房屋，另有四五间石头房子，粉刷成蓝色和粉红色，一个小礼拜堂，一个喷泉，几棵樱桃树。他们在阳光照射的喷泉旁边停了下来。克林格梭尔继续行走，穿过一个拱形门洞，进入一个阴暗的农家庭院。里面矗立着三座高高的蓝色建筑，上面只有几扇小窗户，房与房之间是草地和砂砾，一只山羊，几棵荨麻。一个孩子见到他便跑开了；他哄诱她回来，从口袋里掏出巧克力。那孩子站住；他拉住她，拥抱她，把巧克力塞进她的手里。她羞涩而可爱，她是一个皮肤深棕色的女孩，有着一双小动物那样警惕的眼睛，光着细腿，棕色皮肤发出光泽。“你家住在哪儿?”他问她。她跑进一间岩壁房子最近一扇打开的门里。从那原始洞穴般的石屋里，走出一个女人，是那孩子的妈妈；她也接受了巧克力。在那身脏兮兮的衣服上面，伸出棕色的脖子，皮肤紧绷、面颊宽阔的脸，被太阳晒黑、美丽而饱满的嘴巴，大大的眼睛，散发着天然迷人的美丽。这些明显的亚洲特征平静地塑造了她的性感和母性。他诱惑地朝她靠近；微笑着，她避开他，把孩子拉到中间。他走了，决定还要回来。他想画这个女人，或者做她的情人，哪怕只有一个小时。她就是一切：母亲，孩子，情妇，动物，圣母玛利亚。

他慢慢地回到团队当中，他的心里充满了梦幻。那些房屋紧锁，似乎没人居住，房子的墙壁上镶嵌着粗糙古老的枪弹。一条奇形怪状的阶梯穿过灌木丛通向小果园和小山，山顶上有一座纪念碑。在那儿孤独的站立着一尊巴洛克式的半身胸像：华伦斯坦式的服装，卷发，逐渐稀少的波浪胡须。在正午耀眼的阳光下，幽灵和幻觉萦绕在山峰周围。奇怪的事物潜伏着；世界变成了另一个样子，变得遥远。克林格梭尔在喷泉里饮水。一只燕尾蝶翩然飞至，在喷泉的石灰岩边缘上吸吮洒落的水珠。

山道直接通向山脊，上面长着栗树和胡桃木，阳光与阴影交错。在一条弯曲的路边，有一座小礼拜堂，古老并呈现出黄色，壁龛里的古老图画褪了色，一个圣女的头像，像天使一般甜美和天真，她披着一件红棕相间的衣服，其余部分都破碎了。克林格梭尔喜爱这些古老的图画，尤其当它们为他的来临而打开的时候；他也喜爱这些壁画；他喜欢这些精美的艺术品那种归于尘土的方式。

更多的树木、葡萄藤，在炎热的道路上璀璨耀眼。到了另一个转弯——突然意想不到地出现了他们的目标：一个黑色的拱门，一个红石头筑成的高大教堂，石头气势昂扬地迎着天空，已经开始粉碎，在一片充满阳光的广场上，弥漫着尘土和宁静，草地被烘烤成红色，脚下发出咯吱声，正午的阳光照射在耀眼的墙壁上，那里有一根圆柱，上面立着一个人物，阳光照耀下难以看清是谁，在宽阔的广场周围，一道石栏静立在无穷的蔚蓝之上。向前望去，是嘉丽诺村庄，呈现出原始、狭窄、浓黑和撒拉森人的特征，褪色的褐色砖石下面是阴暗的石洞，羊肠小道显得逼仄，恍如在梦中或者无尽的黑暗中，白色的阳光下，微小的方块大声地尖叫着，非洲和长崎，在森林之上，在深渊之下，比白光更高的地带，是丰满、饱和的云团。

“真有意思，在这个世界上哪怕要知道我们周围仅仅一星半点的知识，也需要多么久的时间啊。”克林格梭尔说，“几年前，当我正要前往非洲的时候，我乘一趟特快列车经过此地，距离大概五六公里，那时我竟然对此一无所知。我从非洲到了亚洲，那时就已经亟需像现在这么做了。但是在那儿我发现了今天在这儿所发现的一切：原始森林，高温，神经紧张的美丽的外国人，阳光，寺庙。花了那么多的时间所游历的三个大陆，现在一日览尽。他们都在此。欢迎，印度！欢迎，非洲！欢迎，日本！”

朋友们知道这儿栖居着一位年轻的夫人，克林格梭尔便十分期待见到这个陌生的女人。他称她为群山的女王；那是他在童年的一本神秘东方故事书里看到的名字。

旅行队伍心怀期待地开进了羊肠小道暗蓝色的隘口。不见一人，不闻一音，亦无鸡犬。但在一个垛口窗的暗影里，克林格梭尔看见静静立着一个人，一个美丽的女孩，黑眼睛，黑发周围盖着红头巾。他惊讶地凝视着她，期待捕获这个陌生者。经过一阵长长的呼吸，他们对视了，严肃地盯着对方的眼睛，两个迥异的世界瞬间融合了。两人都浅浅一笑，由衷地对性别致以永恒的敬意，这性别曾怀疑古老、甜蜜和毁灭性的敌意，在那座房子的角落一转，那个陌生者便飞奔而来，扑向女孩们充满希望的胸怀，仿若群画中之一画，众梦中之一梦。那根小小的棘刺刺痛着克林格梭尔从不满足的心；片刻之间，他犹豫不前，想转过身去。阿格斯道叫他；厄西里亚开始唱歌；一道朦胧的墙壁无影无踪，一块明丽的带有两座黄色住宅的小广场仍然安静而璀璨地铺展在魔幻的月亮上：狭窄的石头阳台，关着的百叶窗，一座表演着某部歌剧第一幕的辉煌舞台。

“抵达大马士革，”医生大喊道，“女中豪杰，法蒂玛[①]幽居何处？”

令人惊讶，竟从那座小宫殿里传出了回应。从那扇半掩着的阳台门的幽暗里，传出一个奇怪的声调，然后又传来一声，就这样重复了十次，然后是十个八度音阶——一台钢琴正在调音，大马士革中的一台旋律悠扬的钢琴。

一定就是她；那就是她居住的地方。但这房子不见入口；只有那带着两个阳台的黄色墙壁，以及上方的山墙上一点用灰泥绘着的图案：红蓝的花朵和一只鹦鹉。这儿应该有一道绘出的门，如果你敲三下，说声芝麻开门，那道绘门便自动打开，漫游者便受到芬芳香料的迎接，群山的女王高坐在宝座上，戴着面纱，脚

① 法蒂玛，穆罕默德之女。

下的台阶上站着畏缩的女奴们，那只绘出的鹦鹉则尖啸着飞到女主人的肩膀上。

他们在一条偏道上发现了一个小门。一个魔鬼般机械装置的钟愤怒地当当作响。一道小楼梯，狭窄得像一把梯子，通往上面。难以想象那台钢琴当初是怎么搬进房子里的。通过窗户？还是经过房顶？

一条大黑狗冲了出来，一只小金毛狮跟在他后面。一阵吠叫；楼梯发出咯咯声；在钢琴的背景音里，相同的音调唱了十一遍。惬意的柔光倾泻在房间里，房间用略带桃红色的石灰水粉刷。只听门嘭嘭作响。那只鹦鹉在哪儿？

突然群山的女王站在那里，像一朵温柔优美的花，体态挺拔而袅娜，一身大红，似火焰燃烧，一副青春之态。克林格梭尔的眼前出现了一百个挚爱的图画，四散纷飞，新的图画光芒四射，又取代了旧图。他立刻就知道，他会画她，并非逼真地画，而是画出那种震撼他的内在光辉，那种诗意的、尖刻的美丽声调：年轻、鲜红、金发、亚马逊（古希腊女战士）。他会盯着她看上一个小时，甚至几个小时。他会看着她行走，安坐，欢笑，可能还有舞蹈，可能还会听她歌唱。这一天是加冕日；这一天被赋予意义。再有所需，便是一件纯洁的礼物，额外所加。事情总是这样：一种经验从不孤独而来。它的鸟儿们飞过头顶，总是有一些先兆和预告：亚洲的雌兽盯着门口，黑发的农家女站在窗户里，现在便是这样。

一刹那间，一个感觉袭上他的心头：“只要我再年轻十岁，仅仅十岁，这个女孩也会是我的，她捕获我，用她的手指爱抚我。现在，你太年轻了，娇小的红色女王，对于老巫师克林格梭尔来说太年轻了！他会仰慕你，会发自内心地了解你；但他不会朝拜你，不往你身上爬梯子，不为你而犯罪或谋杀，不在你美丽的阳台外面唱小夜曲。不，很不幸，这些事他一件也不会做，老画家克林格梭尔，那只老公羊，他不会做。他不会爱你，他不会用眼神盯着你，像盯着窗户里那个亚洲的、黑头发的女孩一样，那个女孩或许不比你小一天。对她，他并不太老，只为你一人，群山的女王，山上的红花。对于你，山野的粉红，他太老了。为了你，克林格梭尔不得不放弃那份爱，在一整天的工作和一夜红酒之后，沉醉酣眠。然而，值得欣慰的是，我的眼睛会将你饮啜，温柔的火箭，当你在我心里褪去光华之后很久的日子里，我会了解你。”

穿过几个被拱门隔开的房间，他们进入了一间大厅，奇异的巴洛克石灰膏人物在高高的门洞上方欢腾，四周用暗色粗呢绘着海豚，白马，和粉红的丘比特，他正漂浮在一片浪花翻腾的神秘海洋中。地上放着几把椅子，一台大钢琴被拆得四分五裂，这大房子里就再没别的东西了。但是两扇诱人的门却通向那两个阳台，正在阳光照耀的歌剧广场上方，斜对角越过临近房子的那两个阳台上，也环绕着一些画。一个肥胖的红衣主教像一只金鱼一样漂浮在阳光里。

他们留在那儿。在大厅里，储备食品被打开，放上一张桌子。还带来了酒，从南方带来的罕见的白葡萄酒，它引发了大量的记忆。钢琴调音师逃走了；拆散的钢琴一言不发。克林格梭尔亲切地盯着那些发光的琴弦之类暴露在外的内脏，然后柔和地闭上了眼睛。他的眼睛感到疼痛，但是夏日在他的心中歌唱，萨拉森人的母亲歌唱，嘉丽诺升腾的蓝色梦境歌唱。他一边吃着，一边和别人叮叮当当碰着杯子；他嗓门高昂，欢快地谈论着；后面便是他操作车间的全部仪器。他的眼睛包围着野生麦瓶草；野罂粟像水环绕一条鱼。一个勤勉的编年史作者坐在他的脑子里，仔细地写下形式，韵律，运动，好像在记录刻着黄铜人物的圆柱。

空旷的屋子里谈笑风生。医生的谈笑温和、简洁，厄西里亚低沉、友好，阿格斯道强健而隐秘，玛莎则鸟儿般轻快。诗人睿智地谈话，克林格梭尔显得幽默。凑近了看，那红色的女王有些害羞，在她的客人们中间流连，海豚和马四处游弋，她站在钢琴旁，蜷缩在垫子上，切面包，用少女般的手不熟练地倒酒。欢快的音乐在幽冷的大厅里回响；眼睛闪耀着黑色和蓝色的光芒；高高的阳台门外边，酷烈的太阳凝视下方，为他们站岗。

清洌、优质的美酒流进杯子，对比简单的冷餐更显美味。那绚丽的红色清晰地从女王的盛装上流下来，一直穿过屋子；所有人的目光都警惕而清澈地跟随着它。她消失了，又返回来，系着一根绿色的腰带。他消失了，又回来，戴上一方绿色的头巾。

用餐完毕后，他们酒足饭饱，他们欢快地出去，走进树林，躺在草地和苔藓上。遮阳伞闪烁光辉，草帽下的脸蛋也都放射着光彩，阳光耀眼而灼热。群山的女王散发着红光躺在绿色的草地上，她美妙的嗓音热情地升起，她的高跟鞋色彩迷人，承载着精美的双脚。克林格梭尔靠近她，阅读她，研究她，让自己充满她，就像他还是个孩子的时候阅读那本关于群山的女王的魔幻故事，并深深地迷醉其中。他们稍事休息，打着瞌睡，唠叨着闲话，轻拂着蚂蚁，觉得好像听到了蛇的声音。多刺的栗子壳勾住了女人的头发。他们想到了错过这个时刻的远方的朋友——还不算多。他们希望路易斯·克鲁尔也在这儿，克林格梭尔的朋友，旋转木马和马戏团的画家。他搞怪的精神仿佛依然徘徊在这群朋友周围，就在附近。

这个下午就像是在天堂度过的一样。当他们离开女王的时候，依然充满着欢笑。克林格梭尔把一切都记在了心里：女王，树林，房子和海豚房间，那两只狗，那只鹦鹉。

跟着朋友们一起下山的时候，他身上那种蓬勃的情绪渐渐恢复过来，只有那么稀少的几天，当他有意停止工作的时候，他就会有这种情绪。与厄西里亚手牵手，和赫尔曼、玛莎牵着手，他在阳光照耀的路上跳起舞来，放声歌唱，以孩子般的欢乐说着玩笑和俏皮话，纵声欢笑。他跑到其他人的前面，埋伏在旁边的地里吓唬他们。

他们走得很快，太阳落得也很快。走到那幢房子时，已经日落西山了，下到底下的山谷时，已经暮色四合了。他们迷了路，下到了太低的地方；他们又累又饿，不得不放弃晚上的计划：穿越巴伦戈田野的漫步，在湖边的乡村饭馆吃鱼餐。

"亲爱的，"克林格梭尔说，靠着路边的一堵墙坐下，"我们的计划原本非常完美，能和渔民一起或是在蒙特多赫吃一顿晚餐，将是多么愉快的事啊。但是我们走不到那一步了，至少我不行了。我累了，也饿了。我再也迈不动一步走过最近的那个石穴了，那儿倒是不远。我们可以在那儿找一些面包和酒。那就够了。谁跟我来?"

他们都去了。他们发现了那个石穴；在一段从森林山体切下来的狭窄梯田上，树荫下面立着长条石凳和石桌。旅店老板从石穴的酒窖里拿出冷酒。桌子上有面包。现在，他们坐下来静静吃着，能坐下来很值得高兴。在那些高大的树木上面，天空黯淡下来；蓝色的山峰变得漆黑，红色的道路变得灰白。在下面，在夜间的路上，他们能听见一辆汽车，还有一只狗在叫。天空中处处都冒出星星，冲着地面一眨一眨；天与地合一，没有理由分开。

克林格梭尔幸福地坐着休息，遥望着夜色，懒懒地用黑面包填着肚子，安静地喝干蓝色杯子中的酒。酒足饭饱后，他又开始谈话和唱歌；他随着歌曲的节拍摇晃，和女士们一起玩，呼吸着她们头发的芬芳。酒精似乎对他很好。简直是个经验老道的骗子，他轻易地就说服他们继续走路。他喝了酒，又倒酒，又去拿来更多的酒。慢慢地，在蓝色的陶制酒杯外面，短暂的象征，明亮的符号就升起来，不可思议地改变着世界，给星星和星光涂上了色彩。

他们在世界和夜晚的深渊之上高高地悬浮着，装在金笼子里无家可归的鸟，失重地飞越星群。他们唱着歌，这些鸟儿，唱着异国的歌曲；陷入心醉神迷，他们幻想着进入夜色，进入天空，进入森林，进入魔幻的宇宙。从星星和月亮那里得到了回应，从树林和群山之间。歌德坐在那里，还有他的至交哈菲斯；酷热的埃及和庄严的希腊升起来了；莫扎特微笑着；胡戈·沃尔夫[1]在迷狂的夜晚弹着钢琴。

有一阵喧哗躁动，一团火光；在他们的下边，直穿过地球的心脏，一列火车带着一百扇光辉耀眼的窗子，飞奔过山间，奔进夜色。在上面的天空中，一座看不见的教堂的钟声响起。一弯半月偷偷摸摸地升起在桌子上方，窥视着它反射在黑色酒杯中的影

① 胡戈·沃尔夫，奥地利音乐家。

子，从黑暗中标示出一个女人的嘴巴和眼睛，它攀得更高，对着星星唱歌。路易斯·克鲁尔的灵魂缩成一团坐着，孤独地坐在椅子上，写着信。

克林格梭尔，黑夜之王，头上戴着王冠，倚靠在他的石头宝座上，指导着世间的舞蹈，打着节拍，呼唤月亮，指望着火车消失。忽然，它不见了，就像一个悬挂在天空边缘的星座铅锤。群山的女王在哪儿？树林中不是听不见钢琴之声吗？多疑的小狮子不是正长啸吗？须臾之前她不还戴着一方蓝色头巾吗？你好，古老的世界，看看你并没有崩塌！过来，树林！到那儿去，黑色的山峰！继续保持节拍！星星，你是多么蓝，多么红，就像民歌里唱的："你红色的眼睛，你蓝色的嘴！"

画是很美的，画是为乖孩子准备的亲切、可爱的游戏。但也是别的东西，更壮丽，更重要，指导星星的运动，把你血液的搏动、你视网膜上的黑圈抛入世界，在夜风中与你灵魂的震颤共鸣。远离你，黑色的山峰！成为一团云，飞向伊朗，在乌干达落雨！过来，莎士比亚的灵魂，给我们唱你那醉酒傻瓜的雨歌，那每天都下的雨！

克林格梭尔吻了一个女人小巧的手，倚靠在一个女人甜美起伏的胸脯上。桌子下面的一只脚碰到了他的脚。他不知道是谁的手或者脚；他感到周围充满柔和，高兴地感到古老的巫术得到了更新。他仍然年轻，离死亡还远，他仍然充满光芒和魅力；他们仍然爱他，这些善良而担忧的小女人们，她们仍然依靠他。

他飞升到更高的地方。他开始用一种低沉、念咒般的嗓音讲一个故事，一个宏伟的史诗，一件风流韵事，或者其实是一次跟随高更和鲁滨逊·克鲁索前往南太平洋的旅行，他发现了鹦鹉岛，建立了福岛自由州。数千只鹦鹉在黄昏的天空中翻飞，它们蓝色的尾巴闪烁光辉，映照在绿色的海湾里！当他宣布他的自由州的时候，鹦鹉的鸣叫，以及大猿猴拖长音的尖叫，欢迎闪电般的他——他，克林格梭尔。他把那只白色凤头鹦鹉唤入陈列室，里面陈列着阴沉的牛椋鸟，他从沉重的椰子杯里倒棕榈酒喝。哦，过去的月亮，极乐夜晚的月亮，悬挂在芦苇丛中居住群落上方的月亮！那个羞涩、皮肤棕黑的王后对柯尔·卡洛爱的名字感到厌烦；苗条而四肢修长的她大步跨越过香蕉林，像多汁的大叶子底下的蜜蜂一样闪烁光彩，雌鹿般的眼睛，猫一样的脊背，矫健、富有弹性的脚踝和肌肉发达的大腿。柯尔·卡洛爱，孩子，神圣的东南方古老的热情和孩子般的天真；在一千个夜晚里，你躺在克林格梭尔的心上，每一个夜晚都是新的，一个比一个更甜蜜，更温柔。哦，大地之灵的节日，鹦鹉岛的处女们在神灵面前舞蹈！

越过那些岛屿，越过克鲁索和克林格梭尔，越过那个故事和那些听众，星光璀璨的夜晚形成拱形，在树林、房屋和人们的脚下，山峦像腹部和胸脯轻柔地呼吸一样隆起；正在比赛的月亮疯狂地在天空中舞蹈，星星疯狂地追赶它，串连成一条星河。星星的光芒与通往天堂的缆索铁道发出的光线协调一致。原始森林变得母亲般地黑，原生的泥巴飘荡出腐烂和生殖的气味儿，蟒蛇和鳄鱼匍匐前进，巨大的潮汐无边无际地往上涌。

“无论如何，我又要去画画了。”克林格梭尔说，“明天我就动笔。但我不会再画这些房子、人和树木了。我要画鳄鱼和海星，龙和紫蛇，以及一切富于变幻的事物，充满变成人的渴望，充满变成星星的渴望，充满出生，充满腐烂，充满上帝和死亡。”

在他的喃喃自语中，在他酒酣沉醉的时刻里，厄西里亚的嗓音听起来低沉而清晰。她急促呼吸，静静地唱着那首《一束美丽的鲜花》。从她的歌中流溢出宁静，克林格梭尔听着就像是来自某个遥远、漂浮的岛屿，跨越了时间和隐居的海洋。他把他的酒杯扣上，不再斟酒。他听着。一个孩子在唱。一个母亲在唱。他是什么——一个离经叛道、邪恶堕落的恶棍，深陷在世界的泥沼之中，一个无赖和放荡不羁者，或者他还是一个笨小孩儿？

"厄西里亚，"他尊敬地说，"你是我的幸运之星。"

在陡峭、长满黑树林的山峰上，枝叶繁茂，盘根错节，他们探寻着回家的路径，抵达了树林的边缘，像船上的海盗一样开拓出一片田野。穿过玉米地的小路逼仄，呼吸着夜色和故乡的气息，月亮窥视着玉米闪光的叶子，一排排葡萄藤纷披开去。克林格梭尔用嘶哑的嗓音温柔地唱着，唱了许多含混不清的歌，德语的和马来语的，有词儿的和没词儿的。正低声吟唱着，他突然把体内积累的东西都呕吐出来，就像一堵棕褐色墙壁在晚上辐射着白天储存的光。

一个朋友走了，另一个又走了，在葡萄阴影的狭窄小道中消失远去。每一次离开，每一次从他身旁走过，都指向故乡，只留他一人在天空下。一个女人吻了克林格梭尔，向他道晚安；她的嘴唇燃烧般的烫着他的嘴唇。他们滚动着，他们融化了，他们所有人。当克林格梭尔一个人的时候，他爬着楼梯走进他的寓所，他仍然在唱。他唱着上帝和他自已的赞歌；他赞扬李白和庞庞比奥的好酒。他像一个偶像，栖息在决断的云朵上。

"内心里，"他唱着，"我像一个金子的球，像大教堂的圆顶；人们在里面跪拜，人们祈祷，墙上的金子闪烁光芒，救世主在一幅古老的画里流血，玛利亚的心在流血。我们也流血了，我们这些其他人，我们错误的灵魂，我们星星和彗星；七把和十四把剑刺穿我们祝福的胸膛。我爱你，金发的黑女人们，我爱所有人，甚至非利士人[1]；你们都是像我一样可怜的罪人，都是可怜的孩子和私生子，像喝醉的克林格梭尔一样受到崇拜。亲爱的生命，我向你致敬！我向你致敬，亲爱的死亡！”

克林格梭尔致伊迪丝的信

亲爱的夏日夜空中的明星：

你给我写信是多么好多么真诚啊，你的爱情呼唤大书是多么痛苦啊，就像一首永恒的歌，就像永恒的斥责。当你向我坦白心迹的时候，当你向自己忏悔的时候，心灵每一次都激动不已，因为你处在一个良好的过程中。但请不要唤起任何琐碎、不值得的情绪。每个人都是好的，非常好，甚至憎恨，甚至嫉妒，甚至猜忌，甚至残酷。我们所有赖以生存的，就是我们可怜、可爱、光荣的感情，每一个我们错怪的人都是一颗被我们熄灭的星。

我不知道我是否爱吉娜。我非常怀疑。我不会为她做出任何牺牲。我完全不知道我是否能爱她。我可以在其他人身上延伸欲望和寻找自我；我可以从回音中倾听，要求一面镜子，寻找欢乐，以及所有看起来像爱的东西。我们俩，你和我，都徘徊在相同的迷宫中，我们感情的迷宫，在这个遗憾的世界中，那些感情

① 非利士人，爱琴海岛中人。

已经大为节制了，为了这个原因，我们必须在这个邪恶的世界上报仇雪恨，每个人都有他自己的方式。但让我们，我们每个人，让另一个人的梦想保留下来，因为我们知道梦想的酒醪尝起来是多么的甜美和鲜红。

感情的透明，以及关于行为的结果和“重要性”，是一种只有那些善良、有自信的人们才拥有的东西，那些人相信生活，对于明天和后天无法证实的东西他们毫不涉足。很不幸，我没能成为他们中的一员，并且我的感觉和行为像是一个不相信明天的人，而且把每一天都视为最后一天。

亲爱的西尔芙[①]，很不幸我要绞尽脑汁才能表达我的思想。表达过的思想总是那么死寂。让我们允许它们活着吧！我深刻而高兴地感到你是理解我的，你身上的某种东西与我是相同的。我不知道在何种标题之下，那种东西应该被放入生命之书，我们的感觉是否是爱，性，感激，或者同情，它们究竟是母性的还是天真的。我经常像一个狡猾的老油子一样看着每一个女人，而且经常像一个小男孩。纯洁的姑娘经常让我欲罢不能，苍翠的山峰也经常这样。我允许的每一次爱情都是美丽，圣洁，无限好的。但是为什么，要多久，到何种程度我才能爱——我无法判断。

我不只爱你一人，你也知道，就像我也不只爱吉娜一人。明天和后天，我就会爱上别的女人，画别的一些画。但是我不会原谅任何一段被我抛弃的爱，也不会原谅任何我所做出的聪明或愚蠢的行为，这都是为了爱。或许我爱你正是因为你跟我很像。我

① 西尔芙，空气精灵。

爱别人怎是因为她们与我迥然不同。

夜色深了，月亮高悬在萨鲁特山上。生命凄美地微笑，死亡凄美地微笑！

把这封愚蠢的信投进火里吧，投进火里。

你的克林格梭尔

死亡的音乐

七月的最后一天来临了，克林格梭尔最喜爱的月份，李白的伟大的节日已经褪去了，永不再来了。在花园里，太阳花激昂地将它们金色的头颅伸向天空。和他忠实的杜甫一起，克林格梭尔跋涉穿过一个他喜爱的地带：炎热的城市郊区，一排排高大树木下面是积满灰尘的道路，红色和橘黄色的房屋面对着沙滩海岸线，卡车和码头，长长的紫色墙壁，五颜六色的穷人们。晚上，他坐在城镇边缘的灰尘里，画那些五颜六色的帐篷和嘉年华的巡回马车；他不修边幅地蜷缩在道路旁边，烘干了草坪，对那些帐篷浓重的色彩着了迷。他迅速贴近一个帐篷上那褪了色的丁香花，贴近那些笨拙的拖车房屋宜人的绿色和红色，以及那蓝白相间的框格。他猛烈地在镉黑中翻滚，疯狂地在钴蓝中翻滚，用动人的线条描画那片倒映着黄绿天空的深红色湖泊。再过一个小时，不，不到一小时，他就要停止工作，夜晚就要来临，明天，八月就要开始，八月是炽烈燃烧的月份，它把那么深切的死亡恐惧和胆战心惊都融入它热烈的杯中。钐刀磨得锋利，白昼衰退；死亡大笑着，隐藏在烤焦的树叶中。高声响起，打碎你的小号，镉！高声咆哮，美艳的深红色湖泊。绚烂地大笑，柠檬黄！过来，遥远的深蓝色山峰。来到我的心中，你便会让那些积满灰尘的绿树变得暗淡无光。你多么疲劳啊，你让虔敬的树枝多么谦恭地下垂啊。我为你干杯，世界上美丽的东西！我给你永久不朽的容貌，我是最短暂易逝的，最可信的，最悲伤的，我所忍受的死亡恐惧甚于你所忍受的一切。七月燃尽了，很快八月也要燃尽。在露水润泽的清晨，庞大的魔鬼突然从黄叶里出来恐吓我们。突然十一月横扫过树林。突然庞大的魔鬼大笑起来，突然那恐吓在我们的心间萦绕不去，突然那亲近的粉嫩的肉就从我们的骨骼上脱落，豺狼在荒漠中嚎叫，秃鹰嘶哑地唱着诅咒的歌。市里一份可憎的报纸发表了我的画，下面附言：“杰出的画家，表现主义艺术家，伟大的染色师，死于本月十六日。”

满怀恨意，他撕扯着绿色吉普赛马车下面巴黎蓝的车辙。饱含辛酸，他捣毁着路边的铬黄石头。绝望至极，他冲着一个虚空的地方猛掷朱砂，想摧毁那变幻的白光。流着鲜血，他顽强地苟延残喘着。他在鲜绿色和那不勒斯黄中对着无情的上帝喊叫。痛苦呻吟着，他把更多的蓝色扔进沉郁的暗绿色中；苦苦哀求着，他在夜晚的天空中点亮更深邃的光。小小的调色板里装满了纯粹未混的颜料，发出清亮的光，那是他的安慰，他的堡垒，他的兵工厂，他的祈祷书，他的大炮。从中他点燃邪恶的死亡。紫色是死亡的否定，朱砂是腐朽的徒劳。

他的兵工厂很好，他英武的军队斗志昂扬，迅速旋转的大炮闪着光。但是毫无用处，所有射击都徒劳无功；然而射击仍然是好的，是快乐和慰藉，是依然活着，依然胜利。

杜甫已经去拜访一个朋友了，此人在工厂和码头之间有一个不可思议的城堡。他现在回来了，并带回一个亚美尼亚占星家。

克林格梭尔完成了画作，欣慰地做了深深一呼吸，他看见两张面孔走进，杜甫漂亮的头发和占星家那微笑的脸庞上黑黑的胡子和白白的牙齿。他们的到来也带来了影子，衰弱的深眼窝里长长的黑影。也欢迎你，影子，好家伙！

“你知道今天是什么日子吗?”克林格梭尔问他的朋友。

“七月的最后一天，我想。”

“今天我观测了十二宫图，”那亚美尼亚人说，“我看见今天晚上将会给我带来什么东西。土星的位置很奇怪，火星中立，木星则占统帅地位。李白，你不是狮子座的吗?”

“我出生于七月二日。”

“我想是这样。你的星座秩序混乱，朋友，只有你自己能解释他们。你的周围有丰饶的物质，就像一个云团即将爆发。你的星群位置奇怪，克林格梭尔，我相信你会本能地感觉到。”

克林格梭尔装起他的工具。他画过的世界已经黯淡下来，绿色和黄色的天空熄灭了，亮蓝色的旗帜淹没了，那可爱的黄色凋萎、干枯了。他又饥又渴，他的嗓子眼里好像积满了灰尘。

“朋友们，”他诚恳地说，“让我们共度今宵吧。我们再也不能聚在一起了，我们四个人，我不从星星里读取，但我能发现写在我心里的文字。我七月的月亮结束了，它最后的几个小时发出黝黑的光，伟大的母亲在深处呼唤着。世界从没这样美过，我也从没画过如此美丽的一幅画。闪电闪过，死亡的音乐已经开始了。让我们跟着它一起唱，那甜蜜而令人生畏的音乐。让我们待在一起，喝酒，吃面包。”

在旋转木马旁，帐篷已经被取了下来以便过夜（因为那儿本来就有一个遮阳棚），几张桌子放在树下。一个跛足的女服务员来回忙碌着；遮阳棚里有一个小酒馆。他们坐在支架桌旁；面包拿来了，酒也倒进了陶制容器中。树下的灯光流进生命里。不远处传送带的手风琴开始叮当响起，刺耳音乐消失在夜色里。

“会须一饮三百杯!”李白大叫道，并向影子敬酒，“问候你，影子，坚定不移的锡制战士！问候你们，朋友们！问候你们，灯光，弧光灯和锌片闪耀的旋转木马！哦，要是路易斯在这儿该多好啊，那只变幻不定的鸟！或许他已经赶在我们前头飞到天堂了。或许他明天就回来了，这老豺狼，再也找不到我们，大笑着把弧光灯和旗杆栽到我们的坟墓上了。”

占星家静静地走开，拿着新的酒回来了，他唇红齿白，高兴地微笑着。

“忧郁症，”他瞥了克林格梭尔说道，“是一件我们不应该拥有的东西。很容易——只是一个小时的工夫，只需一个小时紧咬着牙齿，然后一个人就永远患上了忧郁症。”

克林格梭尔凑近看他的嘴，看那明亮、整洁的牙齿，曾几何时，在一个炽烈的时刻，咬碎忧郁症，把它咬死。他也能像占星家那样取得成功吗？哦，向遥远花园里甜美短暂的一瞥：没有恐惧的生命，没有忧郁症的生命！但是我们知道这些花园对他是不可企及的。他知道他的命运是与众不同的，土星对他露出独特的愠色，上帝想让他在他的琴弦上弹出不同的乐调。

“每个人都有他的星群，”克林格梭尔缓缓地说，“每个人都有他的信仰。我只相信一件事：死亡。我们在地狱的边缘驱驰着四轮马车，马匹已经后退了。我沉湎于死亡，我们所有人；我们必须死，我们必须重生。伟大的转折点已经到来了。到处都一样：伟大的战争，艺术中伟大的变革，西方政府中伟大的崩溃。

对我们而言，在古老的欧洲，我们所拥有的一切都是好的，我们自己的已经死去。我们羽化的理性已经疯狂，我们的钱是白纸，我们的机器除了射击和爆炸便一无所能，我们的艺术就是自杀。我们要下去了，朋友们；那就是我们的命运。清角①中的音乐已经开始了。”亚美尼亚人倒上酒。

“随你喜欢好了，”他说，“一个人可以说是，一个人也可以说不是；那只是个儿童游戏。死亡是一种并不存在的东西。因为假如死亡或复活存在的话，就必然有一个顶峰和一个底部。但是没有顶峰或底部；这些只存在于人的头脑里，头脑是幻觉的家园。所有的悖论都是幻觉：黑与白是幻觉，死亡和生命是幻觉，善与恶是幻觉。只是一个小时的工夫，在一个炽烈的时刻，咬紧牙齿，一个人就能战胜幻觉之王了。”

克林格梭尔听着他的妙语。

“我是说我们自己，”他反驳道，“我是说我们欧洲，我们欧洲两千年来自认为是世界的大脑。就要完蛋了。占星家，你以为我不知道吗？你是一个来自东方的使者，一个如此进餐的使者，或许是一个间谍，或许是一个乔装的战神。你来这儿是因为毁灭就要开始了，因为死亡的气味就在你的鼻孔里。但是我们高兴毁灭，你知道，我们死得欢心，我们不保卫自己。”

“你或许也可以说，我们很高兴出生，”那亚洲人大笑着说，“对你那看起来是死亡，对我或许就是出生。那都是幻觉。一个

---

① 清角，黑塞在这里引用了“Tsing Tse key”这个名字，未说明出处，据德国学者分析，当为《东周列国志》第六十八回中令鬼神毕集的乐曲《清角》。

把地球看作是固定的圆盘的人，也会看到并相信日出和日落，在黎明和末日——所有的，几乎所有的人都相信那个固定的圆盘！星星并不知道他们升起和落下。”

“难道星星没落吗，难道星星也没毁灭吗？”杜甫大叫道。

“只是对我们，对我们的眼睛。”

他把杯子都斟满，总是由他来斟酒，聚精会神并微笑着。他带着空酒壶走开，又带来更多的酒。卡鲁索音乐嘟嘟地响起。

“我们去那儿吧，真美啊。”杜甫恳求道，他们便到旋转木马那儿去了，站在绘着的栅栏旁边，看着传送带在锌片和镜面的刺眼闪光中眼花缭乱地旋转着。他们看见一百个孩子贪婪地盯着那些闪耀光辉。有一刻，克林格梭尔以巨大的乐趣感到，这个带着原始性和非洲品质的旋转机器，这种机械的音乐，这些花哨的图画和色彩，镜子和混乱的装饰杆。一切都显示出巫师和萨满教[①]巫医，带着巫师和萨满的标记，所有狂野怪诞的光都在底部，只有矛梭子的锡诱饵把迅疾的闪光看做成一条米诺鱼。

每个孩子都要骑那个传送带。杜甫给那些孩子钱，那个幽灵召唤孩子们过来。他们成群地围绕在施恩者的周围，贴近他，乞求他，感谢他。有一个十二岁的金发女孩不断地恳求，她每一圈都骑了。在灯光的闪烁中，她的短裙子被风吹起，露出男孩似的双腿。一个孩子哭喊着。男孩们互相打斗。铙钹伴着管风琴尖利地接近，随着节拍喷火，把鸦片喷进酒里。很长时间里，四个人站立于一片骚乱之中。

---

① 萨满（Schamane），一种巫师名称，萨满教又称原始宗教，现仍流行于亚洲和欧洲的极北部。

然后他们回到树下安静的酒桌旁。亚美尼亚人往杯中倒满酒，晃荡着，高兴地微笑着。

“会须一饮三百杯。”克林格梭尔吟唱道。他那风吹日晒的头发发出金色的光，他的笑声清朗可闻。一个巨人，忧郁症者跪在他抽搐的心里。他端起酒杯一饮而尽，他向死亡致敬，向死亡的欲念致敬，向庄子致敬。旋转木马的音乐响起并叫嚣着。但在他的心里，却潜伏着恐惧，这颗心不想死，这颗心厌恶死亡。

突然，酒馆里更激烈的音乐袭入夜空，刺耳而激荡。在壁炉旁边的角落里，壁炉架上摆放着整洁的酒瓶，一台自动钢琴光辉闪耀，喷射着火焰，狂野猛烈，虚张声势。琴弦上发出不和谐的悲鸣，蒸汽轮的韵律压倒了不和谐的呻吟。还有喧闹的人群，在零乱的灯光下，年轻的男人和女孩们跳着舞，连瘸腿的服务员都在跳，杜甫也加入了进去。他和那个金发小女孩跳。克林格梭尔在一旁观看着。她的夏季短裙绕着瘦弱的双腿飞旋着，轻盈而甜美。杜甫的脸上绽放着和蔼的微笑，充满了爱意。其他人坐在壁炉旁；他们是从接近音乐机的花园里进来的，站在正中央。克林格梭尔看见乐调，听到色彩。占星家从架子上取下一瓶又一瓶酒，打开并倒上。他的微笑从不会在那张聪明的棕色脸上摇曳。音乐沉重地击打着天花板低矮的大厅。亚美尼亚人慢慢地在地幔上的一排酒瓶子中间打开了一个缺口，就像一个寺院的强盗破墙而入，喝干祭坛上一杯又一杯的珍贵器皿。

“你是一个伟大的艺术家，”占星家倒满杯子，悄声对克林格梭尔说道，“你是这个时代最伟大的艺术家之一。自名为李白，你是当之无愧。但是，李白，你却是一个贫穷、不胜烦恼、饱受折磨和忧心忡忡的人。你已经开始奏响死亡的音乐；你坐在你火光四起的房中，你自己点燃了它，李白，哪怕你每天喝三百杯酒，并举杯邀明月，你仍旧不会觉得快乐。你不会感到快乐，你很悲观，你是死亡的歌手。你会停止吗？你不想活着吗？你不想继续吗？”

克林格梭尔一饮而尽，用有些嘶哑的嗓音轻声回复道：“一个人能改变命运吗？意志有自由可言吗？你，占星家，你能与众不同地指引我的星星吗？”

“我无法指引它们，只能解释它们。只有你自己能指引。意志有自由。那是东方三博士[①]的智慧。”

“为什么在我能够练习艺术的情况下我要去练习东方三博士的智慧？艺术不同样很好吗？”

“一切好。无物好。东方三博士的智慧废除了幻觉。废除了那种我们称之为‘时间’的最糟糕的幻觉。”

“艺术不也是这样做的吗？”

“它尽力如此。你画过的七月，不是在你作品集里吗，那对你就足够了吗？你废除时间了吗？你摆脱对秋天、冬天的恐惧了吗？”

克林格梭尔喟叹一声，陷入沉默。他静静地饮酒。占星家静静地为他倒上。那台放荡不羁的钢琴隆隆作响，简直陷入了狂热。杜甫的脸天使般地混在舞者之间。七月结束了。

克林格梭尔玩弄着桌子上的空杯子，把它们摆成一个圆圈。

“这是我的大炮，”他呼喊道，“我们用这些大炮把时间炸得

---

① 东方三博士，《圣经》中带着礼物朝拜耶稣圣婴的三位智者。

粉碎，把死亡炸得粉碎，把苦难炸得粉碎。我还用颜料朝死亡射击，用鲜绿色和爆炸般的朱砂以及甜美的猩红色。我经常在脑子里击打他；我把白色和蓝色撒入他的眼睛。我经常驱赶他。我还会经常碰到他，战胜他，欺瞒他。看那个亚美尼亚人；他又打开了一个旧瓶子，被封禁的过去夏日的太阳射进我们的血液里。那个亚美尼亚人也帮助我们朝死亡射击，那个亚美尼亚人也知道没有别的武器能够对抗死亡。”

占星家撕开面包吃起来。

“我不需要武器来对抗死亡，因为根本就没有死亡。只有一件事：死亡之死。那是可以治愈的；有一件武器可以用来对抗它的。只需一小时的工夫就可以战胜那种恐惧。但是李白却不想那样。因为李挚爱死亡；他挚爱他对死亡的恐惧，他的愁思，他的苦难。只有这种恐惧教给了他所有他能做的事情，以及所有我们为之爱他的东西。”

他嘲笑地向克林格梭尔举起了他的杯子；他的牙齿闪着白光，他的脸越来越快活。悲伤看起来与他毫不相干。没有人回应。克林格梭尔朝着死亡射击他的酒炮。死亡若隐若现地出现在酒馆打开的门上，酒馆里已经人满为患了，充满了酒、舞蹈、音乐。死亡在门上若隐若现，温柔地摇晃着那棵隐藏着漆黑花园里的黑刺槐。外面的一切都充满了死亡，满是死亡；只有在这个拥挤的大厅里，他们仍然在斗争，光荣而勇敢地斗争，反抗那些在窗户边嘁嘁低语的漆黑的围攻者。

占星家嘲弄地看着桌子，嘲弄地斟满酒杯。克林格梭尔已经打碎了很多杯子，占星家不断给他拿来新的。那个亚美尼亚人已经喝了很多，但他像克林格梭尔一样笔直地坐着。

“让我们喝酒，李，”他以低声嘲弄的语气说，“你爱死亡，你知道，我渴望被毁灭，你很高兴毁灭死亡。你不是这样说的吗，还是我欺骗了自己——还是其实你欺骗了我也欺骗了你自己？让我们喝酒吧，李，让我们毁灭吧。”

克林格梭尔火冒三丈。他站起来，挺拔而高大，那只有着轮廓分明脸庞的老雀鹰，朝酒里吐着口水，猛地把满满的杯子扔在地上。红色的酒液溅入大厅，他的朋友们吓得脸色苍白，陌生人大笑着。

但占星家和气地微笑着，拿来一个新的酒杯，微笑着倒满，微笑着递给李白。然后李笑了，他也笑了。一个微笑像月光一样闪烁在他扭曲的脸上。

“朋友们，”他大声喊道，“让这个外国人讲话吧！这老狐狸知道的可多了，他来自一个深藏不露的密室。他知道的太多了，可惜他不理解我们。他太老了，理解不了孩子们。他太聪明了，理解不了愚人。对于死，我们这些将死之人比他知道更多。我们是人，不是星星。看看我的手，拿着一个蓝色的小酒杯！这只手，这只棕黑的手，能干很多事情。它已经用许多画笔画过画，已经从黑暗中抢夺过许多世界的新鲜片段，并放到人们的眼前。这只棕黑的手抚摸过很多女人的下巴，诱惑过很多少女。很多人亲吻过它，眼泪落在上面，杜甫还为它写过一首诗。这只心爱的手，朋友们，很快就会化为泥土和蛆虫；那时你们没有人能再触摸到它。很好，那就是我爱它的原因。我爱我的手，我爱我的眼睛，我爱我柔软白皙的腹部；我怀着遗憾、蔑视和巨大的亲切爱它们，因为它们很快就将凋谢和腐烂了。幽灵，黑色的朋友，立在安徒生坟墓上的老锡制士兵，你也会遭遇同样的命运，亲爱的伙计。和我同饮吧：为我们的四肢和内脏干三次杯！它们或许能不朽！”

他们干了一杯。幽灵从他的深眼窝里阴郁地微笑着——突然什么东西像一阵风穿过大厅，像一个精灵。突然音乐也停了，跳舞的人消失了，仿佛被黑夜吞噬掉，一半的灯都熄灭了。克林格梭尔看着那些黑色的门。外边站着死亡。他看见死亡站在那儿。他闻到了他。就像公路边上树叶里的雨滴，那便是死亡的味道。

然后李白把杯子推开，反转着椅子，慢慢地走出大厅，走进黑暗的花园里，继续走着，在黑暗中，惊栗的闪电迅速闪过他的头顶，踽踽一人。就像坟墓上压着一块石头一样，他的心沉重地压在胸脯上。

八月的夜晚

克林格梭尔在玛纽祖和贝格利亚度过了下午，在风和日丽中画画。在黄昏的薄暮里，他非常疲惫地横跨过贝格利亚，向着一个沉睡的小村子走去。他成功征服了一个客栈老板的头发花白的妻子，她送给他一些酒。他坐在门外一棵胡桃树下的树桩上，打开背包，发现只剩下一片奶酪和一些李子了，便把它们作为晚餐。那个老女人坐在旁边，她弯腰弓背，没有牙齿，布满皱纹、咕噜个不停的喉咙和静止不动的一双老眼睛讲述着她的小村庄和家庭的一生，讲述着战争和上涨的物价，讲述着国家的田地，酒和牛奶，以及他们付出的辛劳，讲述着死去的孙辈和移民的儿子们。这个农村妇女一生中所有的星座和季节全都展现在克林格梭尔的面前，清晰而愉悦，她残留的美丽中夹杂着粗俗，充满了欣喜和关怀，充满了焦虑和生命。克林格梭尔吃着喝着，休息，倾听，问及孩子们和家畜，神父和主教，亲切地赞扬那可怜的酒，把最后剩下的李子给她，同她握握手，祝福她度过一个快乐的夜晚，又拄着他的棍子，背上他的小背包，慢慢穿过稀疏的树林，往山上他的床爬去过夜。

正是在那个光荣的时刻，日光仍然四处放射着余晖，但月亮已经出来了，第一批蝙蝠穿越在黛绿色、微微闪光的空气里。树林的一边消隐在最后的光辉中，鲜明的栗树划分着黑暗的影子。一间黄色的村舍柔和地散发着白天吸收的日光，像一只蜂鸟一样光彩夺目。那些粉红色和紫罗兰色的小路，通往草甸、葡萄园和树林。随处可见的金合欢枝叶已经发黄。在天鹅绒般的蓝色山峦上面，西方的天空悬垂着金灿和黛绿的光晕。

哦，在这成熟夏日的一天中最后的魔幻时刻里，终于可以工作了，夏日再也不会回来了！一切都是那么美，美得无以言表，多么宁静、美好和慷慨，仿佛充满着神灵。克林格梭尔坐在凉爽的草里，机械地拿起他的笔，然后微笑着让他的手放下笔。他累得精疲力尽。他拨弄着干草，干燥松脆的土地。还要多久啊，然后这个精彩的游戏就结束了！还要多久啊，然后这手、嘴和眼睛就要归于土地了！几天前，杜甫送给他一首诗。他记得它，现在便缓缓吟诵出来：

无边的落木
从我的生命之树萧萧而下。
哦，天下至伟，
你使我充盈，

使我充盈并餍足，
你使我陶醉。
今日如日中天者，
正是速朽。大风痛哭过
我凋败的墓。母亲倚靠着
孩子的脸颊。
让我回望伊人的双眸，
我的星在那眸中。
无物可长青，
一切朽灭者皆欢欣朽灭。
唯有永生之母留存，
她是我们的源头，
她的手指轻轻游走，
在空气中写下：我们的名字。

嗯，写得真好，就是这样。克林格梭尔的十条命还剩下几条？三条？两条？还剩下不止一条，不止一条高尚的、普通的、日常的、平凡的生命。他见识过多少世事，涂抹过多少纸张和画布，在爱与恨、艺术与生命中搅动过多少颗心，给这个世界带来过多少苦恼和清风。他爱过许多女人，摧毁过许多传统和圣殿，敢做许多新的事情。他喝干过斟满的酒杯，在许多个白昼和星光灿烂的夜晚呼吸，在许多次阳光下晒得黝黑，在许多的水里游过泳。现在，他坐在这儿，在意大利或印度或中国；夏日的风在栗树林的树冠上肆意游荡，世界是好的，是完美的。无论他再画一百幅画或者一千幅画，无论他再活二十个夏天或者仅仅一个，都是如此。他很累了，累。一切朽灭者皆欢欣朽灭。亲爱的，好杜甫!

是时间回家了。他会蹒跚走进房间，接受着从阳台门吹来的微风。他会点上灯，卸下肩包。充满着铬黄和中国蓝的树林之心或许是好的，那总有一天会成为一幅画。那就动身吧，是时候了。

然而，他还待在那儿，风吹进他的头发，在他那染着颜料、不停挥摆的亚麻夹克里端坐，在他衰残的心里，藏着一丝微笑，一丝悲愁。柔和、懒散地，晚风吹着，柔和而静谧，蝙蝠沉浸于逐渐暗淡的暮色之中。一切朽灭者皆欢欣朽灭。唯有永生之母留存。

他或许要在这里睡下，至少一个小时。毕竟这里很温暖。他把头枕在小背包上，遥望着天空。世界是多么美丽，多么地圆满。

从山上下来的脚步声响起，穿着宽松的木底鞋矫健地走着。在蕨类植物和金雀花之间，一个人出现了，一个女人；天已经很黑了，他无法辨别她裙子的颜色。她接近了，声音，甚至脚步接近。克林格梭尔跳起来，喊了声晚上好。她前进了一点，停了一会儿。他看着她的脸。他认识她，但记不起在哪儿见过。她美丽而黝黑；她很美，坚固的牙齿闪着光泽。“好啊，好!”他大叫道，向她伸出手。他感觉某种东西把他和这个女人联系在一起，某个很小的回忆。“难道我们不认识吗?”

“圣母啊！怎么不认识，你是喀斯特格纳塔来的画家。你还记得我吗?”

是的，现在他想起来了。她是塔维纳山谷的一个农妇。很久以前，在这个夏日朦胧而模糊的过去，他在她家的房子附近画了几个小时的画，曾从她的井里取水，曾在一棵大无花果树下打了一个小时的盹，最后从她那里得到了一瓶酒和一个吻。

“你再也没有回来过了，”她抱怨道，“你答应过我你会的。”

在她低沉的嗓音下，有一种放纵和挑衅。克林格梭尔复活了。

“瞧！现在你又来到我身边，这是多好啊。我多么幸运，刚才，我还那么孤独和悲伤。”

“悲伤？别耍我了，夫人，你可真爱开玩笑，一个女人可不能相信你说的任一个词。现在我必须走了。”

“哦，那我跟你作伴吧。”

“你不走这条路，再说也没必要。我会发生什么呢？”

“不是你，而是我。一个男人要到来并打动你的心，跟你一起走路并吻你甜蜜的嘴、你的喉咙和你美丽的胸脯，是多么容易啊，我身边还有一个人。不，那是不允许的。”

他已经用一只手绕着她的后颈，不让她走，“我的小星星，小甜心。我甜美的小李子。咬我，不然我就要咬你。”

他吻她强健、张开的嘴。她嬉笑着向后仰去；在半推半就之间，她屈服了，反过来吻他，摇晃着脑袋，大笑着，努力解放自己。他紧紧地搂住她，嘴扣在她的嘴上，手抚摸着她的胸脯。她的头发闻起来像夏日，像干草，金雀花，蕨，黑莓。深深地呼吸了一口气，他迅速扭过头去，看见暗淡的天空中第一颗又白又小的星子升起来了。女人不再说话，她的脸变得严肃。她叹着气，把一只手放在他的胸上，又把他的胸紧紧压在她的胸脯上。他温柔地停住，把手臂伸入她双膝之间的凹陷空处，然后把她放倒在草地上。

“你真的爱我吗?”她像一个小女孩一样问道。

他们喝了杯中的酒。晚风拂过他们的头发，带走他们的呼吸。

临别之际，他翻找小背包和大衣口袋，看看有没有什么东西可以给她。他找到了一个小套夹盒子，还装有一半的香烟。他把它清空，并给了她。

“不，不是一个礼物，当然不是!”他向她保证，“只是一个纪念品，这样你就不会忘记我。”

“我不会忘记你，”她说，“还有，你还会回来吗?”

他变得悲伤起来。他慢慢地吻着她的双眼。“我会回来的，”他说。

他静静地站了一会儿，倾听着她的木底鞋发出咔哒声走下山去，走过底下的牧场，穿过树林，在土地上咔哒，在岩石上，在树叶上，在植物的根上。现在她走了。夜色下的树木漆黑直立，微风温和地拂过看不见的土地。什么东西，或许是一个蘑菇，或许是一棵枯萎的蕨，可以闻出秋天的辛辣。

克林格梭尔无法下定决心回家。爬山的目的是什么呢，为什么要回到屋子里去面对那些画呢?他在草地上伸展四肢，看着星星。最后他睡着了，一直睡到深夜，一阵野兽的嚎叫或者一阵风或者露水的冰冷把他唤醒。然后他爬上喀斯特格纳塔，找到了他的房子，他的门，他的房间。里面放着信件和鲜花，朋友谢德顺便来拜访了。

他很累，按照每天夜晚顽固的老习惯，取出所有的东西，借着灯光看白天的草图。一幅树林的纵深很好，处于光影斑驳中的植物和岩石闪烁着冷光，像一个宝库一样珍贵。想到只用铬黄、橘黄和蓝色就做了工作，并留出了铬绿，真是让人开心。他对着那张纸研究了很久。

但为什么？为什么要在这些纸上涂上颜色？为什么备尝艰辛，流尽汗水，总之，饮啜创造欲？有酬劳吗？有安心吗？有平静吗？

他一脱下衣服，就筋疲力竭地钻进被窝，关上灯，寻觅睡意。温软地哼唱着杜甫写给他的诗：

> 大风痛哭过
> 我凋败的墓。

克林格梭尔写给路易斯·克鲁尔的信

卡洛·路易斯：

许久没再听到你的声音了。你还活在这世上吗？秃鹰已经咬噬尽你的骨头了吗？

你曾用一根织补用针轻轻拨弄过一个停走的钟吗？我就这样干过，突然那魔鬼就工作起来，喋喋不休说着那些已经流逝的时间；那些指针绕着钟面争相竞走，疯狂如飞地旋转，发出古怪的声音，犹如狂板，直到一切戛然而止，那钟脱离了魔鬼。现在我们周围就像这样：日月杀气腾腾地划过天空，日子飞逝而过，时间同我一起飞奔，好像沙子从一个麻袋的孔洞迅速漏下。我希望末日突然来临，这烂醉的世界就会停止，而不是再次退回到那种可怕的速度。

这些日子我都忙得无暇思索（听起来多可笑，另外，尤其是当我对自己说出这样一个所谓的“习语”的时候：“能思一切”）。但在晚上我常常想念你。我总是坐在森林中的一个洞穴里，喝那种普通的红酒，那酒几乎是最劣质的一种，但仍然有助于忍受生活和促进睡眠。很多次我其实已经在岩洞里的桌子上睡着了，以此向咧嘴嘻笑的土著人证明，我的神经衰弱症其实没那么糟糕。有时候，朋友们和女孩们跟我一起，我捏着女人们四肢上的橡皮泥以锻炼手指，跟她们喋喋不休地谈论帽子、脚后跟和艺术。有时我们很幸运，情绪激昂；那我们就通宵达旦地又喊又笑，看到克林格梭尔是这么一个老蠢货，人们都很高兴。这儿有一个非常美丽的女人，每次见到她的时候，她都激情满怀地向我问候。

正如一位教授会说的，我们俩所练习的艺术仍然过度依赖于客观事物（把一幅画画成一个谜该是多棒啊）。我们仍然描绘“现实”的东西：人、树木、乡村风俗、铁路和风景，尽管是以某种自由手绘和让布尔乔亚们烦乱不已的方式。在这个方面我们仍然遵循了一个大的惯例。布尔乔亚们称这些事物为“真实”，它们是可见的，用同样的方式可以描绘得非常美丽，任何一个人都可以，或者至少很多人。只要夏天一结束，我就打算画一段时间的幻象，尤其是梦境，别的什么也不画。有一些会是你喜欢的方式，古怪而惊奇的，有些就像科隆大教堂里猎兔人故事中的科罗费诺。尽管我感到脚下的大地有些稀薄，甚至在总体上我已经没有什么热望再去活几年或者取得更多的成就，但我仍然想朝这个宇宙的喉咙管里发射几枚更猛烈的火箭。一个收藏家最近写信给我，说他很高兴地看到，我在最近的作品中正经历第二次青春。但是我所正在经历的并不是一个爆炸般的春天。意识到我的体内还遗留着多少炸药，这真令人惊奇。但在一座破旧老朽的炉灶里，这炸药也很难产生威力。

亲爱的路易斯，我经常窃喜，我们两个老放纵派栖身底层，谦卑自任，宁愿把酒杯互相扔到对方的头上，也不愿展示我们丝毫的感觉。或许就是这样了，老刺猬！

最近我们在巴伦戈附近的岩洞里举行了一场宏大的宴饮派对。在深夜的高大树林里，我们激荡而辉煌地唱着罗马老歌。当我们变老，我们便不再奢求多少欢乐，并开始萎缩在脚下：一直工作八到十个小时，一瓶皮特埃蒙酒，半磅面包，一支雪茄，几个女孩，当然还有热情和好天气。那就是我们拥有的，太阳辉煌地坚守着它的职责。我的脑袋已经晒得像一个木乃伊。

很多天来我都有一种感觉，我的生命和工作才刚刚开始，但有时我又像是已经埋头苦干八十年了，很快便有权利获得平静和休息了。每个人总有一天都会抵达和结束，我的路易斯，我也是，你也是。上帝知道我正在给你写信，很明显我感觉不好，或许是忧郁症。我的眼睛受到了极大的伤害，有时候几年前阅读的一篇关于视网膜脱落的文章都会侵蚀着我的思想。

当我从阳台门往下看的时候，你知道那景象，我意识到我们不得不再继续努力工作很久。世界美丽和丰富得难以言表；它日夜通过高大的绿门向我发出叮当声，尖叫并要求，我一次又一次地逃走，为自己抢夺一片，很小的一片。干旱的夏日已经对附近的绿色植物做出了许多改变，我从来没有想到我会不得不再次诉诸英国红和烧赭黄土。然后整个秋天就为期不远了，收割后的茬地，葡萄酒收成，玉米收获，深红色的森林。我会再一次穿越，日复一日，画几百幅习作。但我觉得那时候，我会再次转向内心，就像我还是个年轻的家伙时所做的那样，完全从记忆和想象里画画，作诗，编织梦想。那也是需要做的。

一个伟大的巴黎画家曾对前来向他求教的年轻艺术家说："年轻人，如果你想成为一个画家，别忘了最重要的是要吃好。其次，吸收是很重要的；要确保你的内脏规律运转。第三，经常养一个漂亮的小情妇。"一个人会认为我已经学会了这些规则，而且再也不会打破它们。但今年，这成了诅咒，甚至在这些简单的问题上，事情已经不再对我有利。我吃得很少也很差，常常连续几天除了面包什么也不吃；有时候胃疼得厉害（我告诉你吧，这是最没用的折磨了），我也没有什么合适的小情妇，只是周旋于四五个女人之间，就像饥饿一样，我现在精疲力尽了。有些事像错误的发条装置。自从我用针拨弄它之后，它又开始走了，但是快得像魔鬼，而且发出一种该死的陌生的咔哒咔哒声。身体安康的时候生命是多么简单啊。你以前从来没有收到过我这么长的信，除非可能有时候我们在调色上发生了争论。我得打住了，将近五点了，美丽的光开始了。热烈的问候来自

你的

克林格梭尔。

又及：

我想起你曾很喜欢我的一幅小画，一幅我所画过最有中国风格的画，有小村舍，红色小径，背景是参差不齐的维罗纳绿色树木和遥远的小镇。现在我无法寄给你，因为我不知道你在哪儿。但它是你的——我想让你知道，以防万一。

克林格梭尔送给他的朋友杜甫一首诗

（作于创作自画像的那些日子）

沉醉，我坐在夜风低语的树林里。
秋天咬噬着吟唱的枝叶；
酒馆看门人喃喃自语，跑向酒窖，
斟满我的空杯。
明天，明天惨白的死神会举起
长柄大镰刀砍向我的嫩肉。
我早就知道这凶恶的敌人，
深深潜藏，潜藏着将我等待。
为嘲弄他，我唱了半夜的歌，
胡言乱语向着疲倦的树林唱着醉歌；
为嘲笑他我唱着，
为讽刺他的警告我喝着。
徘徊良久，我已经完成并忍受太多，
我坐在这暗夜里，饮酒，等待，
异常可怕，直到长柄大镰刀突然闪光
从那颗跳跃的心脏上劈开我的脑袋。

自画像

九月的第一天，几个星期非同寻常的酷热干旱之后，下了几天雨。在此期间，克林格梭尔蜗居在喀斯特格纳塔他那座宫殿的高窗画室里，画他的自画像，该画现收藏于法兰克福市。

这是一幅令人恐惧然而却魔幻般美丽的画，在结束了夏日的劳作和难以置信的灼热、狂风暴雨般的时期之后，他最后的一批画作全部完成了，这幅画则成了其至高无上的荣耀。它引发了诸多的评论，每一个了解克林格梭尔的人立刻就准确无误地在这幅画中认出了他，尽管没有自画像会这样离一种自然相似性那么遥远。

就像克林格梭尔所有的后期画作，这幅自画像也能从广阔多样的视角来欣赏。对一些人，尤其是那些对画家本人一无所知的人而言，这幅画无疑是一首色彩的交响乐，一张奇迹般调和的织锦，尽管它鲜明的色调给人一种平静和高贵之感。其他人从中可以看到一种试图脱离客体的大胆无畏甚至不顾一切的愿望。这张脸画得像一幅风景，头发令人想起树叶和树的沙沙声，眼窝像岩石的裂缝。他们说这幅画是一个自然的回忆者，正如一些山脊让我们联想起人的脸，一些树枝让我们想起手和腿——一切都非常遥远，仅仅是象征性的。但是相反，有些人却只看到了这幅作品中的对象，只看到克林格梭尔的脸，并以艺术家自己严格的心理视野做出分析和解释——一个巨大的忏悔，一个冷酷无情、哭泣的、动人的、令人惊骇的认罪。还有另一些人，包括他一些最刻薄的对手，从中只看到了一幅作品和克林格梭尔所谓疯狂的证据。他们找来照片，拿画中的头和自然中真实的头作比较，在那扭曲和夸张的形象中发现了黑人的、退化的、返祖的、动物的特征。这些批评家中有些人详细阐述了这幅画中偶像崇拜和奇异古怪的方面；他们从中看到了一种偏执狂的自恋，一种亵渎神明的荣耀，一种宗教的狂妄自大。所有这些解释都是可能的，或许还不只这些。

在画这幅肖像的日子里，克林格梭尔几乎从不出门，除了夜里出去喝酒。他只吃女老板拿给他的面包和水果，出门时胡子拉碴，晒黑的眉头和深陷的眼睛看起来真令人担忧。画画的时候，他便坐着，陷入回忆；只是在工作中频繁的间歇里偶尔走到北墙上一面老式大镜子面前，边框画着藤蔓月季。站在镜子前，他会向前伸伸头，眼睛睁得大大的，并做做鬼脸。

在大镜子里那张克林格梭尔的脸后面，在那些愚蠢缠绕的月季之间，他看到了许多张脸，他在肖像中画入了许多张脸：甜蜜和好奇的孩子面孔，年轻的男子气概的眉头和鬓角，充满梦想和热情，嘲弄的醉酒者的眼睛，以及一个看不见的孩子的饥渴的嘴唇，烦恼，苦难，寻欢作乐。但他把头颅画得威严而残忍，让它成为一个丛林偶像，一个猜忌的、自我迷恋的耶和华，一个拿头胎婴儿和处女给自己献祭的图腾。这些都是他的面孔。另外一些则是那个死亡、腐朽之人的面孔，这个人接受了他的命运：他的颅骨上长出苔藓，衰老的牙齿歪歪斜斜，白皙的皮肤绽开裂缝，裂缝里长出鳞片和霉菌。这些特征正是一些朋友特别喜爱这幅画的原因。他们说：这是一个人，ecce homo[①]，这是一个厌世、贪婪、狂热、天真而且久经世故的人，一个我们晚期的、垂死的欧洲人，他渴望死，因每一个憧憬而神经过敏，恶习累累，为他的

---

① ecce homo，拉丁语，“你们瞧，这个人！”彼拉多把戴荆冠的耶稣向犹太人示众时所言，见《圣经约翰福音》19:5。也是尼采一部自传的名字。

死亡知识眉飞色舞，准备好任何一种进步，精熟于任何一种衰退，服从命运和痛苦，比如耽于酒精的麻醉，他孤独，空虚，古老，与浮士德和卡拉马佐夫同时，是野兽也是圣贤，他暴露无遗，他没有野心，他坦率，充满孩子般对死亡的恐惧，充满厌倦地准备去死。

在所有这些面孔后面，更为遥不可及，更为深刻，沉睡得更远、更深、更古老的面孔，是类人猿，是植物人，石头人，仿佛是地球上最后一个人类，在死亡被再一次唤回之前，所有过去年代的形式都带着梦想的速度，那时，宇宙还年轻。

在这段疯狂紧张的日子里，克林格梭尔近乎活在一种迷狂之中。夜晚，他身上带着酒，然后秉烛而立，站在老镜子前，研究玻璃中他的脸，那个总是醉醺醺的人的悲苦、笑嘻嘻的脸。一天晚上，一个女孩跟他躺在画室的长沙发上，他把她的裸体按在他的身上，红红的眼睛越过她的肩膀凝视镜子，在她那放荡不羁的头发旁边他看到那张扭曲的脸，充满欲望，充满对欲望的憎恶。他让她第二天再来，但她感到可怕，并没再去。

他夜里睡得很少。他经常从噩梦中惊醒，他的脸上汗津津的，带着残暴的脾气和对生活的厌倦。但很快他就跳起来并盯着镜子，阅读那些狂乱特征上的荒凉风景，阴沉、厌恶或者微笑地审视它，好像为它的荒废而幸灾乐祸。在一个梦中，他看见自己正受着折磨；钉子被钉入眼睛，鼻孔用钩子撕开。他抓起手边的一本，在封面上画下那张饱受折磨、眼睛里钉着钉子的脸的素描。在他死后我们发现了这张奇怪的画。还有一次，他面部神经痛发作，他把自己绑在椅背上扭动，痛苦地又笑又叫喊着，但他坚持让自己饱受折磨的脸对着镜面，研究那阵阵抽搐，嘲笑那些眼泪。

他不仅把他自己的脸，而且把他的千面之脸画入了这张画中，他把他的眼睛和嘴唇，嘴巴上痛苦的沟壑，额头上裂开的峭壁，树根般的手，发炎的手指，对理性的嘲笑，还有死亡，画进了他的眼睛。在他那古怪、拥挤、简练和参差不齐的脚本中，他带着他的爱、信仰和绝望描画着他的生命。他画了一群裸体女人，像一群被狂风驱赶着的鸟，为了偶像克林格梭尔而惨遭屠杀；他又画了一个年轻人，他有着自杀的面孔；还有神殿和树林，一个长着大胡子、强大而愚蠢的老神，一个女人的乳房被一把匕首劈开，一群蝴蝶的翅膀上长着许多面孔；在这幅画的背面，在混乱的边缘，死神，一个阴郁的魔鬼把一支针一样的小箭射入克林格梭尔的大脑。

当他画了几个小时之后，一股躁动不安驱使他挪动双脚。他心神不安、摇摆不定地在几个房间里踱步，房门一扇扇地在身后嘭地关上，他从橱柜里掀下瓶子，从书架上掀下书籍，从桌子上掀下桌布，躺在地板上读书，他往窗户外面探出身子，深深呼吸，翻检旧图画和老照片，地板上、桌子上、床上、椅子上和房间的角角落落都堆着纸张、图画、书、信件。当裹挟着雨丝的风刮进窗户的时候，一切都悲惨地飘散起来。在那些旧物中，他发现了他儿童时候的一张照片，一张四岁时的照片；他有一头淡淡的金发，穿着白色的夏季西装，在那近乎白色的头发下，一个甜美、目含挑衅的男孩的脸张望着。他还发现了一些他父母的照片和他年轻时代旧情人们的照片。这一切都让他百感交集，让他激动而紧张，并折磨着他，来回地拉扯着他。他抓住一切，又把它们扔掉，直到他的手臂再次痉挛，他便俯身坐到木板前，继续画画。他把肖像上龟裂的沟壑画得越来越深，把他生命的神殿画得宽阔无比，越来越多强制处理的永恒存在，为他的短暂性越来越嘹亮的痛哭，给予他欢乐的肖像更甜美的触摸，对他的腐朽之罪更轻蔑的嘲笑。然后他又跳起双脚，一只被捕的牝鹿，穿过屋子踩踏着罪人的步子。一阵愉快闪过他的心灵，然后是深深的创造欢愉，就像一阵湿透、欢乐的暴风雨，直到痛苦再次把他摔在地板上，把他生命的陶瓷和艺术摔在他的脸上。他在他的画前祈祷，并朝它吐口水。他疯了，正如每一个创造者都是疯子。但是凭着梦游症者万无一失的审慎，在一种创造的疯狂中，他所做的一切都推进着他的作品。他以深切的信念感到，在这残酷的自画像斗争中，所卷入的绝不仅仅是他的命运和一个个体终极的解释，他正在做的是一种人类、宇宙的东西，是必须的。他感到他再次面对一个任务，一种天命，那就是，所有前述的焦躁和努力逃避，所有骚动和狂暴，都已经对那种逃避它的任务和尝试感到了深深的恐惧。现在既没有恐惧也没有逃避，只有推进，砍和削，胜利和击败。他征服别人，又被击败，他忍受苦难，又大笑着向着前路开进，刺杀又死亡，生育又出生。

一个法国画家造访了他。女房东将来访者引入混乱而肮脏的拥挤房间。克林格梭尔走出画室，在他的袖子上画画，在他青灰、胡子拉碴的脸上画画。他大踏步地跑过房间。陌生人向他致以来自巴黎和日内瓦的问候，表达他崇高的敬意。克林格梭尔来回走着，似乎充耳不闻。客人尴尬不已，陷入沉默，打算离开。然后克林格梭尔朝他走来，把沾满颜料的手放在他的肩膀上，一直盯入对方的眼睛深处。“谢谢你，”他缓缓吃力地说，“谢谢你，亲爱的朋友。我正在工作，我不能说话。人们总是说得太多。别生气，并向我的朋友们致以问候。告诉他们我爱他们。”他又消失在另一个房间里。在那饱受蹂躏之日的结尾，他把那幅完成的画放进空置无用的厨房里，把房门锁上。他从不给任何人看。然后他前往维罗纳（意大利城市），酣睡了一天一夜。然后他洗了个澡，刮尽胡子，穿上干净衣服，骑车进入城市，带上水果和香烟去找吉娜。

艺术家

［俄］弗谢沃洛德·米哈伊洛维奇·迦尔洵

陈　龙译

I
德多夫

今天，我有一种如释重负之感，仿佛从肩头甩掉了一座大山。好运就这么突然地就从天而降了！我工程师肩章，从此见鬼去吧！我的机械设备和各种评估预算，你们也都下地狱去吧！

但是，我之所以能潇洒地抛弃职务，仅仅是因为我可怜的姑妈留给我了一笔遗产；只是由于这个缘故，我就为她的逝世感到如此庆幸，这不是一件很寡廉鲜耻的事吗？是的，就在她临终前，还期望我全身心地投入到我最心爱的事业上，现在我之所以很高兴，也因为经过一番努力之后，终于实现了她热忱的夙愿。这事发生在昨天……当我的上司听到我将辞去职位的时候，他吃惊的样子看上去简直傻透了！当我向他解释我为什么要这么做时，他惊讶得连嘴巴也合不拢了。

“出于对艺术的爱？……嗯！……请你写份辞呈交给我吧。”他没再多说一句话，转身便走掉了。不过，这些就够了，我也不需要更多的东西了。我自由了，我是一个艺术家！这不正是上天所赐的最高幸福么？

我想远离人群和圣彼得堡，去一个遥远的地方。于是，我雇了一条船，沿着海岸线航行了很长一段。海水，天空，在阳光下闪烁的远方的城市，绕过海湾滨岸的蓝色树林，喀琅施塔得[①]港湾上林立的桅杆尖顶，驶过我身边的数十只汽船和滑行般掠过水面的帆船——凡此一切，在我看来都新奇得发光。所有这一切，如今都是我的，一切都归我一人掌控。我能把任何东西抓过来，把它抛洒在画布上，在那群被艺术的魅力震惊得目瞪口呆的观众面前，把它展现出来。当然，一个人在尚未把熊打死之前，不应该急于兜售熊皮；要知道，到目前为止，我还不能称为一个多么伟大的艺术家。

小船敏捷地撕开光滑的水面。船工是个身材高大，魁梧强壮，面庞英俊的年轻男子，穿着一件深红色的衬衫，不知疲倦地来回划动双桨。他忽而向前弯腰，忽而向后回仰，每一次扳桨都把小船向前推进很远的距离。落日余晖打在他的脸膛和红色衬衣上，产生了惊人的效果，我很感动，要给他画一张色彩绚丽的油画。我装有画布、颜料和画笔的小箱子随时带在身上。

“先别划船了，你就安安静静地在那儿坐一会儿，我给你画个像。”我说。

---

① 喀琅施塔得，俄罗斯重要军港，位于芬兰湾东端科特林岛，东距圣彼得堡 29 公里，彼得大帝于 1703 年所建。

他丢开木桨。

“摆出划桨的姿势，就像你在飞翔一样。”

他抓起双桨，像一只鸟儿铺展着翅膀那样，摆出一个优美的姿态。我飞快地用铅笔勾勒出轮廓，开始一笔一笔地上色。我怀着一种奇妙的愉悦心情，调和着各种色彩。我知道，只要我还活着，就没有任何力量可以把我从这些色彩身边拉开。

船工很快就累了，他脸上激昂、剽悍的表情渐渐变得呆滞、冷漠。他开始打呵欠，有一次他甚至用袖子去擦了擦脸，为此，他不得不勾下头去就着木浆。他衬衫上的褶皱完全消失了。真讨厌！我一向最讨厌模特动来动去。

“你就不能安稳地坐着吗，老弟!”

他赧然一笑。

“你笑什么?”

“这很有趣，先生!”他说着又羞怯地笑了。

“这有什么有趣的?”

“干嘛画我呀，又好像我是一个什么稀罕物似的。又好像我是一幅画儿。”

“说得分毫不差，我的朋友——你就是一幅画儿。”

“你画它有什么用?”

“为了练习写生。你瞧，我画小幅的画已经有一段时间了，现在我该开始画一些大家伙了。”

“大家伙?”

“对，有三俄丈那么大都行。”

他沉默了，接着，又一本正经地问：

“我猜你也能画圣像，是不是?”

“圣像我也能画。不过，我宁愿画世俗风景。”

“我明白了。”

他表明自己完全理解了，然后又问：

“你要它们有什么用呢？”

“什么有什么用？”

“这些画儿……”

当然，我并没有趁机向他发表一番关于艺术之意义的演说，我只是说，这些画可以卖个好价钱——一幅画可以卖上一千、两千，甚至更高的价钱。听到这个答复，船工的好奇心得到了满足，他没再问更多的问题。这幅画画得棒极了（落日余晖映衬在红印花棉布上，这些暖色调是多么可爱啊），画完后，我欢欣鼓舞地回家去了。

Ⅱ
雅比宁

我面前站着模特老塔拉斯，他的姿态僵直而别扭，X 教授曾让他把“手放在头上”，因为这被认为是一个“非常经典的姿势”。我的周围是一大群同学，他们都像我一样，坐在画架前，手里拿着调色板和画笔。最前面坐着德多夫，尽管他是个风景画家，但这会儿他却热诚满怀地画着塔拉斯。教室里鸦雀无声，死一般沉寂，弥漫着颜料、画油和松脂的气味儿。每隔半个小时，塔拉斯就可以休息一次。他坐在充当台座的货物箱子的边缘处，从一个“模特”变成一个普普通通的裸体老人。他舒展一下因为长久不动而变得麻木僵硬的四肢，连手巾也不要，随手擤鼻涕，或者干些别的事情。学生们簇拥在画架前，互相品评彼此的作品。我的画架前总是围着一大群人，因为我是画院里的天才学生，引用知名艺术评论家V. S. 先生令我深感荣幸的说法，我承载着成为“画院之星”的巨大希望，V. S. 先生很早就曾预言，“雅比宁必成大器。”这就是大伙儿都看我作品的原因。

五分钟后，大家又都回到自己的位置上。塔拉斯爬到他的台座上去，把一只手放到脑袋上，我们又都胡涂乱画起来……

日复一日，无不如此。

无聊得很，不是吗？我早就意识到这一切是多么地无聊。但是，我像是一台已经打开蒸汽口的火车引擎一样，摆在前面的仅有两条路：要么沿着铁轨滚滚前进直到蒸汽耗尽，要么脱离轨道，把那些形式规整的钢铁和黄铜巨人肢解为一堆面目全非的残骸。我正在铁轨上，铁轨严丝合缝地紧扣住我的轮子，一旦我脱轨，又会怎么样呢？不管怎么说，我也必须乖乖儿驶往车站，哪怕我觉得这车站像一个令人恐惧的黑洞。有人会说，这是艺术活动嘛。当然，说它是某种艺术的玩意儿，固然无可置辩；但说它是一种活动就……

每当我流连于画展之间，欣赏着一幅幅画儿时，我在画中看到了什么呢？是一些涂上颜色的画布。画布上用别出心裁的方式涂抹着颜料，在你的头脑中产生出与那些人造实物相似的效果。人们来欣赏画作，惊呼奇迹——色彩的安排多么巧妙啊！此外，就没有什么别的好说的了。关于这个问题，有很多书籍都谈到了，多得简直堆积如山；其中有很多我都读过。但是，从这些泰恩、凯瑞尔斯、库格勒等一系列阐述艺术的书籍那里，包括从普鲁东的艺术著作那里，其实都得不出什么明确的要领。他们振振有词，大谈特谈艺术有何意义，但每当我读那些书的时候，我的意识背后都会蹦出一个想法：它们真的有意义吗？我还从来没有见到过，一幅好的画能对人产生什么好的影响。那么，为什么我要相信这些鬼扯呢？

为什么要相信呢？我倒是应该相信，至少这是个艺术的本质问题，但是，我怎么才能相信呢？我怎么才能相信，我整个一生献身艺术，不仅仅是去满足那些乌合之众愚蠢的好奇心（如果只是激起他们的好奇心，而不是别的更糟的东西——比如，激起他们的劣根性，那倒还情有可原），或者不是为了满足某些大腹便便的暴发户们的虚荣心呢？这些架在两条肥腿上的大肚皮，神情呆滞地漫步到我的一幅呕心沥血、备尝艰辛的画前——一幅在剧痛的经验中诞生，不仅用颜料和画笔，而且用我绷紧的神经和心血绘就的画前——咕哝道："嗯，还不错。"然后把一只手插进他鼓胀的口袋里，扔给我几百个卢布，就这样，他把画从我这儿拿走。同时，连同所有渗透在创作中的那些情感和灵魂的萌芽，那些不眠之夜，那些欢乐和痛苦，希望和沮丧，也被他一起带走。于是，我又茕茕孑立、孤身一人地走在人群中间。夜晚，你机械地画着模特，早上，你机械地画着他，用你突飞猛进的技艺激起教授们和同学们兴奋的惊叹。我做的所有这一切是为什么呢？我到底要走向何地呢？

自从我卖出最后一幅画，已经过去四个月了，可是我还没什么主意创作一幅新画。我盼望着我的脑子里能想起点儿什么……那会让我获得一段彻底忘我的时间，我会把自己完全交给画画，就像一个进入修道院隐修的人，全神贯注地画画。到哪儿去？为什么？——这些问题一到工作的时候便消失得无影无踪；有，但仅有一个念头在你脑子里，一个单纯的目的，实现这个目的便会给你带来无限的欣慰和愉悦。一幅画就是一个你栖居其中，并对其负有责任的世界。世间的规则在这里全都消失了——在这个属于你的新世界里，你为自己创造新的东西，你感觉在其中，你体会着你的公正，你的高尚或者你的渺小，以及你的虚伪，都以你自己的方式，超然于生活。

但是，并不是什么时间都可以画画。傍晚的薄暮中断了你的工作，你重又回到生活中，再次聆听那永恒的问题："为什么?"这个问题让你难以成眠，让你在床上辗转反侧，浑身烧热，你睁着大眼凝视着无边的黑暗，仿佛答案就在黑暗中的某个地方写着。黎明前你才沉沉入睡，当再次醒来时，重又走进另一个梦想的世界。在这个梦想的世界里生活的，只有那些从你身上幻化出来的种种形象，它们在你面前的画布上渐渐显出图形和色彩来。

"雅比宁，你怎么不画了?"旁边的人大声地问我。

我陷入了冥思之中，一听他的问话，不禁为之一震。我托着调色板的手无力地悬垂着，双排扣长礼服的衣襟蘸到了颜料，变得脏兮兮，画笔洒落一地。我看看我的画稿，已经完成了，而且完成得很好：塔拉斯栩栩如生地站在画布上。

"我画完了。"我对旁边的人说。

同时也下课了。模特从箱子上下来，开始穿衣服。所有人开始嘈杂地收拾他们的东西。一阵嗡嗡的交谈声响起。同学们朝我围拢过来，并恭维我的作品。

"一幅杰作，杰作……这是最佳作品。"有人说。另一些人却都沉默着：艺术家向来是不喜欢相互恭维的。

Ⅲ
德多夫

我想，我在同学们中间是受到普遍尊敬的。毫无疑问，这不得不归之于我比他们的年纪都大一些。学院里唯一比我大的人是沃尔斯基。是的，艺术具有一种神奇的吸引力！沃尔斯基是个退役军官，一个约摸四十五岁、头发完全灰白的和善老头儿；在这样一个年纪进入画院，一切从头开始学起——难道不是一次很英勇的战斗吗？他工作异常勤奋：在夏天，无论晴雨，他以一种宗教般的热忱从早到晚练习素描；在冬季，天亮的时候，他总是在画油画，黄昏，他画素描。在两年之间，他取得了巨大的进步，尽管上天并没有赐予他任何特殊的天赋。

而雅比宁就是另一个例子：一个魔鬼般的天才苗子，可惜他懒得可怕。尽管所有年轻的艺术家们都对他崇拜得五体投地，我却并不认为他会成什么大器。尤其让我莫名其妙的是，他对那些所谓的现实题材有着奇怪的嗜好：他总爱画农民的树皮鞋子，脚围套子和羊皮袄，好像他在现实生活中还没看够这些东西似的。最令人称奇的事情是，他几乎从不工作。有时候他会坐下来，花上一个月的时间完成一幅画，每个人都对之大呼小叫，好像这是个奇迹似的。然而同时也承认，他的技巧手法却与大家期望的相差甚远（以我之见，他的技巧手法实在糟糕透顶）。然后，他甚至连素描也不再画了，愁云满面，不与任何人说话，就连我这个比起其他同学与他走得更近的人，他也不愿理睬，尽管他也不回避我。真是一个奇怪的年轻人！这些在艺术中总也找不到十足满意的人，简直让我觉得不可思议。他们完全不懂得，再也没有什么东西比艺术创作更能让人变得高贵。

昨天，我完成了一幅油画，然后把它展览出来，今天人们已经在问价格了。低于 300 卢布，我是不会卖的。已经有人出价 250 卢布了。以我之见，价格一旦敲定，就决不应该做分毫退步。那样反倒会让人们尊重你。现在，这幅画既然肯定能卖出去，就更加没有降价的理由了。画儿的题材是很流行的，并深受大众喜爱：冬天，落日，斜阳的霞光残晕鲜明地映衬出前景的几根黑色树干。K. 就是这样画的，可他那些画多畅销啊！听说他在一个冬天里就赚了两万卢布。真牛！生活得还挺滋润！我实在搞不懂有些艺术家怎么会穷困潦倒到那种地步。学学 K. 吧，如今，他没有一块画布是浪费的，所有的都销售一空。你只需要对事物持一种常识性的观点：当你在画一幅画的时候，你是一名画家、艺术家；一旦画作完成了，你就是个商人；并且，你对生意把握得越精明越灵活，就越好。人们总想着欺诈我们艺术家。

Ⅳ

雅比宁

我住在斯荷德尼大道第十五街，我每天要在外国汽船停泊的码头一带做四次散步。我喜欢这个地方，喜欢它的光怪陆离，它的喧嚣嘈杂和熙来攘往，喜欢它提供给我的丰富素材。在这儿，我可以观察那些短工搬运着麻袋，工人启动绞盘和绞车起货机，脚夫推着载满各种货物的小车，我学会了描画劳动工人。

我和风景画家德多夫一起步行回家。他是一个善良和天真的人，正像纯粹的风景那样，他深爱他的艺术。瞧，这是一个对一切都毫不怀疑的人，他看到什么，就画什么：如果他看到一条河，他就画一条河，如果他看到一片茂草丛生的沼泽，他就画一片茂草丛生的沼泽。至于他为什么喜欢那些河流和沼泽，他从来没有思考过。听说，他是一个有文化修养的人，至少他修完了工程师学校的课程。在继承了一些能够保证他衣食无忧的财产或别的东西之后，他辞去了在行政部门中的职位。现在，他不顾一切地画画：夏天，他从早到晚坐在田野或树林里写生；冬天，他从不知疲倦地描绘日落、日出、正午；他描绘雨前、雨后、冬天、春天等。他已经把他的工程师业务忘得一干二净，而且丝毫不觉得惋惜。只是当我们走过码头时，他经常向我解释那些钢铁庞然大物的用途——机器部件，锅炉，以及其他一些从汽船上卸载到岸上的零件和废品。

“看那个，从船上卸下来这么个大锅炉！”昨天晚上他对我说，一边随手用棍子在锅炉上敲出轰隆的巨响。

“难道我们自己不会制造锅炉吗？”我问道。

“我们倒是也造，但是造得太少，不够用。看看他们运来了多少啊。还有那糟糕透顶的工艺，不得不把它们放在这儿加工修理一下。看看，那些焊缝不都开裂了吗？瞧，这儿的铆钉也都松动了。你知道那是怎么铆的吗？一件惨无人道的活儿，我跟你说。一个人爬进锅炉里，从里面用钳子夹住铆钉，使尽浑身力气把胸膛按压在上面，外面的工人抡起锤子，猛击铆钉，直到把它打出一个像这样的铆钉帽。”

他指着一长排沿着锅炉的接缝凸起的金属圆帽。

“可是，德多夫，那样不就等于是锤打在他的胸上嘛！”

“是的，的确如此。有一次，我钻到锅炉里去尝试过，打完第四个铆钉爬出来之后，已经是半死不活了。我的胸膛都淤紫了。可是不管怎样，这些人都已经习惯了。说实在的，他们就像苍蝇一样死去。忍受一年、两年，再往后，就算那个人仍然活着，他也几乎无法适应任何工作了。你可以试试看，要是你的胸不得不接受一整天的猛烈锤击，还是蜷缩在那样一个令人憋闷窒息的锅炉里，你的腰也成废品了。冬天，铁上都结了冰，冷得要命，他还是得坐在或躺在铁板上面。瞧见没，那边那个锅炉——窄窄的、红色的那个，看到了吗？窄得你甚至无法坐在里面：你必须侧身挺胸躺着，还得照样把胸膛贴上去接受锤打。对那些‘铁砧人’，这实在是件艰苦的工作。”

“铁砧人？”

“对，铁砧人，是那些工人们给他们的外号。噪音太大，他们的耳朵常常被震聋。还有啊，你以为他们为这个繁重的苦工挣到了很多钱吗？只不过一丁点微薄收入！因为这儿的活儿既不需要技术，也不需要艺术，需要的仅仅是肉体……要知道，雅比宁，在所有这些工厂里，你会得到多少痛苦的印象啊！能够永远脱离这些磨难，我打心眼里感到高兴。一开始，看到这些悲惨景象，你简直连活下去的愿望都没有了……这能跟同自然打交道相提并论吗！至少大自然不会伤害你，并且，也不应该像我们艺术家剥削自然那样去伤害它……你瞧，好好看看，多么美妙的灰暗色调啊！”他突然停住不说了，用手指着一片天空。“低一些，就在那儿，就在那一片云彩下面——不是很美吗！它含有一丝绿荧荧的韵味。如果你要按它本来的样子画下它，画得惟妙惟肖，我敢说，没有一个人会相信你。那事实上并不糟，是吗？”

我表示同意，尽管如此，说实话，在那片暗褐色的圣彼得堡天空中我并没有看到什么美丽的东西。所以，当他正要自我陶醉地去赞美另一朵云彩旁边的什么奇观时，我打断了德多夫说：

“告诉我，在哪儿可以看到那些‘铁砧人’?”

“我们一起下工厂去吧，我给你看看那儿的种种情形。要是你喜欢的话，明天我们就可以去。不过，莫非你打算画‘铁砧人’? 别想了，不值得一画。难道你就不能找些别的更快乐的东西画画？至于那个工厂嘛，我们随时都可以去——如果你喜欢的话就明天吧。”

我们当天就去了工厂，仔细考察了一番。我们也看到了“铁砧人”。他蜷缩在一个锅炉里，忍受铁锤击打在他的胸上。我盯着他看了半个小时。在那半个小时里，铁锤扬起并落下了几百下。那个汉子扭动着。我一定要把他画下来。

V
德多夫

雅比宁脑子发昏，竟然冒出了这么一个愚蠢的想法，我简直不知道该对他作何想。三天前，我带他去一个金属加工厂。我们在那儿待了一整天，考察了所有的东西，我还向他讲解了各种生产程序（让我吃惊的是，我的专业知识还没有完全荒废）。最后，我把他带到锅炉间。他们正好在制造一个巨大的锅炉。雅比宁钻进去，在那儿观察了半个小时，看工人如何用一个钳子握紧铆钉。从里面爬出来的时候，他的脸色苍白不安，惊恐颓丧。回去的路上，他一句话都没说。今天，他向我宣布，他已经开始画“铁砧人”了。多荒谬的点子！在龌龊不堪的泥巴里寻找什么诗意！在这儿，我可以无所顾忌地说出我的想法，说出我从没说过的话，坦率地讲出在大庭广众之下不可能说出的一切。以我之见，艺术作品里凡是跟农民沾上点边儿的东西，都是无比丑陋的。谁喜欢列宾的那些声名狼藉的《伏尔加河上的纤夫》①呢？那幅画画得的确很出色，我承认，但也仅仅就是那样而已。这里哪有什么美、和谐和优雅可言呢？艺术之所以存在，不正是为了再现自然里的优雅之处吗？

我现在画的可不是那等货色！再过一天或者两天的工夫，我那幅静谧的《五月清晨》就大功告成了。春天的池塘里微微漾起一丝丝涟漪，萎靡的杨柳在水面上垂下枝条，东方曙色燃烧得灿烂火红，把羊毛似的细碎云朵染成一片玫瑰红色。画中的人物，一个妙龄少女提着一只水桶往陡岸下走，一群鸭子惊惶地游走。就是这样。看起来简洁朴素，但我清楚地感觉到，画中蕴含着无穷的诗意。这才称得上是——艺术！它将一个人的灵魂熨帖成一种温和、恬静的渴望情绪，它柔化了他的心灵。但是，雅比宁的“铁砧人”就不会打动任何一个人，这恰恰是因为，任何人的眼睛一触碰到那些污秽肮脏的破布和丑陋不堪的嘴脸构成的肮脏图景时，都会避之唯恐不及，生怕被刺伤。真是件咄咄怪事！比如在现在的音乐里，粗粝的噪音、刺耳的和弦是不允许出现的；那为什么我们，我们这些画画的，就该被准许去描绘那些丑陋和令人无比厌恶的图像呢？我必须就这个问题同L. 谈谈，他会写一篇文章，在文章里煞煞雅比宁的锐气，教训他一番。他就该这样做。

---

① 《伏尔加河上的纤夫》，是伊里亚·叶菲莫维奇·列宾的代表作，也是他的成名作，现实主义绘画杰出的代表作之一，表现了纤夫们悲惨的生存情景。现藏圣彼得堡俄罗斯国立美术馆。

Ⅵ
雅比宁

我已经两个星期没去画院上课了。我一直在家坐着，画画。这个工作完全把我折磨得精疲力尽，尽管工作进行得还算顺利。我应该说，“因为”它进行得不错，而非“尽管”。我所画的这个东西越是接近完成，我就越是觉得它恐怖不已。我有种感觉，这将是我画的最后的一幅画。

看，他就在我的面前，蜷缩在乌黑的锅炉角落里，身体弯曲不平，衣衫褴褛，疲惫得喘不过气来。要不是光线透过铆钉钻的圆孔射进来，就完全看不见他。这一点点光让他的衣服和脸庞闪闪发光，隐隐闪烁的金色光斑打在他的破衣服上，打在他暗淡无光、肮脏污秽的胡须和头发上，他那汗水混合着尘土流淌下来的青灰色的脸上，打在他结瘤粗粝、青筋凸起的双手上，打在他宽阔、凹陷、被折磨变形的胸上。从上面一刻不停地降落到锅炉上的可怕锤击，让这个不幸的人每每使出全身微弱的力量，在那不自然的姿势下保持住身体的平衡。我已经尽我所能地描述了这个汉子艰苦支撑的状态。

有时，我把调色板和画笔放到一边，离画尽可能远一些，坐下来，直直地观察它。我对它很满意，我从来没有把一个如此可怕的东西画得这么好。唯一的麻烦倒是这种满意本身，它并不让我感到愉悦，反而给我凭添了许多折磨。它不是一幅用颜料画成的画，它是一个熟透的病瘤。它将如何终结，我不知道，但我预感到，在这幅画之后，我将再也没什么东西可画了。带有各种情感和各种典型面部表情的捕鸟人、打鱼人和猎人，所有这些“取之不尽的风俗题材领域”，现在对我又有什么价值？我将再没有像这个“铁砧人”那样感人至深的题材了，当然，如果这个“铁砧人”真的感人至深的话……

我做了一个试验：我邀请德多夫过来，给他看我的画。他说的全部话就是，“哦，天哪！”然后，两手一摊，不作声了。他坐在那里，足足看了半个小时，然后沉默地告辞离去。我相信他被我的画打动了……不管怎么说，他终究是一个艺术家啊。

我也坐在我的画前，我也被它深深地打动了。你看着它，看着看着就无法把你的眼睛从它上面移开了；你同情那个饱受折磨和虐待的人，和他承受着同样的痛苦。有时，我甚至听到了铁锤的击打声……我简直快被它弄疯了。我必须把它遮盖起来。

我用一块麻布遮住了画和画架，但我仍然坐在它的前面，一种模糊不清而沉默无言的恐怖思想吞噬着我的意识。夕阳西斜了，一束倾斜的黄光透过满是灰尘的玻璃窗格，投射在覆盖着麻布的画架上。绝似一个人物形象。真像德国演员扮演的《浮士德》里的那个大地精灵。

……*Wer ruft mich*？[①]

谁在呼唤你？是我，是我亲手在这儿创造了你。我唤出了你，不是从什么“空间”里，而是从一个乌黑、憋闷的锅炉里唤出了你，为的是让你的样子惊吓到那些干干净净的人，那些油头

① *Wer ruft mich*，德语：谁在呼唤我？引自《浮士德》第一章。

粉面的、可恶可恨的乌合之众。来吧，你这个被我用我的魔咒力量禁锢在画布上的人，浮现出来吧，从画面上看看那些燕尾礼服和拖地长裙，朝他们呐喊：我是一个日益扩展的溃烂脓疮！毁灭他们的心脏，剥夺他们的睡眠，像一个幽灵一样出没在他们的眼前吧！把他们搅得心神不安，就像扰乱我的精神那样……

是的，一定是这样的！……画已经完成了，被放在一个镀金画框里。两个侍者会把它扛在头顶，搬到学院去参加展览。现在，它已经挂在那些《中午》和《落日》之间，临近一幅《抱着小猫的女孩》，不远处是那幅三俄丈大小的《伊凡四世用笏杖刺穿瓦士卡・施巴诺夫的脚》[1]。你不能说没人观赏它，人们会看着它，甚至有人赞扬它。艺术家会品评油画的技法。评论家，凭着他们一贯的伎俩，在一旁偷听，并迅速动笔记录到笔记本上。唯独 V. S. 先生超越众人，慧眼识真；他欣赏，首肯，赞扬，推崇，然后紧紧握住我的手。那个艺术评论家 L. 将会猛烈地抨击那个穷苦的"铁砧人"，并大喊大叫："但是美存在于哪儿？告诉我，美在哪儿？"然后他会用一套华丽的言辞把我骂得体无完肤。至于公众……公众冷漠无情地走过，或者扮出一副厌恶的怪相。夫人们会只说"Ah，comme il est laid，ce Huamn Anvil"[2]，然后游荡到下一幅画前，《抱着猫的女孩》，看着画儿她们会说：

---

① 《伊凡四世用笏杖刺穿瓦士卡・施巴诺夫的脚》，是列宾的油画，原名《1581 年 11 月 16 日恐怖的伊凡和他的儿子》，也译作《伊凡四世杀子》。该画生动展现了俄国第一任沙皇伊凡四世生性残暴，争执中失手杀死自己的儿子，失去皇位继承人，并痛悔不已的场景。

② "Ah，comme il est laid，ce Huamn Anvil"，法语：啊，他真丑，这个铁砧人。

“漂亮，真漂亮。”或者其他诸如此类的话。道貌岸然、趾高气扬的绅士们会睁大一双公牛般的眼睛盯着它，然后垂下眼睛看看画展目录，发出一种半似牛哞半似饱嗝的声音，接着便若无其事地继续往前浏览。或许只有某个年轻人，或者某个年轻的女孩会停下脚步，聚精会神地观看，在画布上那双备受折磨、充满痛苦的眼睛的俯视下，惊奇地读出我在画中寄予的痛苦呐喊。

可是，接下来呢？这幅画会被展出，买下，并被人带走。那么我还能剩下些什么呢？近些天来我所感受到的一切，是否都将消失得无影无踪？这一切的结果，是否只不过引起一阵激动，事过境迁之后便松弛下来，去追寻另一些天真的主题？……天真的主题！我突然想起一个我熟知的画廊商人，想起他编辑藏画目录时的场景，他向职员大喊道：

“马丁诺夫，记下来！112 号。第一个恋爱场景：少女摘玫瑰。”

“马丁诺夫，另一个！113 号。第二个恋爱场景：少女嗅玫瑰。”

我是不是又该像以前那样去嗅玫瑰花呢？或者我将脱离轨道？

Ⅶ
德多夫

雅比宁的《铁砧人》已经基本完成，今天他邀请我去看一看。我是带着一种成见去的，但是，我必须说，我看到的情景让我改变了原来的观点。感人至深，震撼灵魂。技法很巧妙。人物呼之欲出。最棒的是它那显得虚幻同时又高度真实的光线，惊为鬼神，完美绝伦。这幅画毫无疑问有它的优点，却与它怪诞、荒谬的主题格格不入。L. 完全赞同我的看法，他的文章也会在下周见诸报端。我们倒要看看，雅比宁那时候会说些什么。当然，L. 批评这幅画也有些困难，至少要提及技术，但最终，他还是会把这幅画当作一件艺术品来探讨它的意义，而艺术品是不会容忍自己被降低到去为那些低级、庸俗和模棱两可的思想主题服务的田地的。

L. 今天拜访我了。他对我赞不绝口。在一些细节的问题上，他提出了一些批评，但是从整体上来讲，他是十分赞赏的。要是教授们能以他的眼光来看看我的画儿，那该多好啊！我非常怀疑我是否能得到所有画院学生都梦寐以求的金质奖章。一枚奖章，四年公费的留学生活，收获在望的——教授席位……是的，丢掉那件悲惨、庸碌的工作，抛弃掉那种非人所做苦差事，在那儿，你每走一步都会撞上一个又一个雅比宁所画的“铁砧人”。这件事我没有做错。

Ⅷ
雅比宁

这幅画卖掉了，并被带到了莫斯科。我得到了一笔钱，应朋友们的要求，我必须请他们到“维也纳”餐馆去大吃一顿。我不知道这个习俗是从什么时候兴起的，但事实上，几乎所有的年轻艺术家们都是在这家餐馆的偏角大厅里举办宴席的。那是一个宽敞高大的房间，悬挂着青铜枝形大烛台，因为年深日久和香烟熏烤，地毯和家具都变得发黑了。那架大钢琴已经老迈不堪，常常在即兴演奏的钢琴家的欢快手指下苟延残喘地度过余生。唯独一面大穿衣镜是崭新的，因为它一年要换两到三次。只要爱摆阔气的商人们在艺术家之后使用了这个偏角大厅，他们就会更换一次穿衣镜。

来的客人还真不少：风俗画家，风景画家和雕塑家，某个小报的两位专栏评论家，还有一些陌生人。他们开始开怀畅饮，高谈阔论。半个小时之后，所有人都开始喋喋不休，因为每个人都有些醉了。我也是。我记得，我被大家抬起来，往上抛掷，我还发表了一番演讲。后来，我亲吻了其中一个评论家，并同他喝交杯联谊酒。我们喝酒，聊天，不断地亲吻，直到凌晨四点，才散场回家。如果我没记错的话，我的两个同伴醉得不省人事，就留在“维也纳”餐馆的偏角大厅里过了夜。

我浑浑噩噩地回到家中，一到家就一头扑倒在床上，衣服都没脱。我感觉自己像是一只在暴风雨中飘摇的船只，房间和床搅成一团，颠簸不已，胡乱旋转。这种幻象持续了两三分钟，然后我就沉沉地睡着了。

我睡得很死，醒来的时候，天已经非常晚了。我头疼，身体像铅块一样沉重。很长时间我都睁不开眼睛，当我睁开眼睛的时候，我看见了画架——空落落的画架，画却没了。它让我想起了过去几天的体验，但现在，一切都要从头开始……我的上帝，我必须做些什么结束这一切！

我的头疼得越来越厉害了，一团薄雾萦绕着我。我睡了醒，醒了又睡。我不知道，笼罩着我的是死亡般的寂静，还是震耳欲聋的噪音，抑或是一种恐怖的嘈杂震慑住了我的耳朵。可能是寂静，但是寂静中有什么东西在叮当作响，敲击，旋转和纷飞。就像一个一千马力的巨大水泵，从一个无底深渊抽出水来，抽水时伴随着轰隆巨响，以致人无法分清落水沉闷的重击声和发动机的轰鸣声。在这些声音之上，还有一个沉闷的、冗长的、难以忍受的声音不断鸣叫着，刺激得我昏昏沉沉。我想睁开眼睛，站起身来，走到窗前，打开窗，听听鲜活的声音，人的说话声，四轮马车的咔哒声，狗的吠叫声——任何声音都行，就是不要听到那缠绵不绝、无休无止的喧闹。但我浑身瘫软无力。我昨天喝得酩酊大醉。因此，我只好躺在这儿，仔细倾听，永无止境地听下去。

就这样，我醒来，又睡着了。敲击声和咔哒声再次响起，更加刺耳，并且，越来越清晰地向我逼近。轰鸣声如在近旁，与我的脉搏保持同一节奏。这些敲击声是在我身体里呢，还是在我脑子里，或者在体外呢？粗糙，清晰，刺耳……一—二，一—二……一只铁锤砸在金属上或别的什么东西上。我清晰地听到锤击钢铁的声音，那钢铁嗡嗡作响，急剧震颤。一开始，铁锤发出沉闷的声响，就像落在一个粘质的团块上，随后变得簌簌有生气，愈加洪亮，直到最后大锅炉声如洪钟地响了起来。紧接着停顿了片刻，沉寂了下来；但立刻，又兀自响了起来，越来越响，一直发展为那种震耳欲聋、令人头痛欲裂的叮当声。是的，就是那样啊：一开始他们敲打柔软的、烧得通红的烙铁，然后烙铁变冷变硬了。铆钉冷却、变硬之后，锅炉就跟着轰鸣起来。现在我明白了。但是其他那些声音又是什么呢？我努力地想搞清楚这究竟是怎么回事，但我的脑子被一团薄雾包裹着。看起来很容易就能想起，它时常在我的意识里出没，如此迫近地沉浮回旋着——但它到底是什么我却不知道。不管怎样，我就是抓不住它……不管了，就由它去敲吧。我本来知道它是什么，只是我回忆不起来。

但是，这噪音一会儿膨胀增大，一会儿又减弱消失，忽而一下子又增大到一种震耳欲聋、令人难受的音量，忽而又几乎完全消失。在我看来，就像不是那个噪音消失了，而是我自己消失到某个地方去了。我听不见任何声音，我麻木得无法翘动一根指头，疲乏得眼皮都不能睁开一下，喉咙里也发不出声音。我陷入一种麻木僵化之中，巨大的恐怖攫住了我，我一身冷汗地醒来。毋宁说，我醒到另一个梦里去了。我梦见自己又到了工厂里，但不是我和德多夫一起去的那个。这个工厂要大得多，也阴暗得多。两边都立着从未见过的奇形怪状的巨大熔炉。它们喷射出一团团熊熊的火焰，烘烤着早已变得漆黑的房顶和粘满煤烟的墙壁。机器摇摇晃晃，尖声嘶叫着，我几乎无法从那些旋转不止的轮子和颤抖着奔跑的皮带之间走过去，四下里连一个人影儿也看不见。从什么地方发出敲击声和轰鸣声：那儿有人正在工作。从那儿可以听到狂野的尖叫，可怕的锤击；我害怕走到那儿去，但是有一股什么力量推动着我，让我朝那儿走去。锤击声变得更响了，呼啸声更加恐怖。所有的声响都卷入了一片咆哮之中，于是我看见……我看见一个异常可怕而丑陋的生物在地上蠕动着，从四面八方雨点般落下的锤子纷纷砸在它的身上。周围一大群暴民在打他，手里捡着什么就用什么打。所有我熟悉的人全都在这儿，他们面目狰狞，挥舞着大锤，撬棍，木棒和拳头，愤怒残暴地击打着那个生物，那个我还不知道他名字的人。我知道是他，是同一个人……我冲上前去，想喊出："住手！你们在干什么？"……突然之间，我看到一张苍白、扭曲得变了形、异常可怖的脸——之所以可怖，是因为那张脸正是我自己的。我看到了我自己——也就是另外一个我，挥舞起锤子，正要疯狂凶残地锤击下去。

然后，那个锤子落下来打在我的头盖骨上。一切都消失不见了。有一段时间我还能意识到黑暗、寂静、空虚和我的纹丝不动，但是不久之后，连我自己也不知消失到什么地方去了……

* * * * * * *

雅比宁一直不省人事地躺在床上，直到天黑。最后，那个芬兰女房东猛然想起她的房客一整天都没有离开房间，便想走进他屋里去看个究竟。一发现那个贫穷的年轻人正发着高烧，翻来覆去地说胡话，她吓坏了，用她那别人难以听懂的方言发出一声惊叫，连忙差她女儿去请来医生。医生来了，看了看，摸了摸，听了听，嘴里咕哝着什么在桌旁坐下，写了一张药方之后，便扬长而去了。雅比宁继续躺在床上胡言乱语，翻来覆去。

Ⅸ
德多夫

昨天狂欢畅饮之后，雅比宁，可怜的撒旦，就病倒了。我去看他，发现他躺在床上不省人事。他的女房东在照看他。我不得不给她一些钱，因为雅比宁的桌子上连一个戈比都没有了；我不知道是哪个混账的女人把钱偷走了，还是在“维也纳”的时候他全花光了。说实话，昨天我们度过了一个美好的夜晚，玩得非常痛快。雅比宁和我喝了交杯联谊酒，也和 L. 喝了。L. 是个好小伙子，他是多么懂得艺术啊！我从不知道还有哪个人具有像他那样敏感的理解力，他后来写在文章里的东西正是我想在画中说的东西，我对他由衷地感激。我应该画一幅克列维尔风格的小玩意儿，作为礼物送给他。顺便说一句，他的名字是亚历山大，明天不正是他的命名日[①]吗？

尽管如此，我担心，可怜的雅比宁处境可能会非常危险；他正为考试而画的那幅巨画还远远没有完成，最后期限已经很近了，他可能赶不上了。如果他病上个把月，就拿不到奖章了。那就意味着他要跟国外旅行说再见了。令我感到欣慰的一点就是，作为一个风景画家，我不必和他争一时之长。但他的那帮同学就一定会高兴得额手相庆了。我丝毫不怪他们——那只意味着多了一种机会罢了。

可是，不能让雅比宁任由命运摆布，我必须把他送到医院去。

X
雅比宁

在毫无知觉地卧床数天后，我今天苏醒过来，思索良久，却搞不清楚自己身在何处。过了许久，我才意识到那条躺在我眼前的长白包裹是我自己的身体，被毯子裹得严严实实。我费了好大的劲儿，才把头往右又往左扭动了一下，这让我的耳朵里发出嗡嗡的声响。我看到一间狭长、昏暗的病房，两排病床上躺满了包裹严密的病号身体。一个全副铜制铠甲的骑士伫立在挂着白色窗

① 命名日，是和本人同名的圣徒纪念日，主要在一些天主教、东正教国家庆祝。对命名日的庆祝是基督教国家从中世纪就有的一项传统。命名日源于基督教会对圣徒和受难者举行纪念的节日。

帘的大窗户之间，后来证明，那不过是一个巨大的黄铜盥洗架。一幅救世主的圣像挂在角落里，圣像前放了一盏发出微光的油灯。屋子里还有两个庞大的平铺炉灶。我听到我的邻床低缓而吃力地呼吸着，躺在不远处的一个病人发出气过水般急促的呻吟。我还听到一声不知从哪儿发出的打嗝声和一个侍者响亮的鼾声，这个侍者很明显是被雇来在床边看守一个病情危险的病人的，那个病人或许还活着，或许已经死了，只不过还和我们这些活人一起躺在这儿。

我们这些活人……“活着。”我想，甚至轻轻发出声来。突然，我觉得这个词很奇妙，充满了欢快和安详。就像我从童年起就体验过的这种感觉。这种感觉伴随着一种已经远离死亡的意识，一起涌向我的心头。在我前面，还有整整一生要度过，我一定能按照自己的梦想塑造新的生命（哦，我对此确信不疑）。尽管翻身难度很大，我还是侧过身躺着，蜷起双膝，把一只手枕在脸颊下面，然后就像儿时常常做的那样酣然入眠。那时，你半夜里在睡着的妈妈身边醒来，听见窗玻璃在风中发出的嘎达声，暴风在烟囱里呜呜咽咽地哭号，房屋的原木在外面的严霜下发出像射击一样爆裂的声音，你不由自主地开始柔声哭起来，既害怕，又希望惊醒妈妈；她醒来，睡意蒙眬地亲吻你，在你身上画了个十字，于是你平静下来，把身体蜷缩成一个小球，小小的心感到温暖的幸福，又睡去了。

* * * * * * *

我的上帝，我变得多么虚弱了啊！今天我试图站起来，从我的床走到我对面的病友那里去。他是一个大学生，发了高烧，正在渐渐康复。我走到中途，险些就要跌倒在地了。但是，我的大脑恢复得要比身体快些。苏醒过来之后，我几乎什么都不记得了，我甚至不得不费很大力气去回忆我的亲密至交的名字。现在，一切都恢复过来了，但是这已经不像是过去的现实，倒像是一个梦。现在，这个梦境再也不折磨我了，再也不了。往事已经一去不返地消逝了。

德多夫今天给我带来了一堆报纸，报上慷慨大度地盛赞我的《铁砧人》和他的《清晨》。唯独 L. 没有赞扬我。不过，现在谁去管那些。这都是很久很久以前的事了。我倒是为德多夫感到十分高兴：他获得了一枚很大的金质奖章，很快他就要出国了。他很欣喜莫名，容光焕发，脸上像涂了奶油的粉饼一样闪着光。他问我，既然今年已经给疾病耽搁了，是否明年也打算争取一下出国。当我回答他“不”的时候，他那副目瞪口呆的样子真是一幅有趣的图画呢。

“你不是认真的?”

“非常认真。”我回答。

“那你将来打算干什么?”

“将来再说吧。”

他带着一脸的困惑不解离开了。

XI
德多夫

最近两周，我生活在一种兴奋不已、焦躁不安的眩晕状态里，只有现在，当我坐在华沙铁路线的旅客车厢里，心情才平静下来。我几乎难以置信：我现在成了画院的金奖荣膺者，成了一个有机会出国做四年艺术深造的艺术家。Vivat Academia![1]

但是，雅比宁，雅比宁啊！今天我在街上看见他了，当时我正要坐上载我到火车站的四轮马车。“祝贺你，”他说，“你也该向我祝贺。”

“向你祝贺什么？”

“我刚刚通过了进入师范学校的考试。”

进了师范学校！一个艺术家，一个天才呀！为什么，他会毁了自己，一辈子默默无闻，乡村就是他的葬身之地！这个人一定是疯了！

* * * * *

唯有这一次，德多夫说对了：雅比宁确实是个失败者，他将一无所成。但是，这件事还是以后再说吧。

---

① Vivat Academia，法语：学院万岁！

神童

[德] 托马斯·曼

陈 龙译

神童一入场，大厅里立即安静下来。

片刻之后，观众开始鼓掌，因为边上不知哪个地方有一位有权有势的绅士，一个公众组织的领袖带头鼓起掌来。观众虽然还没听到音乐表演，但他们也热烈地鼓起掌来；因为一个实力雄厚的广告机构事先对神童作了宣传，知道他也好，不知道也好，大家都已经被施了催眠术。

神童从一个华丽的屏风后面走出来，屏风上全部绣着绚丽的花环和样子奇特的硕大花朵。那神童步伐灵敏地登上台阶，走到舞台中央，沉浸在一片掌声之中，就像接受着沐浴；此时有一阵寒意袭来，他有些颤抖，尽管如此，他仍然感受到了全场热烈友好的气氛。他走到舞台的边缘，微笑着，似乎正要接受别人的拍照；他虽然是个男孩，却像少女那样略显害羞地做了一个迷人的致敬姿势，显得腼腆可爱。他全身都穿着白丝衣服，让观众觉得他异常妩媚。他上身穿着一件剪裁得很精致的白色短夹克上衣，中间系了一条腰带，甚至他的鞋子也是白丝的。但是，与白色的绸裤形成强烈对比的是，他那两条赤裸的小腿却是极为显眼的棕色，因为他是一个希腊男孩。

人们都叫他毕彼·萨塞拉菲卡拉斯。那确实是他的名字。“毕彼”这个词是那个名字的简写或昵称，除了演出经理之外，别的人谁也不知道，经理将其视为一个商业秘密。毕彼一头乌黑的柔滑头发，梳得光亮，一直垂到双肩；头发向两边分开，并用一个小丝带从窄小、半球形的前额拢到后面。他长着一张像世界上一切孩子那样善良的面容，小鼻子是那样稚嫩，小嘴巴是那样天真。只是那双像老鼠似的漆黑的眼睛下面，肌肉已经显得有些疲惫，显现出两道特别清晰的线条，显然化过妆。他看起来九岁的样子，但实际上只有八岁，甚至有人说七岁。很难说到底是不是。或许人人都知道得再清楚不过，在这一系列事情发生之后，却仍然相信七岁这一说。有些时候，人们常常这样做，他们认为，生活中说一点小谎是一种美德。假如日常生活中，我们都对任何事一本正经，诚实无欺，我们到哪儿才能找点乐子呢？一般人他们一般化的脑子里都是正确无疑的。

神童继续向观众鞠躬致谢，直到掌声停息下来，然后他走上大钢琴，观众朝演出节目单瞟了最后一眼。首先演奏的是《庄严的进行曲》，然后是《梦想曲》，其次是《猫头鹰与麻雀》——所有这些曲目均由毕彼·萨塞拉菲拉卡斯一人演奏。整场演出都是他的节目，所有曲目都是他创作的作品。当然不是他谱写的，但他把这些曲子都储藏在那颗聪颖异常的小脑袋里；正如演出经理在亲自撰写的广告上庄重、客观地声明的那样，这些曲目都具有真正的艺术内涵，必须给予高度评价。听起来好像是演出经理经历了一场艰苦的思想斗争之后，从他那批评的本性中做了很多让步才做出如许评价的。

神童坐到旋转凳子上，努力把脚放到钢琴下的脚踏板上，这两块踏板借助一种巧妙的装置比一般的钢琴抬高了许多，这样毕彼便能够着了。那是毕彼自己的钢琴，他每到一处都带着它。这台钢琴放在一个木制支架上，由于经常搬来搬去，它的光泽已经有点磨损——但是这一切恰恰让这钢琴变得更加有趣了。

毕彼把他穿着丝鞋的双脚放在脚踏板上，接着做出一副灵巧的表情，眼睛直直地看着前方，然后举起他的右手。那是一只棕色的、童稚的小手，但是手腕却很强壮，不像是孩子的手腕，从中可以看出他那训练有素的指骨节。

毕彼对观众露出一副灵巧的表情是为了取悦于听众，因为他很清楚，他必须让他们快乐，让他们惊叹。但在演奏这件事情上，他也有自己私密的欢乐，一种不可言传的欢乐。正是那秘密的欢乐刺激着他的兴奋，让他因狂喜而战栗，只要他一坐到钢琴旁，欢乐的战栗便传遍他的全身——他永远不会丧失这种欢乐的秘密。现在他又坐在键盘前了，钢琴键盘上这七个黑白八度音，又一次呈现在他的面前。当他在这个键盘上奏出曲子时，时而激越澎湃，时而低沉悲壮，他常常随着乐曲的变化而波动，迷失于妙不可言和兴奋莫名的历险之中。然而，那键盘看起来就像一块尚未涂抹过的画板一样，总是清澈无瑕，触不可及。他如此陶醉的是音乐，整个音乐的王国都呈现在他面前。前面广阔铺展开的，仿佛是一片向他张开怀抱的大海，他一跃而入，幸福地游弋，舒舒服服，悠然自得，在里面他会让自己随着海浪漂流，在狂风暴雨中被大浪吞噬，但是他却始终能掌控大海：控制大海，命令大海……让自己的右手泰然自若地停留在空中。

听众们都屏息凝神，大厅里寂静无声。大家都紧张地期待着他弹出第一个音符……会怎么开始呢？就这样开始了。毕彼用食指在钢琴上弹出了第一个音符，在中音区弹出一个意想不到的强有力的音符，像一声小号的长鸣。其它的音符紧随而来，一段序曲就开始了——听众听得四肢都要融化了。

这是一间豪华的大音乐厅，是在一所时尚的高级宾馆里。四周墙壁上描绘着玫瑰色的、充满肉欲的乐园壁画，大厅里立着很多柱子，上面挂着阿拉伯图案镀金边框的镜子。天花板上、墙上、圆柱上，无数的灯形成一个光的宇宙，有伞形、树枝形，灯盏攒簇之间射出比白天还要明亮的光辉，照射着整个大厅。大厅里座无虚席，甚至有人站在旁边的过道上，后面也站满了人。前排的位子要十二马克一张票，因为经理相信，有价值的东西付出再多都值得。坐在这些位子上的都是上流社会的先生和太太们，因为很显然，只有上流社会才能体验这高级的激情。在里面可以看到很多身穿军队制服的人，很多穿着各种高级服饰的人……甚至还有一些孩子，他们有着良好的教养，两条小腿从椅子上垂下来，闪亮的眼睛注视着身穿白衣的同龄天才小家伙。

台下前排的最左边坐着神童的妈妈，一个双下巴上涂脂抹粉、头上插着一根羽毛的极其肥胖的女人。在她的旁边坐着音乐会经理，他长着一副东方人模样，衬衫袖口上钉着几颗非常显眼的大金纽扣。前排的正中间坐着公主殿下。她是一个身材瘦小、皱纹满面、束手束脚的老公主，却仍然是艺术的赞助人，尤其是对那些充满细腻情感的艺术大加鼓励。她深深陷在一张铺有厚厚天鹅绒坐垫的扶手椅里，在她脚下铺着一条波斯地毯。当她凝神注视着神童演奏的时候，她的双手紧紧交叠着，放在胸前的灰丝条纹上，头偏向一边，表现出一副优雅沉静的姿态。旁边坐着她的侍女，她穿着一条绿色条纹纺绸礼服。作为一个身穿绿色纺绸礼服的侍女，她只能一本正经地坐着，而不能靠在椅背上。

毕彼在一段极其紧凑的音节之后结束了这首曲子。神童用那种小矮个儿特有的力量在键盘上奏出了多么大的气势啊！听众们简直不敢相信自己的耳朵。庄严进行曲主题在一种非常和谐的结构中，突然再次爆发出那富有生气、煽动性的调子，音域宽广而夸张；毕彼每弹奏一个音符，上身都猛地从手腕那里往后摇摆，好像他正行进在一列凯旋的庆祝游行队伍里。然后，他极其有力地结束这一曲，弯着身子向旁边移动，从琴凳的一边溜下来，微笑地站着等候观众热烈的掌声喝彩。

喝彩声突然响起来，大家一致地、激动地、热烈地鼓掌；那孩子像个女孩般行了一个端庄文雅的屈膝礼，前排的人们心想："看他那苗条可爱的腰身！鼓掌，鼓掌！好哇！太棒了，小家伙。不管你的名字是萨克菲拉克斯（神童的准确名字是毕彼·萨塞拉菲卡拉斯）还是什么！等会儿，让我摘下手套鼓掌——他是个多么机灵的小家伙儿啊！"

毕彼不得不从屏风后面出来三次，不然人们就鼓个不停。一些迟到的人从后面进入大厅，往前挤着，试图在挤满观众的大厅里找个合适的位置。

音乐会继续进行。毕彼的《梦想曲》弹奏出轻柔和缓的音调，这次全部由和音组成，在这些和音之上，仿佛鼓起一双翅膀一般升起了轻盈美妙的旋律。接着他又弹奏了《猫头鹰和麻雀》。这首曲子取得了巨大的成功，给观众留下了非常深刻的印象。那是一段令人难以忘怀的儿童乐曲，异常美好的想象。在低音中，人们看见一只愁眉苦脸的猫头鹰蹲坐在那里，翻卷着蒙眬的眼睛，愤怒地轻拍着翅膀；在高音中，人们看见骚动的、胆怯的麻雀在枝头叽喳啁啾，对那只猫头鹰百般戏弄。这一曲结束之后，毕彼再次受到了一阵喝彩，他不得不出来四次鞠躬致谢。毕彼点头致意并表达感谢的时候，一个穿着闪耀纽扣衣服的宾馆男傧相在舞台上放了三个月桂大花环，从侧面献给到毕彼手中。甚至公主殿下也加入了鼓掌的行列，她优雅而沉静地轻轻拍起那双薄薄的手掌，但是几乎没发出什么声音。

啊，这聪明的小家伙多么善于诱使人们鼓掌啊！他在屏风后面迟迟不出来，他们不得不鼓着掌等他；他在通向舞台的台阶上磨蹭一会儿，天真地看着花环上那五彩缤纷的水流纹长飘带——尽管这种东西现在只会让他无比厌烦，但他还是感到快乐。他以极其妩媚的姿态鞠躬，让观众有足够的时间鼓掌喝彩，因为掌声是珍贵的，一定不能被打断。“《猫头鹰》是我的拿手好戏，”他想——他是从经理那儿学到这种表达的，“现在我要弹奏一首梦想曲，当然，那可比《猫头鹰》要好得多了，尤其是升 C 调那一章。但你们这些傻瓜却那么喜爱《猫头鹰》，尽管这是我所创作的第一首也是最糟糕的曲子。”他继续鞠躬和微笑着向大家致意。

下面的曲目是一首沉思曲和一首练习曲——说真的，节目非常丰富。这首沉思曲弹奏起来很像《梦想曲》，它是无与伦比的；毕彼弹奏的练习曲则展示了他精湛的技艺，自然也就让他的创造天赋显得略逊一筹。然后就弹奏《幻想曲》了。这首是他的最心爱的曲子，每次演奏时，他都稍微改变一点，给自己一些自由发挥的空间，有时在一些美妙的晚上，他灵感袭来，演奏出许多意想不到的新奇之处，甚至令自己也惊叹不已。

他坐着弹奏，面对着精致的黑色大钢琴，他显得那么幼小，那么白皙和闪亮，卓然独立，超越于庸庸人海之上，超越于台下那片黑乎乎的沉重、迟钝的大众灵魂之上，他凭借自己勤奋的努力，征服了一群庸庸碌碌的灵魂……他那挽着白丝带的柔顺乌黑的发绺垂到了前额，他那训练有素、强健有力的手腕砰砰猛击，人们看见那童真的棕色脸颊上的肌肉在颤抖着。坐在那儿，他有些时候会忘却一切并陷入孤独的瞬间，这时，他那双奇特的、暗淡无光的、老鼠似的小眼睛凝视的目光便会陷入自我迷失，从观众那里逐渐移到装饰华丽的墙壁上，看到那描绘着众多事件的、充满奇怪而模糊地生活的远方。然后他的眼角会迅速回转，把目光从墙壁移回大厅，再次与他的观众们接触。

“欢乐与痛苦，飞升和沉沦……那便是我的《幻想曲》。”他亲切无比地想，“听啊，这就是升 C 调章节。”他在这一段稍微沉潜徘徊，好奇他们是否注意到了什么。但是没有，当然没有，他们怎么会注意到呢？他便把目光优雅地吊起，看着天花板，以便他们至少会有东西可看。

台下所有的人都坐在他们位子上，目不转睛地看着台上的神童，脑子里习惯性地钻出各种各样的想法。一位胡须花白的老绅士，手指上戴着一枚印章戒指，光秃秃的头顶上有一个圆球状的肉瘤，如果你喜欢的话可以更进一步，听到他自忖着：“还没把《从普法尔茨选帝侯领地来的三个猎人》演奏好，就成了如今这样一个枯燥沉闷的老头，坐在这儿看台上的小家伙表演这么美妙的奇迹，说真心话，真应该感到羞耻。不过，这是天意。是的，是的，这是一件上帝的礼物。上帝保留他的礼物，分配他的礼物，谁也没有法子。再说，做一个普通人，也是问心无愧的。他就像是处在襁褓中的耶稣一样，在一个小孩面前胸怀坦荡地鞠躬膜拜，也不是什么羞耻。这礼物使人多么舒坦啊！”——他不敢说：这是多么温馨可爱啊！——“温馨可爱”这样的词汇对于一个健壮的先生来说是有失体面的。但他的确感到了温馨！他到底还是感觉到了！

“艺术……”那个长着鹰钩鼻子的商人想道，“是的，自然，艺术给生活带来了一些欢乐的东西，带来了悦耳的音乐和白色的丝绸。而且收入也还不错。瞧瞧，满满五十个位子，每个十二马克，单是这些进账六百马克——此外，还有其他等次的座位。除掉大厅的租金、灯光的费用，再加上印制节目单的费用，你至少赚了足足一千马克。好家伙，全进你腰包了，真是值得啊。”

“他刚才弹奏的是肖邦的曲子，”他的女钢琴教师心想。她是一个尖鼻子的女人；到了她这个年纪，已经不会再想入非非了，也不再奢望什么，但她的理解力却越来越敏锐了，“可惜并没有特别的创造力——我敢说以后是这样。不过听起来还算不错。而且，他的手法完全还是外行。必须能够在手背上放上一枚硬币才行……我会对他施以严法的。”

一个年轻的姑娘，看起来非常苍白，正处在生命中对一切都好奇不已的时期，处在这个年龄的人，总是特别容易产生一些神秘莫测的想法。她想：“这是什么！他在那里弹奏的是什么啊？那是一种激情的表达，难道他真的还是个孩子？如果他来吻我的话，那就像我的弟弟来吻我一样——那根本不是吻。有那种完全自由生发，而毫不凭借外界事物的激情吗？这不是世俗红尘中的激情，只不过是一种纯粹儿戏的激情吧？……啊，真是胡说八道！如果我把这些大声地说出来，他们就会给我吃更多鳕鱼肝油药的。这就是生活。”

一个军官正斜靠在一根圆柱上站着。他也斜着毕彼演出的成功，想道：“是的，你是个人物我也是个人物，各人走各人的道儿。”所以他两个脚后跟“嘭”地撞在一起，做了一个立正的姿势，向那个神童致以敬意，一切有权势的人他都会致以敬意。

还有一个年近花甲的批评家，他身穿发光的黑色大衣，向上翻卷着的裤腿上贱了泥水。他坐在免费的席位上，心想：“你们看看他，这个叫毕彼的小顽童。作为一个个人，他只是个小孩，还有待提高，但是作为一个典型，作为艺术家的典型，他已经功德圆满了，标准的艺术家天才。他集艺术家所有的尊贵高傲、一文不值、轻狂得意、自我陶醉和神奇的灵感于一身。当然，我可不能把这些话写出来，他太好了。唉，如果我不把这一切都看得如此透彻的话，请你们相信，我早就成为一个艺术家了。”

神童结束了演奏，大厅里响起一阵狂风暴雨般的掌声。他不得不一次又一次从屏风后面走出来谢幕。那个带着闪亮纽扣的男侍者拿出了更多的花环，这次是四个月桂花环，一个紫罗兰的花环，还有一束玫瑰花。他没有三头六臂，不能把那么多的礼物一下子交给神童，经理便亲自跑上台去帮忙。经理取了一个月桂花环挂在毕彼的脖子上，温柔地抚摸着毕彼的黑发。突然间，好像被什么征服了似的，他弯下腰，给了神童一个吻，一个响亮的亲吻正好吻在他的嘴巴上。这时，台下的掌声变成了一场十二级的飓风。这个吻像电流似的迅速传遍整个大厅，直抵人们的骨髓，大家禁不住兴奋得欢呼起来。他们被一种无能为力的纯粹噪音所控制。高声欢呼伴随着歇斯底里的拍手鼓掌。和毕彼年龄相仿的几个普通的小朋友在下边使劲挥着手帕……但那个批评家想：“自然喽，演出经理当然应该吻他。只不过是老一套的小把戏，诱惑观众的伎俩罢了。唉，仁慈的上帝，人们都无法把这一切看透，有什么法子……”

音乐会将要结束了。从七点半开始，到八点半结束。舞台上放满了花环，钢琴的灯架上也放了两个小花盆。毕彼即兴演奏了他最后的一个乐章，他的《希腊狂想曲》，结束时转为希腊民族颂歌。要是公司的规定没那么严格的话，观众中他的那些同胞们一定也热情洋溢地跟着他一起唱起来了。他们只好代之以一阵强烈的喧闹和叫喊，简直像一场狂热的国家游行，显示出他们强烈的民族意识。那位衰老的批评家却想：“是的，颂歌也不得不来一首。他弹着弹着就弹到别的曲子上去了，什么鼓动的手段都不会放过。我觉得，我要写文章狠狠批评一下那些平庸之辈，说这压根不是艺术。但或许我错了，或许那才是真正的艺术。艺术家到底是什么呢？一个滑稽的玩偶。批评才是最高级的行为。但是我可不能把这些写出来。”他穿着他那条溅了泥水的裤子离开了。

在被欢呼声叫出来九次或十次谢幕之后，激动不已的神童不再回到屏风后面去了，而是径直走到台下观众席，到他妈妈和音乐会经理那儿去。观众都从椅子上站起来，一边鼓掌一边向前拥挤着，想靠近一睹毕彼的风采。有些人也想看看公主殿下。于是前面形成了两拨稠密的人群，一拨围着毕彼，另一拨围着公主，你几乎无法说出，他们谁得到了更多的崇敬。但那个宫女按照公主的命令走到毕彼那儿去，她把他的丝绸上衣抻展了一下，使它看起来更符合宫廷觐见礼仪，然后牵着他的手到公主那里去了，并郑重暗示他应该去吻公主的手。“你是怎么做到的，怎么弹奏得这么好，孩子?”公主问，“你一坐下来，灵感就自然袭上你的全身了吗?”“是的，夫人。”毕彼回答。但他自己心里却想：“哦，多么愚蠢的老公主!”然后他腼腆地转了一圈，不卑不亢地回到家人那儿去了。

外面的衣帽间拥挤着满满一群人。人们高高地举起自己取衣物的号牌，有人伸长手臂从柜台上接过毛皮大衣、披巾和胶鞋。那位钢琴教师站在她的几个熟人中间，发表评论，“他也没那么有创造力。”她故意说得让别人听见，并向四下里看看。

在一面巨大的壁镜前面，站着一个年轻高贵的夫人和她的兄弟——两名中尉，他们服侍着她穿大衣和皮靴。她风姿妖娆，有着一对水汪汪的蔚蓝色眼睛和一副清秀美丽、教养良好的面孔，她是一个真正的贵族小姐。当她准备停当后，就站在那儿等她的兄弟们。“不要在镜子前面站那么久，阿道夫。”她对其中一个温柔地说。她有些生气，因为阿道夫对镜中自己那朴实、漂亮的年轻形象欣赏不已，简直无法把目光调开去。阿道夫中尉想：多么精致的一张脸啊！他在镜子前面扣上了双排扣大衣的扣子。然后他们就出门走到大街上，街上灯光穿过阴沉的雨雾昏暗地照耀着。阿道夫中尉一边走一边在冻住的雪上扭动身体，跳起了一小段黑人舞蹈，他把大衣领子竖了起来，双手插在大衣的斜口袋里，天气实在太冷了。

一个脸色阴郁的年轻人跟着一个头发蓬乱、手臂玲珑的女孩走出来，正好在他们后面。“一个孩子!”她想，“一个迷人的孩子。但在那儿他是个令人惊叹的……”她用沉闷、单调的嗓音大声地说：“我们都是神童，我们都是艺术家。”

“很好，祝福你，我的小甜心!”那位从来没有把《从普法尔茨选帝侯领地来的三个猎人》这首曲子演奏好的老绅士想道，他的肉瘤现在被一顶大礼帽遮住了。“那到底是什么意思？她的话听起来很玄奥，那不过是一个神谕罢了。”

但那个阴郁的年轻人却懂那位姑娘的话。他缓缓地点了点头。然后他们沉默下来，那个头发蓬乱的女孩目送着走在前面的三位高贵的姐弟。她相当鄙视他们，但她还是一直望着他们离去，直到他们转过街角，消失不见。

维荣的妻子

[日本] 太宰治

陈　龙译

我被前门猛然打开的声音惊醒了，但我没有起床。我知道在这种半夜时分，只可能是我的丈夫喝得烂醉如泥地回来了。

他在隔壁房间打开灯，发出粗重的喘息，开始在书桌抽屉和书橱里翻找什么东西。过了几分钟，发出一种声音，仿佛他噗通倒在地板上。随后我就只能听见他的喘息。很好奇他在干什么，我从躺着的地方喊他："你吃过饭了吗？碗柜里还有一些冷饭。"

"谢谢。"他用一种不同寻常的温柔语气回答道，"孩子怎么样了？还在发烧吗？"

这同样很罕见。孩子今年四岁了，但不知是营养不良，还是因为他父亲酗酒，或是生了什么病，他实际上比一个两岁大的孩子还瘦小。他甚至不太会走路，至于说话，他也只会发出"唔唔"或者"呸"之类的声音。有时候我怀疑他是否是智障儿。有一次，我带他去公共浴室，给他脱完衣服后把他抱在手里，他看起来那么小，可怜见骨瘦如柴，我的心一沉，当着众人的面儿就哭起来了。这孩子总是肚子疼，要么就发烧，但我的丈夫几乎从不在家，我怀疑他是否在乎过这个孩子。要是我跟他提孩子发烧，他就说："你应该带他去看医生。"然后他就套上外衣，出门潇洒去了。我倒是想带孩子去看医生，可我没有钱。我唯一能做的就是躺在他身边，轻轻抚摩着他的头。

但是那天晚上，不知什么原因，我的丈夫出奇地温和，破天荒头一次问我孩子的发烧。那并不让我高兴。相反我有种不祥的预感，怕是出什么事了吧，一股股寒气就在我脊柱上乱窜。我不知道该说什么，就沉默地躺在那儿。过了一会儿，除了我丈夫响亮的喘息，就再也听不到别的声音了。

突然，从前门入口那儿就发出一个女人细薄的嗓音，"有人在家吗?"我浑身哆嗦，好像一盆冰水泼了过来。

"你在家吗，大谷先生?"这一次她的声音有些尖锐的变调。她把门滑开，以一种异常愤怒的声音说道，"大谷先生，你为什么不答话?"

我丈夫终于走到门口。"哦，什么事?"他以一种害怕和愚蠢的语气问道。

"你心知肚明，"那女人压低声音说，"你有这么好的一个家，为什么还要偷窃别人的钱财?别再开你那残酷的玩笑，把钱还给我们吧。要是你不还，我就直接找警察了。"

"我不明白你在说什么。我不允许你无理取闹。你在这儿无所事事。出去！你要是不出去，就该是我去找警察了。"

接着是一个男人的声音。"我必须说，你胆子倒不小，大谷先生。你说我们在这里无所事事是什么意思?你真叫我吃惊。这次是很严肃的。你偷别人的钱，这可不是闹着玩的。天知道我跟我老婆为你受了多少罪。再加上你以前可从来没做过像今天晚上这么卑劣的事情。大谷先生，我看错你了。”

“这是敲诈，”我的丈夫声音颤抖地愤怒喊道，“这是勒索。出去！要是你们有什么委屈，明天再跟我说吧。”

“你这样说可真恶心。你真是个无赖。我别无选择，只能报警了。”

他的话包含着可怕的憎恨，我不禁浑身起了鸡皮疙瘩。

“去死吧！”我的丈夫大喊道，但他的声音已经变得微弱，听起来发虚。

我起床，套上我的睡衣，走到前厅。我向两位访客鞠躬。一个五十开外的圆脸男子穿一件及膝大衣，问道：“这是你的妻子？”他并不带一丝笑容，微微朝我歪着头，仿佛在点头。

那个女人是一个清瘦、小个子的人，四十岁上下，穿着整洁。她解开围巾，也不带笑容，朝我鞠躬回礼，说：“请原谅我们深夜搅扰。”

我的丈夫突然穿上凉鞋，就要进门去。那个男子抓住他的胳膊，他们两个立刻扭打起来。“放开我，不然我捅死你！”我丈夫大叫道，右手嗖地亮出一把自升式小刀。那把刀是他的小玩意儿，我记得他一直把它放在书桌抽屉里。刚才进屋的时候，他一定预料到有麻烦，才翻箱倒柜地找出这把小刀，藏在怀里。

那男子缩了回去，趁此机会，我丈夫像一只大乌鸦，甩了甩衣袖，溜出门去了。

“贼！”那男子喊道，想继续追过去，但我光着脚丫子跑到前门那里拉住他。

“请别这样。你们谁受伤了都不好。我会对这一切负责的。”

那个女人说："是啊，她说得对。谁知道一个疯子会干出什么事儿来。"

"猪猡！这回我叫警察了！再也受不了了。"这男子站在那儿，盯着屋外黑暗的虚空，仿佛在自言自语。但他的蛮力已经消失了。

"请进屋来，告诉我发生了什么事。不论怎样，我一定竭尽所能。屋里乱糟糟的，但请进来吧。"

两位来客交换了一下眼色，互相轻轻点了点头。那男子改换了脸色说："我怕你再怎么说，我们也打定主意了。但是大谷太太，把发生的事情告诉你倒不是坏事。"

"请进屋来，慢慢告诉我。"

"我想我们不会待太久。"男子这样说着，开始脱他的大衣。

"请穿上衣服。这儿很冷，屋里没有暖气。"

"那好吧，敬请你原谅。"

"两位请。"

那男子和女人进了我丈夫的房间。他们似乎被眼前所见的寒碜所震惊了。铺席看起来似乎正在腐烂，纸拉门也残破不堪，四周墙壁开始坍塌，壁橱上的贴纸也开始剥落，露出柜子的骨架。角落里放着一张书桌和一个书架——一个空书架。

我给两位客人拿来几个破垫子，里面的填充物已经渗漏出来了，我说："请坐在垫子上，铺席太脏。"我再次向他们鞠躬。"不管出于什么样的原因，对于我丈夫给你们带来的所有麻烦和今晚的可怕行为，我必须向你们致歉。他就是这么个怪脾气。"我说到一半哽噎住了，不禁流出泪来。

"恕我冒昧相问，大谷太太，你今年多大？"男子问。他盘腿坐在破旧的垫子上，手肘抵着膝盖，用拳头支撑着下巴。当他问话时，就朝我这边倾斜着。

“我二十六岁。”

“只有二十六？我想这也很自然，因为你丈夫三十岁嘛，不过我仍然感到吃惊。”

那女人从男子的背后露出脸来，说：“当我进屋来看到他有这么一个美丽的妻子时，我不禁感到奇怪，为什么大谷先生会那样放荡不羁。”

“他厌恶了他的生活。他以前不是那样的，但他变坏了。”他发出沉重的叹息，继续道，“大谷太太，我妻子和我在中野车站[①]附近开了一家小餐馆。我们原本来自乡下，但受够了那些吝啬的农民，就和我的妻子一道来到东京。几经艰辛和挫折，我们终于攒了一些钱，大约在 1936 年，我们开了一家廉价的小餐馆，为顾客提供一次至多一两块钱花费的餐饮服务，也搞点娱乐。经过省吃俭用和含辛茹苦的工作，我们储存了一批烧酒和清酒。当酒品短缺，或者许多别的饮酒场所倒闭的时候，我们还能继续营业。

“与美英国家的战争爆发后，各种设施都遭到了破坏，可甚至在轰炸很严重的时候，我们也没有逃回乡下，我们没有孩子的拖累。我们盘算着，再怎么着也要把生意做下去，直到这一带全部烧毁。要是我没记错，你丈夫第一次去我们那儿是在 1944 年开春。那时候战争形势对日本还不至于太糟吧，不过也说不定已

---

① 中野车站，位于日本东京都中野区，中野区今天是东京市人口高度密集的商业服务区。

经开始败了，我们也不太懂这些。而且我们想，要是我们哪怕再坚持个两三年，在平等和约条件下我们也能获得安宁。大谷先生第一次去我们店里的时候并不是一个人。告诉你这个实在有些不好意思，但我也就和盘托出事实，不对你隐瞒什么了。你丈夫和一个年纪较大的女人偷偷溜进了厨房。我忘说了，那时候我们的前门是关着的，只有几个特殊的客人从后门进入。

“那个年纪大点的女人就住在附近，她工作的酒吧关闭后她就失业了，她经常跟她的男性朋友们来我们店里。那就是当你丈夫和那个名叫阿秋的女人一起混进去的时候，我们并不特别惊奇的原因。我带他们到后间里，拿出一些烧酒。那天晚上大谷先生独自喝着闷酒。阿秋付了账，两个人就离开了。事情很奇怪，但我无法忘记那天晚上他是多么出奇地温文尔雅。我怀疑是不是一个家伙第一次去别人家里的时候，都会表现得这样寂寞和忧伤。

“从那天起，大谷先生就成了常客。十天以后，他一个人来了，突然拿出一张一百日元的票子。那时候一百元可是很值钱的，比今天的两三千元还多呢。他把钱塞进我手里，不等我回话，就羞怯地笑着说：‘请收好它。’他那天来之前似乎已经喝了一点酒，在我们那儿他又连喝了十来杯烧酒，我一上酒他便下肚。这期间他几乎一言不发。我妻子和我想跟他说点什么，但他只是谦和地笑着，含糊地点着头。突然他问几点了，起身要走。我在后边追问：‘还要找你钱呢?’‘不用找了。’他说。我坚持说道：‘我不知道怎么处理这零钱。’他发出冷笑回答道：‘留着下次算吧。我还会来的。’他就出去了。大谷太太，那是我们唯一一次收到他的钱。从那以后，他总是一再拖欠，寻找这样那样的借口，三年的时间里，他几乎独自喝光我们的酒，并且一分钱不付，这算怎么回事呢。”

我情不自禁地大笑起来。这些在我看来都是那么好笑，尽管我也不知道为什么。我慌忙闭上嘴巴，但我看到那个女人也莫名其妙地笑了起来，接着她的丈夫也无奈地笑了。

“哎呀，真是的，这可不是什么笑话，但我真是受够了，我也是哭笑不得。真的，要是他把聪明才智用在别的事情上，他或许能成为一个内阁总理或者哲学博士，或者别的他想干的职位。阿秋和大谷先生还是朋友的时候，她总是夸他。首先她说，他来自一个富贵之家。他是大谷男爵的小儿子。由于他行为不端被男爵剥夺了继承权，但只要他的父亲，也就是现在的男爵一死，他和他的哥哥就会分掉财产。他很有才华，其实是一个天才。尽管还年轻，却是日本最好的诗人。除此之外，他还是一个大学者，一个德语和法语的好手。听阿秋说的，好像他是个神人一般，有趣的是她说的就跟真的似的。其他人也说他是大谷男爵的小儿子，是一个著名诗人。甚至我的妻子跟他接触了这么多年，也像阿秋一样对他津津乐道。他总告诉我说，有教养的人就是不一样。她总期盼着大谷先生来我们店里，那样子简直让人无法忍受。他们说贵族的时代终结了，但直到战争结束，我敢说没有一个被剥夺继承权的贵族子弟像他那样跟女人胡来的。简直难以相信人们怎么会喜欢他。我想是因为人们今天称为‘奴性思想’的东西在作怪吧。

“从我这方面讲，我是个男人，而且是那种非常冷酷的男人，我不认为那种小贵族，请你原谅我言辞鲁莽，那种上流社会成员的小儿子，与我又有什么差别呢。我从没有这么厌恶过他。但绅士阶层仍然是我的软肋。不管我怎样坚定决心下次再也不给他酒喝了，一旦突然出现在我们店里，就被人追杀一样，一副欣慰不已的样子，我的狠心就软化了，最后还是要给他酒喝。甚至他喝醉之后，他也从来不讨人嫌，只要他乖乖儿付账，他倒可以算得上是个好顾客。他从不自我吹嘘，也从不以什么天才之类的人自居。要是阿秋或其他人跟他坐在一起，极力向我们夸口他的伟大，他就完全岔开话题，或者说：‘我想要钱结账。’使在座的人大为扫兴。

“战争终于结束了。我开始公开做黑市酒精生意，又在店前挂了新帘子。由于周围环境破烂不堪，我们的小店倒是显得活泼不少，我们雇了一个女孩增添点魅力。然后那位该死的绅士又出现了。他不再带别的女人过来，但经常有两三个报纸或杂志的作家陪伴。大谷先生与那些人谈话，满嘴都是一些外国名字，大谈哲学，还用英语说，我们听得一头雾水。他比以前喝得更多了，经常变得放荡不羁。他开始说一些很粗俗的笑话，他以前从不说那样的话，有时候他会无缘无故地打他带来的一个朋友，甚至拳脚相加。此外，他诱奸了那个在我们那儿工作的二十岁女孩。我们吃惊不小，但在那个地方我们也不知所措，没办法，只能任由事态发展。我们劝那女孩辞职，生下孩子，然后悄悄把她送回她的父母身边。我祈求大谷先生不要再来了，但他扬言威胁：‘做黑市生意的人没有资格批评别人。你们的底细我全知道。’下一次他照常露面，好像什么都没发生过。

“或许正是因为我们一直在做黑市生意，担心遭到惩罚，所以我们才不得不忍受这个怪物。但是今天晚上他的所作所为却不能因为他是个诗人或者绅士就轻易放过。这是明摆的抢劫。他从我们这儿偷了五千日元。现在我们所有的钱都拿去进货了，要是眼下再有个五百或一千块钱的话，我们也很乐意。今晚我们家里之所以会有这五千块钱，是因为我们对我们的老主顾做了年终结算，收了那么多钱。如果我不立即把这笔钱交给批发商，我们就无法维持营业了。所以这钱对我们非同小可。嗯，我老婆当时在后房里清点完账目，已经把钱放进橱柜抽屉里了。他独自一人在前面大喝闷酒，但好像已经注意到她在做什么了。突然他站起来，径直走到后房里，一言不发地把我老婆推到一边，打开抽屉。他拿了钞票，塞进他的兜里。

“我们追进店里，仍然惊讶得哑口无言，然后又追到街上。我大喊着让他停下，我们两人在后面紧追着他。有一片刻，我想喊‘抓贼啊!’让街上的人都加入我们，但大谷先生毕竟也是我们的老相识了，我不能对他太严酷。我打定主意不能让他逃离我的视线。不论他跑到哪儿我都会紧跟着他，只要见他停下，我就平心静气地向他讨钱。我们只是小本生意人，要是最后在这儿抓住他，我们别无选择，只能抑制我们的怒气，好言相劝让他把钱还给我们。然后发生了什么？他竟然掏出一把刀子，威胁要捅我！这是什么行为!”

整个事情又让我觉得好笑起来，原因是什么我说不清，但我还是笑出声来。那位夫人脸红了，微笑了一下。我笑得止不住。即便我知道这会给店主留下很坏的印象，但事情实在太有趣了，我笑得眼泪都出来了。我突然想起我丈夫一首诗里的句子“世界尽头的大笑”，是不是就是这种意思呢。

但是那可不是一件单凭一笑就能解决的事情。我想了片刻，说，“不管怎样，要是你们再等一天去报警，我会处理这件事的。明天我必定拜访你们。”我仔细询问酒馆所在的位置，并请求他们答应。他们同意把事情暂时放一放，然后离开了。然后我一个人坐在凄冷的屋子中间，努力想办法。什么主意也没有。我站起来，脱下睡衣，溜进孩子睡着的被窝里。我轻轻抚摩着他的额头，想，要是这夜晚永远持续下去该是多么好啊。

我的父亲以前在浅草公园①摆一个小摊。我很小的时候母亲就死了，我和父亲在一个租的房子里勉强度日。我们一起经营那个小摊。我的丈夫偶尔会光顾，不久后，我在别的地方与他约会，父亲毫不知情。怀孕后，我说服他把我当妻子对待，尽管并没有正式登记。现在孩子在没有父亲的环境下渐渐长大，我的丈夫经常一出门就是三四天，有时候整月不归。我不知道他去哪儿或者去干什么了。他一回来就醉得不成样子；他就坐在那儿，苍白得吓人，喘着粗气，一声不吭地盯着我的脸。有时候他声泪俱下，冷不防地爬上我的床，紧紧抱住我。“哦，我不能再堕落下去了。我好怕。我好怕。救救我！”

有时他浑身颤抖，甚至睡着后也语无伦次，哀叹不断。第二天早晨他一副怅然若失的样子，像丢了魂儿似的。然后他又消失，接连三四天晚上不回来。我丈夫出版社的几个朋友有段时间一直在找我和孩子，他们偶尔带些钱，接济我们一下，以免我们饿死。

我渐渐困倦了，醒来睁开眼睛的时候，发现晨光透过百叶窗

---

① 浅草公园，浅草是以浅草寺为中心的闹街，曾为江户的第一闹市，被人们称为欢乐之地。明治六年（1873年），以浅草寺地区为中心，指定为公园，划分为六个区，被称为“浅草公园”。充满着浓厚的江户气息。

的裂缝照射进来。我起床，穿好衣服，把孩子绑在我的背上，就出门去了。我感觉好像自己再也无法在那寂静的屋子里待上一分钟。

我漫无目的地走着，发现自己正朝着车站的方向走去。我在外面的小摊上买了一块小圆面包，喂孩子吃了。一时冲动之下，我买了一张去吉祥寺的车票，就上了电车。当我绑着背带站着的时候，恰好看到一张有我丈夫名字的海报。那是一本杂志的广告，上面说他发表了一篇小说，叫《弗朗索瓦·维荣》[①]。但当我盯着"弗朗索瓦·维荣"几个字和我丈夫的名字时，辛酸的眼泪又涌出我的眼眶，我不知道为什么，那张海报蒙上了水影，我就再也看不清了。

我在吉祥寺[②]下了车，走进了那个公园，不知已经有多少年没来过这里了。围绕池塘的苍翠柏树已经全砍光了，那个地方看起来就像是个建筑工地。出奇地光秃而冷清，毫无昔日的光景。

我把孩子从背上取下来，我们俩就靠近池塘坐在一张破破烂烂的长椅上。我喂孩子吃一个甘薯，那是我从家里带出来的。"好美的池塘，是不是？以前啊，池塘里有好多鲤鱼和金鱼，但现在一条也没有了。这太不好了，是不是？"

我不知道他在想什么。他只是怪怪地笑着，嘴里塞满甘薯。

---

① 弗朗索瓦·维荣，原名弗朗索瓦·德·蒙哥比埃，中世纪末期法国伟大的抒情诗人，他才华横溢，性情狂放不羁，在动荡的岁月里先后经历逃亡、监禁、流浪。

② 吉祥寺，日本东京吉祥寺位于东京都文京区驹硳吉祥寺町，为日本曹洞宗寺院。始建于江户时代，明历三年（1657）遭火灾而毁。寺址几经迁移，今天的"吉祥寺"并非一座寺庙，而是东京购物休闲区。

就算是我自己的孩子，他的样子也给我一种白痴的感觉。

坐在那张凳子上我一筹莫展，因此我只能把孩子背在背上，慢慢地回到车站。我买了一张到中野去的车票。没有任何想法或计划，我上了电车，好像我被吸进一个恐怖的漩涡里。我在中野下了车，沿着餐馆的方向走去。

餐馆前门没开。我绕到后面，从厨房门进去。老板不在，他的妻子正一个人清洗店铺。我一看到她，就开始撒谎，这种能力是我预想不到的。

“看起来要是今天晚上还不了，明天我就能把你们的钱还了。你们不用担心。”

“哦，那太好了。太谢谢你了。”她看起来很高兴，但脸上仍然保留着一丝不安的阴影，好像她并不放心似的。

“是真的。一定会有人带钱过来。在他来之前我就在这儿做人质。这样的保证够了吗？在那之前，我很高兴在店里帮帮忙。”

我把孩子放下来，让他自己玩。他习惯了一个人玩，一点也不妨碍我干活。或许因为他很蠢，他并不怕陌生人，还冲老板娘嘿嘿笑着。当我离开，去为老板娘拿限量供应的食品时，她给了他一个美国罐头瓶玩，我回来的时候他还在房间角落里，敲击着瓶子，在地板上滚着瓶子玩。

中午的时候老板从市场上回来了。我一看见他，就说出了我对夫人所说的那个相同的谎言。他似乎很吃惊。“这是真的吗？不过大谷太太，钱没拿到手之前，还是不要那么乐观吧。”他说话时出奇地平静，几乎像是在解释。

“但这是真的。请相信我，只等上一天，然后再公之于众。在此期间，我会在店里帮忙做事。”

“要是钱能拿回来，我当然求之不得。”老板说，几乎是自言自语，“还有五六天就过年了，对不对?”

“说得是，所以，你看，我的意思是——哦，来了几位顾客。欢迎!”我冲那三位客人微笑——他们看起来像是工人——他们走进店里，低声跟老板娘说话：“老板娘，能借给我一条围裙穿穿吗?”

其中一个客人大叫道：“哎呀，你们雇了一个美女服务员。她太漂亮了!”

“别打什么歪主意，”老板说，那语气完全不是在开玩笑，“她可值很多钱的。”

“一百万美金的纯种马?”另一个客人粗俗地调笑道。

“据说就算是纯种马，雌马也只有雄马一半的价钱。”我用同样粗俗的语调回答着，把米酒放到加热器上。

“别谦虚嘛！从现在开始，在日本性别平等，哪怕是马是狗。”那个最年轻的客人大吼道，“小尤物，我爱上你了。这可是一见钟情。不过那是你的孩子吗?”

“不，”夫人说着，从后房把孩子抱了出来，“这是我们从亲戚家里过继来的孩子。我们终于有后嗣了。”

“除了你的钱，你还能给他留下什么?”一个客人取笑道。

那老板面色阴沉，嗫嚅道：“又搞女人，又欠一大笔债。”然后他改变了语气：“你们要吃什么？一盘烤杂排怎么样?”

那天是平安夜。来店里吃饭的客人络绎不绝。从早上到现在我几乎没吃一点东西，但是我心烦意乱，甚至当夫人催促我吃一点的时候我也拒绝了。我只是像一个芭蕾舞女演员一样轻快地飞旋在餐馆里。或许这只是幻想，但那天晚上店里异乎寻常地热闹，还有很多顾客想知道我的名字，要跟我握手。

那天晚上是怎么收场的，我毫无知觉。我继续微笑着，甚至客人们开出下流的玩笑，我便用更加肮脏的玩笑报以回答，我从一个客人那里游走到另一个客人那里，添菜斟酒。渐渐地，我生出想象，我宁愿自己的身体像冰激凌那样融化，流走。

看起来甚至在这个世界上，奇迹仍然会发生。九点刚过一点，一个男人进来了，他带着圣诞纸三角帽和一个黑色面具，面具遮住了他上半部分的脸。后面跟着一个身材苗条的女人，她光彩四射，三十四五岁的样子。那男人坐到角落里的一张椅子上，背对着我，但自从他一进来我就知道他是谁了。他就是我那做贼的丈夫。

他坐在那里，看起来丝毫没有注意到我。我也假装没认出他，便继续和其他客人开着玩笑。那位夫人坐在我丈夫的对面，把我招到他们的桌边。我丈夫从面具后面盯着我，好像他忘乎所以地惊呆了。我轻轻拍拍他的肩膀，问道，“你不打算祝我圣诞快乐吗？你说什么？你看起来已经喝了一两斤酒了。”

那位夫人对此毫不在意。她说，“我有点事要跟你们店主谈谈。你能把他叫到这儿一会儿吗？”

我去厨房，老板正在煎鱼。“大谷回来了。请过去看看他，但是请不要把我的事告诉和他一起来的那个女人。我不想让他出丑。”

“如果你想那样的话，交给我好了。”他欣然允诺，就到前面去了。朝餐馆迅速一扫，老板径直走到我丈夫所在的那张桌子前。那位美丽的夫人和他交谈了两三句话，然后他们三人就出店去了。

所有事情都结束了。一切都解决了。不管怎样，我自始至终都相信事情会那样，我为此感到兴奋。我抓住一个穿着深蓝色西装的年轻客人的手腕，一个还不到二十岁的孩子，我喊着："喝完！喝完！今天是圣诞节啊！"

只过了半小时——不，还不到半小时，老板一个人回来了，吓了我一跳。"大谷太太，我要感谢你。我把钱拿回来了。"

"我真高兴。全部拿回来了？"

他带着有趣的微笑，回答说："他昨天拿走的全部。"

"那么他总共欠了多少债务？粗略估计一下——最低数额。"

"两万日元。"

"包括这笔吗？"

"这是最低数额。"

"我会还清的。从明天起你能雇用我吗？我要用工作来还清。"

"什么！你在开玩笑吧！"我们一起大笑起来。

晚上十点过后，我和孩子一起回到了家。不出我预料，丈夫不在家，但那已经不再让我烦恼了。明天我去餐馆，或许还能见到他，这一切我都知道。为什么以前就没想到这样一个完美的计划呢？我所忍受的一切苦难都是由于自己的愚蠢。还在我父亲的小摊上时，讨客人欢心就是我的拿手好戏，以后我当然会在餐馆里大展身手。其实，今晚我还拿到了约五百日元的小费。

从第二天起，我的生活就完全改变了。我变得无忧无虑，心情愉悦。我做的第一件事就是到一家美容院去，烫了个头发。我买了化妆品，改善我的服装。我感到过去沉重地压在我身上的那些担忧好像完全消散了。

早晨我起了床，和孩子一起吃早饭。然后把他背在背上，出门去工作。新年是餐馆的旺季，我是那么忙碌，简直目不暇接。我的丈夫每隔几天来喝一次酒。他让我付账，然后再次消失。他经常在深夜来店里看望我，问我是不是该回家去了。然后我们就一起快乐地回去了。

“为什么我从一开始没有这么做？它给我带来了巨大的快乐。”

“女人对快乐和不幸一无所知。”

“不见得。那男人呢？”

“男人只有不幸。他们总是在与恐惧为战。”

“我不懂。我只知道我想让这个生活永远持续下去。老板和老板娘都是很好的人。”

“别傻了。他们都是正宗的乡巴佬。他们让我白白喝酒，因为他们觉得最后可以从我身上榨到油水。”

“那是人家的事。你不能因此责怪他们。但是事情还不仅仅如此吧，对不？你跟老板娘有染，是不是？”

“很久以前的事了。那老家伙发现了吗？”

“我想他发现了。我听他叹息着说，你又会搞女人又会欠债呢。”

“我在你身上看到了可怕的品质，但事实上我想痛快地死去，我受不了了。自从我出生以来，我除了死就没想过别的。设想要是我死了，对任何人都是一件好事，肯定是这样。然而看来我不能死去。有些奇怪的和可怕的东西不让我死，比如神灵。”

“那是因为你有自己的工作。”

“我的工作一文不值。我既写不出杰作也写不出拙作。要是人们说什么是好的，那它就是好的。要是他们说它不好，它就变得不好。但是让我恐惧的是在这个世界的某个地方，有一个神灵。神灵是有的，对不对?”

“我不知道。”

现在，我已经在餐馆里工作了二十天了，我知道每到最后，其中一个客人就是罪犯。我想到我的丈夫比起他们有着温柔得多的一面。但我现在看透了，不仅是那些客人，就是走在大街上的每一个人都潜藏着某种罪孽。一个穿着漂亮的夫人走到餐馆门口兜售米酒，三百日元一斤。想想现在市面上是什么价格，那真是便宜的了，夫人就统统买了下来。后来发现那些米酒掺了水。我想在这个世界上，连那样贵族模样的夫人都被迫诉诸于这样的欺诈手段，那活着的任何人都不可能有干净的良心了。

神啊，要是你真的存在，就对我显灵吧！快到年末时节的一天，我被一个客人占有了。那天晚上下起了雨，看样子我的丈夫不会出现了。尽管店里还有一个客人，我还是准备走了。孩子在屋子的角落里睡着了，我抱起他，把他绑在背上。“想再次向你借把伞。”我对老板娘说。

“我有伞。我送你回家。”最后那位客人站起来说，好像他蓄谋已久了。他是个身材矮小，体格瘦弱的人，大约二十五岁的样子，似乎是个工厂工人。从我在这里工作之后，他好像是第一次来这个餐馆。

“你真是太好了，但我习惯一个人回家。”

“你住得很远，我知道。我住在同一个街区。我会送你回去。

请结账。”他只喝了三杯酒，看起来没有特别醉。

我们一起上了电车，在我家那站下车。然后我们打着一把伞，肩并肩走在雨中，走过漆黑的街道。那个年轻人之前始终一语不发，直到现在终于语气活泼地说话了：“我了解你的全部。你知道，我是大谷先生的崇拜者，我自己也写诗歌。我希望不久以后把我的一些作品拿给他看，但是他让我感到害怕。”

我们走到我家了。“非常感谢你，”我说，“餐馆再见吧。”

“再见。”年轻人说完，走进了雨中。

半夜里，我被前门打开的声音惊醒了。我以为是我丈夫回来了，像平常一样喝得烂醉，所以我悄无声息地躺在那儿。

没想到一个男人的声音喊起来：“大谷太太，原谅我来打搅你。”

我起床，打开灯，走到前门入口处。那个年轻人在那儿，颤颤巍巍简直站不住。

“请原谅，大谷太太。在回去的路上我在另一家酒馆喝了点酒，说实话，我住在城市的另一头，当我去车站的时候，电车已经走了。大谷太太，你愿意让我在这儿住上一晚吗？我不需要毯子，什么也不需要。我只睡在前厅里就很好，明天一早第一趟电车一开我就走。要是没下雨的话，我睡在外面任何地方都可以，但这雨下个没完。请让我留在这里吧。”

“我丈夫不在家，要是前厅可以的话，就请留下吧。”我把两个破垫子拿给他用。

“非常感谢。哦，我喝得太多了，”他呻吟着说。他就在前厅里躺下来，等我回到床上的时候，我已经能听到他打鼾的声音。

第二天早晨，他毫不客气地占有了我。

那天我照常带着孩子去餐馆上班，表现得好像什么都没发生一样。我丈夫坐在一张桌子前看报纸，身边放了一杯酒。我觉得早晨的阳光看起来是多么美啊，在玻璃杯上熠熠生辉。

“店里还有人吗?”我问。他从报纸上抬起头。“老板去市场还没回来。老板娘刚刚还在厨房。她没在那儿吗?”

“昨晚你没来，是吗?”

“我来了。因为不看一眼我最爱的女人的脸，我就睡不着。十点以后我来了，可他们说你已经走了。”

“然后呢?”

“我整夜都在这儿。雨下得太大了。”

“我可能从今天起就在这儿过夜了。”

“我想那样很好。”

“是的，我会那样做的。永久租着那房子也没什么意思。”

我的丈夫没再说什么，低下头继续看报纸了。“嗯，你知道什么消息了吗，他们又在写东西诋毁我了。他们把我叫做有享乐主义倾向的假贵族。这简直是胡说八道。说我是一个畏惧神灵的享乐主义者还差不多。你看！这儿写着我是一个怪物。那不是真的，对不对？现在说有点晚了，但我还是要告诉你我为什么要拿那五千块钱。我想给你和孩子过长久以来第一个快乐的春节。那将证明我不是个怪物，不是吗?”

他的话一点也不让我高兴。我说：“做一个怪物也没什么不好的，对不对？只要我们仍然活着就行。”

转译自唐纳德·金